Heike Fröhling
Winterfrau und Frühlingsmädchen

AF202238

Das Buch

Mit einem Türklingeln ändert sich für Hanna alles: Eine alte, zerbrechlich wirkende Dame stellt sich als Else Ferrando vor und behauptet, ihre leibliche Urgroßmutter zu sein. Wie passt das in das Bild, wo doch bis jetzt immer von Urgroßmutter Alma die Rede war? Die Familie reagiert so feindlich, dass die Besucherin resigniert abreisen will.

Doch weil Hanna selbst zwischen zwei Entscheidungen steht, beschließt sie spontan, Else zurück in ihre Heimat nach Ligurien zu begleiten. Eine bewegende Reise beginnt, auf der Hanna nicht nur alles über Elses tragische Vergangenheit erfährt, sondern auch dem attraktiven Italiener Matteo begegnet. Er lässt sie erahnen, wie ihre eigene Zukunft aussehen könnte …

Die Autorin

Mit ihrem Wunsch, Schriftstellerin zu werden, schaffte es Heike Fröhling immer wieder, sich das Leben selbst schwer zu machen. Warum nicht einfach nach dem abgeschlossenen Germanistikstudium etwas »Vernünftiges« arbeiten? Doch das Leben ist nicht dafür da, um das zu tun, was alle tun. Man kann die Sterne nicht vom Himmel holen. Aber wenn Heike Fröhling einmal 80 Jahre alt ist und über das Meer blickt, möchte sie sich sagen können, dass sie es wenigstens versucht hat. Doch bei einem Versuch ist es nicht geblieben. Jahrelang war Heike Fröhling als Journalistin für Frauenzeitschriften tätig. Sie veröffentlicht seit 1999 als Verlagsautorin, seit 2012 auch als Selfpublisherin. Im Jahr 2016 erschien ihr Roman »Das Leben ist nur ein Moment« bei Tinte & Feder.

Mehr über die Autorin erfahren Sie auf der Webseite www.auf-lose-blaetter.de.

Heike Fröhling

Winterfrau und Frühlings-mädchen

Roman

TINTE & FEDER

Deutsche Erstveröffentlichung bei
Tinte & Feder, Amazon Media E.U. S.à r.l.
5 Rue Plaetis, L-2338 Luxembourg
Januar 2018
Copyright © der Originalausgabe 2018
By Heike Fröhling
All rights reserved.

Umschlaggestaltung: semper smile, München, www.sempersmile.de
Umschlagmotiv: © Gary Yeowell / Getty; © Damira / Shutterstock;
© Landscape Nature Photo / Shutterstock; © Dmitry Elagin / Shutterstock;
© freedomnaruk / Shutterstock
1. Lektorat: Marketa Görgen
2. Lektorat: Diana Schaumlöffel
Korrektorat: Manuela Tiller/DRSVS
Printed in Germany
By Amazon Distribution GmbH
Amazonstraße 1
04347 Leipzig, Germany

ISBN: 978-1-503-90077-6

www.tinte-feder.de

1

Hanna genoss es gerade mehr als alles andere, einfach die Füße hochzulegen. Der letzte Tag als Aushilfe im Kaffeehaus war der anstrengendste gewesen: Es hatte nicht eine Minute zum Hinsetzen und Abschalten gegeben. Die Zeit hatte kaum gereicht, um im Vorübergehen kurz einen Schluck aus der Wasserflasche zu nehmen. Noch immer prickelten ihre Fußsohlen und fühlten sich heiß an. Ihre Waden brannten wie nach einem Halbmarathonlauf. Dass sie jetzt erst einmal keinen neuen Job in Aussicht hatte, war ihr ganz recht.

Sie beugte sich zu ihrer Großmutter vor und sah zu, wie diese ein Foto nach dem anderen aus der Kiste nahm, auf der Rückseite mit Klebstoff bestrich, in das Album drückte und zu jedem Bild ein paar Worte schrieb.

Claudia in Paris. Mai 2016. Hannas Mutter in weißer Bluse und Jackett auf dem Eiffelturm. Im Hintergrund Paris. Die Seine. Die Haare vom Wind zerzaust. Claudia lachte. So glücklich wie selten.

Hanna blickte ins Esszimmer nebenan. Dort saß Claudia an ihrem Computer und beschäftigte sich mit irgendwelchen Dokumenten, medizinischen Studien oder Fachartikeln. So genau interessierte es Hanna auch nicht. Das Einzige, was sie wahrnahm, wenn sie ihre Mutter betrachtete, war dieser typische Gesichtsausdruck. Die Augen zu Schlitzen verengt. Das Kinn und die Stirn gerunzelt. Die Lippen zusammengepresst. Genervt. Angespannt. Oben blockierten die Handwerker Claudias Schreibtisch, hatten ihn mit Werkzeug vollgestellt.

»Warum arbeitest du nicht in der Praxis?«, fragte Hanna. »Da hast du wenigstens deine Ruhe.«

»Bin gleich fertig. Es ist übrigens schon halb sechs.«

Hanna sah erst auf die Uhr, dann auf ihre Socken. Abendessenszeit. Eigentlich hatte sie versprochen, aus den Gemüseresten eine Suppe zu kochen.

»Wir können den Pizzadienst rufen«, sagte Hanna.

»Ich hab sowieso keinen Hunger und gehe lieber noch mal raus. Lass ruhig.«

»Pizza ist doch eine gute Idee.« Marianne nahm das nächste Bild. »Pizza geht immer.«

Hanna spürte die Wärme des Armes, der sich um ihren Rücken legte wie ein Schutzanzug, der alle Kritik und Grübeleien abhielt.

Kindergartenfest. Juni 2016. Marianne, Hannas Großmutter, lachte. Die grauen Haare glänzten in der Sonne silbern, das Blau ihrer Augen leuchtete wie der Mittagshimmel und wie ihre blaue Satinbluse. Im Hintergrund tobende Kinder, ein Büfett mit Torten und Salaten. Marianne in ihrem Element. Je ein Kind an jeder Hand.

»Oma«, sagte Hanna. »Du siehst richtig gut aus auf dem Bild.«

»Diese Bluse! Fünf Minuten später war sie mit Kakao bekleckert.«

»Wenn du im Kindergarten ganz aufhörst ...«

»Red nicht so einen Quatsch, Hanni. Rente hin oder her, was ändert das schon? Sie brauchen mich doch.«

Das Klackern der Computertastatur im Nebenraum stoppte. Nun war nur noch ein Schleifen und Surren aus dem ersten Stock zu hören. Die Handwerker, die das Bad umbauten. Claudia blickte kurz vom Bildschirm auf, massierte sich die Schläfen und konzentrierte sich dann wieder auf ihren Computer.

Hanna im Garten. Der erste warme Tag im Jahr. Hannas Haare gingen ihr bis zur Taille. Sie sah auf der Aufnahme jünger aus, nicht wie zweiundzwanzig, sondern eher wie fünfzehn oder sechzehn. Die nach dem Schwimmbadbesuch nassen braunen Haare wirkten schwarz, die Haut im Sonnenlicht winterweiß. Schneewittchen. Oder eine Waldfee.

»Das Bild – ach nee.« Hanna wollte es wegnehmen, aber Marianne schob Hannas Hand beiseite. »Doch. Das ist schön. Richtig schön!« Und schon klebte sie auch dieses Foto ins Album. »Es ist unglaublich, wie sich die Zeiten geändert haben. Als ich so alt war wie du, war ich schon ein Jahr mit Hans verheiratet.«

»Ach Oma!« Hanna wusste nur zu gut, was Marianne mit dieser Andeutung sagen wollte, aber feste Beziehungen, das war für sie noch weniger ein Thema als die definitive Entscheidung für ein Studium oder eine Berufsausbildung. Sie wollte frei sein. Die Welt sehen. Auch wenn sie es genoss, neue Menschen zu treffen und Freundschaften zu schließen, hatten die Begegnungen keinen Bestand, solange sie es an einem Ort immer nur wenige Wochen oder Monate aushielt. »Lassen wir das.«

Marianne legte versöhnlich den Arm um Hannas Schulter. »Wo du recht hast, hast du recht. Ich hätte mir in der Hinsicht von Alma auch nicht reinreden lassen. Die Liebe muss wie ein Blitz am Nachthimmel aufleuchten. Sie lässt sich nicht erzwingen. Aber wenn sie da ist, rüttelt sie dich durch und zeigt dir, wer du wirklich bist. Das wird auch dir passieren. Irgendwann. Glaube mir.«

Wieder blickte Hanna zu ihrer Mutter. Dann zu ihrer Oma. Zwei zu eins, dachte sie. So war es gewesen, seit sie sich erinnern konnte. Oma und Enkelin. Und die Mutter war hinter dem Computer, in der Praxis, mit Haushaltsdingen beschäftigt, draußen eine Runde gehen, unterwegs auf einer Fortbildung … Nur vier Meter lagen zwischen ihnen, schätzte Hanna. Die Berliner Mauer war 3,60 Meter hoch gewesen, hatte sie letztens gelesen. Vier Meter waren vierzig Zentimeter mehr.

»Also, was ist mit Pizza?«, fragte Marianne. »Für mich Salami.«

»Vegetarisch«, sagte Hanna.

Marianne legte das Album beiseite. Sie nahm das Telefon, stellte den Lautsprecher an und wählte.

»Guten Abend. Was kann ich für Sie tun?«

Ein Klingeln ließ sie alle drei innehalten. Claudia stand mit einem Kopfschütteln auf. Sie öffnete.

»Wir würden gern Pizza bestellen.«

»Ihre Telefonnummer?«

Marianne nannte die Zahlenfolge.

Aus dem Augenwinkel sah Hanna eine alte Frau an der Haustür. Sie rückte vor auf die Sofakante. Zuerst wusste Hanna nicht, was sie irritierte. Die Frau hatte etwas Englisch-Aristokratisches. Sie war zierlich und klein, aber niemand, den man auf der Straße übersehen würde. Waren es die Wachheit und Aufmerksamkeit, die sie ausstrahlte?

»Hallo«, sagte die Frau. »Ich hoffe, ich störe nicht und mein Besuch macht keine Umstände. Wohnt hier Marianne?« Ihr gerolltes R klang wie ein Schnurren oder Rattern. Das A und das U sprach sie so offen, als würde sie es singen, als täten die Vokale einen Raum auf, in den man wie in ein Loch hineinstürzen konnte. Eine Italienerin. Sie schien wie aus der Zeit gefallen. Ihr etwas gebeugter Gang und die faltige Haut verrieten ihr Alter, aber die lebendigen, wachen Augen und die silbergrauen, langen Haare, die auf den ersten Blick platinblond schimmerten, ließen sie wie ein junges Mädchen wirken.

Auch Marianne stutzte, blickte in Richtung des Flures und setzte sich aufrecht.

»Was möchten Sie denn bestellen?«, kam es aus dem Telefon.

Nun trat die Besucherin einen Schritt vor, stand neben Claudia. Für einen Sekundenbruchteil sah die Frau aus wie das Spiegelbild von Claudia, nur älter, kleiner, weicher.

»Kommen Sie doch rein.« Claudia zeigte zum Wohnzimmer.

»Es ist vielleicht … wenn es gerade nicht passt …«, sagte die Frau.

»Was möchten Sie denn bestellen?«, wiederholte der Mann vom Pizzaservice.

Marianne legte auf.

Obwohl Claudia der Frau einen Stuhl anbot, blieb diese stehen.

Es lag etwas in der Luft, ein unhörbares Knistern, das die Temperatur im Raum von Sekunde zu Sekunde erhöhte. Hanna rieb sich über die Arme. Sie schwitzte. Gleichzeitig bekam sie eine Gänsehaut.

»Else«, stellte die Frau sich vor. »Else Ferrando.« Sie sah von einer zur anderen. »Geborene Wagner.« Dabei strich sie sich aufwärts über den Hals, als könnte sie so ihren Worten helfen, hervorzukommen.

Marianne nahm das Mobilteil des Telefons und drückte auf den Tasten des Displays herum, ohne eine Nummer zu wählen. Bei jedem Tippen erklang ein Ton.

»Wollen Sie etwas trinken?«, fragte Claudia.

Else Ferrando schüttelte den Kopf. »Aber danke.«

»Ich komme aus Italien. Bin – war – eine Freundin von Alma. Alma hat mir Klavierstunden gegeben.«

»Alma?« Marianne stand auf, ging auf die Frau zu. »Das tut mir leid, aber meine Mutter ist längst tot. Seit vierunddreißig Jahren schon. Sie waren also eine von Almas Klavierschülerinnen? Alma hätte sich bestimmt über Ihr Kommen gefreut. Sie hatte einen Schrank voll alter Tonaufnahmen und später Filmaufnahmen von den Schülerkonzerten. Wir haben die Bänder noch auf dem Speicher.«

»Stimmt«, sagte Hanna. »Wenn Sie schon von so weit gekommen sind, kann ich die Kiste herunterholen. Vielleicht gibt es auch eine Aufnahme von Ihnen. Die können Sie gern mitnehmen. Es ist zwar kein Ersatz für ein Treffen mit Alma, aber immerhin.«

»Ich weiß, dass Alma gestorben ist. Sie wäre jetzt ja auch …« Else Ferrando stockte. »Hundertzehn Jahre alt, wenn sie noch leben würde. Und danke für das Angebot mit den Aufnahmen der Schülerkonzerte, aber als Alma mich unterrichtete, gab es diese Möglichkeiten noch nicht. Es war in den 1940er-Jahren. Das ist auch nicht der Grund, weshalb ich gekommen bin.«

Elses Schlucken klang wie ein Reiben.

»Sie möchten wirklich nichts trinken?«, fragte Claudia.

»Danke. Nein. Ich muss zuerst erklären, weswegen ich gekommen bin. Vorher würde ich keinen Tropfen herunterbringen. Es klingt wahrscheinlich völlig irrsinnig. Aber Sie, Marianne, sind – du bist meine Tochter. Marianne. Den Namen habe ich ausgesucht. Du warst so klein. So zart. Der Körper ganz weiß, voller Käseschmiere. Was haben Alma und ich gerieben – mit meinem Kleid. Die Schmiere blieb an dir dran wie eine dicke Cremeschicht …«

Marianne stieß die Luft laut aus. Sie stand auf, ging zur gekippten Balkontür und sah hinaus. Die Spatzen flogen vom Rasen auf, das Schlagen der Flügel hörte sich durch die Türöffnung an wie das Surren vieler kleiner Propeller.

Else Ferrando sprach so leise weiter, dass Hanna sich anstrengen musste, sie zu verstehen: »Es war mir wichtig, dich noch einmal zu sehen, solange mir noch Zeit dafür bleibt, und das ist nicht viel. Aber darüber möchte ich nicht klagen. Ich wollte unbedingt wissen, ob es dir gut geht. Damit ich mir keine Vorwürfe mehr mache. Obwohl ich das natürlich trotzdem tue. Immer. Selbst nach all den Jahrzehnten. Verrückt, oder? Das lässt sich gar nicht abstellen. Aber dann kann ich mir jetzt sagen: Es ist gut so, wie es gewesen ist. Das Beste für uns beide.«

Marianne ging auf die alte Frau zu. »Else Ferrando, geborene Wagner. Wenn Sie überhaupt wirklich so heißen. Was erwarten Sie von mir? Was soll das alles?«

»Vielleicht hätte ich nicht kommen sollen«, sagte die alte Frau.

»Ja, was denn jetzt?« Marianne schüttelte den Kopf.

Hanna legte ihrer Großmutter eine Hand auf die Schulter. Marianne schien am ganzen Körper zu beben.

Sie holte mehrmals Luft, dann platzte es aus ihr heraus: »Ihr Name sagt mir nichts. Meine Mutter hat ihn nie erwähnt. So einen Blödsinn habe ich ja noch nie gehört. Und Sie können mir glauben, ich bekomme in meinem Beruf jeden Tag die fantasievollsten Lügengeschichten aufgetischt. Aber das hier, das übertrifft alles. Das muss ich mir nicht länger anhören. Hier gibt es für Sie nichts zu holen. Dass sich jemand als falscher Enkel ausgibt, davon habe ich in der Zeitung gelesen. Aber als Mutter? Das ist mehr als geschmacklos.«

Claudia stellte sich zwischen die beiden Frauen, stoppte damit Mariannes Bewegung, mit der sie die Besucherin hinauszuschieben begann.

»Mama! Lass sie doch erst einmal ausreden«, sagte Claudia.

»Es tut mir leid, dass ich mich nicht um dich kümmern konnte. Dass ich dich nicht in den Arm nehmen und trösten konnte, wenn du traurig warst. Dass ich bei deiner Einschulung nicht dabei sein konnte, bei deiner Hochzeit. Dass ich dir nicht zuhören und dich nicht unterstützen konnte.«

Marianne schüttelte den Kopf.

»Ich hatte keine andere Wahl, sosehr ich es mir auch wünschte. Aber Wünsche sind wertlos, wenn das Schicksal mit all seiner Kraft ein Leben durchschüttelt.«

»Ich möchte das nicht hören. Gehen Sie.« Marianne schob Claudia beiseite.

»Mama! Bitte! Lass sie doch erst einmal ausreden.«

»Ich kann auch später wiederkommen«, sagte Else Ferrando. »Es ist vielleicht alles etwas viel im Moment. Das verstehe ich.«

»Vielleicht können wir morgen …«, begann Claudia.

»Nein! Nein und nochmals nein. Sind denn jetzt alle hier verrückt geworden? Gehen Sie! Und das ist meine letzte Aufforderung, ansonsten hole ich die Polizei.« Marianne war außer sich.

»Entschuldigung.« Else Ferrando nickte. »Es ist schön zu sehen, dass es dir gut geht. Keine Sorge. Ich komme nicht wieder.« Sie ging zur Tür und trat ins Freie. Hanna sah abwechselnd zu ihrer Mutter und ihrer Großmutter. Die beiden standen genauso erstarrt da wie sie selbst. Hanna wollte etwas sagen, aber ihre Gedanken brachen ab, bevor sie innerlich auch nur einen einzigen Satz zu Ende formulieren konnte.

Claudia war die Erste, die sich regte. Sie lief der alten Frau nach. Durch die geöffnete Haus- und die gekippte Balkontür wehte Zugluft durch das Erdgeschoss. Hanna schloss die Balkontür – gerade noch rechtzeitig, bevor es einen Knall gab. An der Haustür kam ihr ihre Mutter entgegen.

»Sie ist weg«, sagte Claudia. »Wie vom Erdboden verschluckt. Ich war zu spät. Was hat das alles zu bedeuten?«

2

»Krankenschwestern werden gebraucht, was auch passiert.«

Der Satz ihrer Eltern klang in Else nach. Sie schüttelte den Kopf und beschleunigte ihren Schritt, um die innere und äußere Kälte zu vertreiben. Die Straßen Berlins waren so überfüllt, dass sie immer wieder in Hauseingänge auswich, wenn das Gedränge zu arg wurde. Panik spiegelte sich auf den Gesichtern. Die Menschen trugen so viel von ihrem Hab und Gut in Koffern, Rucksäcken und Handwagen mit sich, wie sie nur konnten, obwohl schon seit Stunden klar war, dass es wegen der Überfüllung der Fernbahnhöfe kaum ein Entkommen gab. Zumindest heute nicht mehr. Eine kontrollierte, schrittweise Evakuierung war geplant gewesen, nun herrschte ein solches Chaos.

Else zog sich die Mütze tiefer in die Stirn. Die Sonne senkte sich bereits über die Dächer von Berlin, ihre Schicht hätte eigentlich vor drei Stunden enden sollen. Eigentlich. Das Blau des Himmels kurz vor Sonnenuntergang war in der wolkenlosen Kälte so, wie sie sich die Farbe des Meeres vorstellte, auch wenn sie das Meer noch nie gesehen hatte: so intensiv, nur blau, ohne einen Stich ins Rötliche oder Gelbliche, so klar, dass es ein inneres, zielloses Sehnen auslöste, das schmerzte.

Ja, Krankenschwestern wurden immer gebraucht. Es stimmte wohl. Das war das Argument gewesen, die Ausbildung zu beginnen, obwohl sie in der Untersekunda Klassenbeste gewesen war mit einer besonderen Leidenschaft für Geschichten und Gedichte. Immer wieder hatte ihre Lehrerin sie ermutigt, ihre Texte an Tageszeitungen einzusenden, doch Else hatte sich nie bereit dazu gefühlt.

»Niemand will eine vergeistigte Frau heiraten. Du hast Glück. Du bist hübsch mit deinen blonden Haaren. Wenn die Augen blau wären, wäre es noch besser, aber das Braun ist schon in Ordnung. Sei besonnen, arbeite im Krankenhaus, lerne kochen, putzen und wie man eine Familie führt. Dann hast du ausgesorgt und jeder Mann wird dich mit Kusshand nehmen.«

Dabei wollte sie gar keinen Mann. Das hatte sie aber nicht gesagt, weil sie ahnte, dass ihr Vater dann wegen ihrer Eigensinnigkeit ganz die Geduld mit ihr verlieren und sie so lange einsperren würde, bis sie »zur Vernunft« käme. So drückte er es aus. Deshalb hatte sie sich gefügt, sich unter der Bedingung darauf eingelassen, dass die Eltern weiter die Klavierstunden bezahlten. Inzwischen zweifelte sie an ihrem Entschluss. War es das wert gewesen? Nun war ihr zwar das Klavier geblieben, aber sie war nach den ewig langen Schichtdiensten meistens so erschöpft, dass sie nicht einmal mehr zum Üben kam.

Sie hob ihre Hände. Es war schon zu dunkel, um zu sehen, wie stark heute das Zittern war, das von der Müdigkeit, dem Heben der Patienten und der anderen Arbeit herrührte. Betten runter in den Keller schaffen und reinigen. Körper waschen, die in ihrer Bewusstlosigkeit dreimal so schwer schienen. Else ließ die Arme wieder sinken.

Ihr war es, als bestünde ihr gesamtes Leben nur aus einem einzigen *Eigentlich*.

Eigentlich hatte sie gedacht, das Klavier würde ihr über die Zeit hinweghelfen. Nun war sie zu müde, um überhaupt zu spielen. Was half es, an Klavierstunden zu denken, wenn es keine Fortschritte in der Musik mehr gab?

Eigentlich wollte sie lieber weiter zur Schule gehen, anstatt im Krankenhaus zu arbeiten.

Eigentlich hatte sie ihrer ehemaligen Deutschlehrerin zugesagt, eine Auswahl ihrer Texte – Geschichten und Gedichte – an die Tageszeitung zu schicken. Der Briefumschlag lag bereits frankiert neben ihrem Bett, doch jedes Mal, wenn sie ihn einwerfen wollte, verließ sie der Mut.

Eigentlich hatte sie ihren Eltern versprochen, sofort nach der Arbeit nach Hause zu kommen und mit ihnen gemeinsam zu essen.

Sie näherte sich dem Mehrfamilienhaus, dem das halbe Dach weggesprengt worden war. Dort wohnte Alfred. Sie blickte hoch zu seiner Wohnung im dritten Stock. In der Küche brannte Licht. Eigentlich standen für ihn heute so viele Operationen an, dass er unmöglich schon Feierabend haben konnte! Trotzdem war er allem Anschein nach zu Hause.

Sie überquerte die Straße, ging die drei Stufen zum Eingang empor und drückte die schwere Holztür auf, die bis sieben Uhr abends unverschlossen war. Ohne auf das Flurlicht zu drücken, schlich sie so leise wie möglich die Treppe hoch. Ihr Augenlid zuckte, erst einmal, nach einer kurzen Pause wieder und wieder. Nun begann auch ihr linker Daumen zu zucken. Es fühlte sich jedes Mal an wie ein Nadelstich. Sie kannte dieses Zucken nur zu gut. Es trat immer auf, wenn sie sich entspannte: wenn sie sonntags schwamm, wenn sie sich in der Klinik für ein paar Stunden schlafen legen durfte. Oder eben, wenn sie an Alfred dachte oder mit ihm zusammen war. Ein weiteres Zucken löste die Anspannung in ihren Schultern, als wäre sie eine Marionette, die jemand ausschüttelte und damit die Fäden entwirrte. So

15

leise wie möglich klopfte sie an die Wohnungstür. Else hörte das Quietschen der Holzdielen, dann wie die Klinke heruntergedrückt wurde. Lautlos ging die Tür auf. Wärme kam ihr entgegen und ließ ihre Wangen prickeln. Sie zwängte sich ins Innere, noch bevor er die Tür ganz geöffnet hatte, und drückte sich an ihn. Er war noch verschwitzt von der Arbeit und roch nach Zigarettenrauch. An seinem Ärmel war etwas Blut, bräunlich getrocknet. Doch das störte sie nicht.

»Du bist schon da?«, fragte sie.

Er legte einen Finger auf seine Lippen und schloss die Tür. »Komm. Setz dich erst mal.«

Sie folgte ihm in die Küche und nahm auf dem Stuhl an der Wand Platz, wo sie sicher sein konnte, dass niemand sie von draußen durchs Fenster sah, selbst dann nicht, wenn sie aufstand.

»Auch einen Kaffee? Echter Kaffee! Sogar Zucker ist da. Und Milch«, sagte er.

»Einfach nur ein Wasser. Ich muss gleich versuchen, zu Hause etwas zu schlafen, bevor es morgen wieder losgeht.«

Er füllte ein Glas mit Wasser und stellte es vor sie. Seine Hände zitterten. Bevor er sich wieder entfernen konnte, nahm Else seinen Arm und zog ihn zu sich heran. Sie reckte sich zu ihm, doch weil er sich wegdrehte, berührten ihre Lippen nicht seinen Mund, sondern nur seine Schulter. Elses Blick fiel auf die Tageszeitung, die wie gerade aus dem Kasten geholt auf der Anrichte lag. Der Aschenbecher quoll über. Aschereste verschmutzten die Tischplatte, dabei war Alfred ordentlich und perfektionistisch. Wenn sie gemeinsam frühstückten, wischte und kehrte er normalerweise sofort die Brotkrümel auf. Und soweit sie wusste, las er auch immer gleich nach dem Heimkommen die Zeitung – was sie nicht verstand, weil er sich sowieso bloß darüber aufregte, was geschah. Der Krieg in Russland, Stalingrad – er wollte nur, dass das alles aufhörte.

»Was ist denn?«, fragte sie.

»Sie haben mich heimgeschickt.«

»Wie das? Und was ist mit den angesetzten Operationen?«

»Junghans hat übernommen. Sie haben ihn aus Hamburg zurückbeordert.«

Alfred steckte sich eine Zigarette an. Er ging zum Fenster und starrte in die Dunkelheit. Sie wartete, dass er sie ansah, dass er sie hielt, küsste, umarmte. Doch er blieb einfach stehen. Else trank ein paar Schlucke. Sie fand, dass das Wasser bei ihm besonders schmeckte, süßlich, ein wenig nach Kirschblüten. Stockflecken von einem alten Wasserschaden waren an Wänden und Decke, aber ihr gefiel seine Wohnung. Hier konnte sie aussprechen, was sie dachte. Hier konnte sie atmen, mochte die Luft noch so überhitzt und stickig sein. Die Mauern waren wie ein massives Felsgestein, ein Bollwerk zwischen ihnen beiden und der Außenwelt.

»Sie haben dich einfach heimgeschickt?«, fragte Else.

»Ja.«

»Warum? Jede Hand wird gebraucht. Und du bist der beste Chirurg, der allerbeste. Sie schicken dich weg und holen Junghans, der gar keine richtige Erfahrung hat? Wie das? Nur heute? Für immer? Die können dich doch nicht entlassen!«

»Ich habe kein gutes Gefühl.«

Jetzt war es ihr gleichgültig, ob sie jemand von außen erkennen konnte. Sie stand auf, trat hinter ihn und legte ihre Arme um seine Brust. Wenn er sie nicht küsste, dann tat sie es eben. Es war ihr egal, dass er weiter reglos aus dem Fenster sah. Obwohl er ihre Berührung nicht erwiderte, zog sie ihm das Jackett aus, löste die Krawatte und ließ ihre Hände unter sein Hemd gleiten. Sie fühlte die Härchen um die Brustwarzen, die Rippen darunter, die Haut, die sich am Bauch ganz weich anfühlte – wie ein Kissen –, seit er so abgenommen hatte.

Er umfasste ihre Hände und schob sie von sich weg.

»Du machst dir zu viele Sorgen! Vielleicht haben sie in Hamburg gemerkt, dass Junghans nichts kann, dann hat er seine Verbindungen spielen lassen, um zurückzukommen. Morgen wird sich alles klären.« Sie küsste ihn noch einmal. Diesmal drehte er seinen Kopf nicht weg.

Else genoss seine Lippen auf ihren. »Die Situation ist nur jetzt schwierig. In diesem Jahr werde ich siebzehn. Ich bin kein Kind mehr. Ich weiß, was ich will. Ich will dich. Und du willst mich auch. Wenn ich erst mit der Ausbildung fertig bin, wenn ich volljährig bin, wenn der Krieg vorbei ist, wenn wir beide genug Geld haben, um uns ein eigenes Haus zu kaufen, wenn wir offen verkünden, dass wir heiraten, dann stört sich niemand mehr daran. Es sind nur ein paar Jahre. Eine Krankenschwester und ein Arzt. Was spielt es dann für eine Rolle, dass du zwölf Jahre älter bist?«

Während er rauchte, ließ er Asche auf den Boden fallen. »Du wärst meine Frau. Du könntest nur noch schreiben, deine Gedichte und Geschichten veröffentlichen. Und unseren Kindern das Klavierspielen beibringen.«

Sie versuchte zu ergründen, warum er so traurig war, wenn er sich gleichzeitig das Schönste vorstellte, was überhaupt denkbar war. So würde es werden. Sie würden es schaffen.

»Ich will dich.« Sie zog ihn weg vom Fenster. Es war dumm, die Zukunft zu riskieren, bloß weil man ein paar Minuten unvorsichtig war. »Ganz. Jetzt.«

Er setzte sich an den Tisch, zündete sich noch eine Zigarette an, goss sich Kaffee nach.

»Du rauchst zu viel! Und so eine Menge an Kaffee! Was ist denn nur mit dir? Wegen Doktor Junghans: Lass ihn doch. Wenn er alles an sich reißt und für drei arbeitet, haben wir mehr Zeit für uns.« Sie zwängte sich zwischen der Tischplatte und seinem Oberkörper auf seinen Schoß, spürte mit jedem seiner Atemzüge ein inneres Vibrieren.

»Du machst dir das Leben zu leicht, Else. Else, Else.«

»Ich weiß, wie ich heiße.« Sie hasste es, wenn er am Ende eines Satzes ihren Namen in der Art wiederholte! Else stand auf. Sie kannte diese Stimmungslage von ihm, wenn er sich wünschte, die gesamte Welt mitsamt den Sternen wie Würfel in einem Becher kräftig durchzuschütteln und neu zusammenzusetzen.

»Du kannst die Politik und die Oberen nicht ändern«, sagte sie. »Es ist, wie es ist. Aber wenn du dem Außen gestattest, das Wenige zu zerstören, was uns geblieben ist, was haben wir dann noch? Was ist mit unserer Liebe? Unseren gemeinsamen Stunden beim Wandern außerhalb der Stadt?«

»Genau deswegen, weil sich jeder auf seine eigene kleine Welt konzentriert, sich damit zufriedengibt, hin und wieder einen Brotkrumen zugeworfen zu kriegen, ändert sich nichts an der Machtverteilung und den ungerechten Besitzverhältnissen. Ohne all die Arbeiter, die Bauern, ohne Krankenschwestern wie dich wäre dieses Land gar nichts.«

Else legte ihm einen Finger auf den Mund. Sie stutzte. Nun, da es innen ganz still war, merkte auch Alfred auf. Vor dem Haus waren Schritte zu hören. Männerschritte, die festes Schuhwerk trugen. Sie kamen die Treppe herauf.

»Mein Vater. Was, wenn er mit seinen Freunden kommt? Mit meinen Brüdern? Wenn jemand uns verraten hat?« Hektisch blickte Else sich um. Es war unmöglich, aus dem Gebäude zu entkommen, der dritte Stock war viel zu hoch, um aus dem Fenster zu springen.

»Die Zwischendecke über der Eingangstür. Wo die Koffer lagern. Da ist die Chance am größten, dass sie dich nicht finden, selbst wenn sie die Wohnung auf den Kopf stellen.«

»Wie soll ich denn da hochkommen?«

Anstatt zu antworten, zog er sie in den Flur. Nun waren die Schritte überdeutlich. Es waren mindestens vier Männer, schätzte Else. Alfreds Lippen waren weiß. Schweiß stand ihm auf der Stirn. Nun begriff auch sie. Es waren nicht ihr Vater und ihre Brüder. Es war viel schlimmer.

Sie hielt sich am Leitungsrohr fest, das nach oben führte, während Alfred sie stützte. Zuerst stieg sie auf seine Hände, dann auf seine Schultern. Sie spürte einen Schlag an ihrem Hinterkopf. So nah war die Decke. Mit einer Bewegung rollte sie hinter die Koffer und schob sich neben das Kaminrohr. Der eingezogene Boden unter ihr bebte, als die Tür ohne Vorwarnung eingetreten wurde.

»Alfred Paasburg!«

Es war keine Frage, sondern eine Feststellung.

»Mitkommen!«

»Was werfen Sie mir vor?«, fragte Alfred.

»Sie sind verhaftet, Ihnen werden Vorbereitungen zum Hochverrat und landesverräterische Feindbegünstigung zur Last gelegt.«

Befehle mischten sich mit Alfreds Schreien. Es polterte und donnerte. Die Erschütterung von dem Kampf und den Bewegungen unter ihr erfasste den eingezogenen Boden und die Wand, an der sie mit dem Rücken lehnte. Obwohl es in ihrem Versteck so dunkel war, dass sie sowieso nichts erkennen konnte, schloss Else die Augen. Sie hielt den Atem an und versuchte, das Zittern zu kontrollieren, das ihren Körper ergriff.

So schnell, wie alles begonnen hatte, war es zu Ende. Else lauschte den Motoren, die draußen starteten, dann dem verhaltenen Wispern der Nachbarn im Flur. Dort trafen sie sich nun alle. Von dem, was gesprochen wurde, verstand Else nichts, zu weit waren die Gespräche entfernt. Ein Luftzug wehte durch die Lücke zwischen Rohrverkleidung und eingezogenem Boden zu ihr hoch. Die Wohnungstür musste noch offen stehen.

Nach und nach verstummten die Stimmen, gleichzeitig pochte Elses Herz immer schneller, bis sie das Pulsieren bis in die Schläfen hinein spürte, als würde jemand von innen mit einem kleinen Hämmerchen dagegenschlagen. Nur mit Mühe schaffte sie es, nicht aufzuschreien und nicht zu hyperventilieren. Es bestand keine Gefahr mehr, nicht im Moment, nicht für sie, sagte sie sich immer wieder. Else presste die Fäuste gegen die Augen, bis sie Blitze sah. Das schmerzte, aber es lenkte ab. Langsam beruhigte sie sich wieder, doch noch immer war jeder Atemzug ein Kampf, um nicht zu husten, nicht zu hecheln oder sonst einen Laut von sich zu geben. Kalt und nass klebte die Kleidung an ihrem Rücken. In der Nachbarwohnung schaltete jemand einen Volksempfänger ein. Elses Gelenke waren so steif, als hätte sie den gesamten Tag an diesem Ort gekauert. Nun konnte sie wieder klar denken und auch ihr Körper ließ sich wieder kontrollieren. Sie robbte von der Wand weg, über die Koffer, bis sie nach unten sehen konnte. Beim Hochklettern war ihr gar nicht klar gewesen, wie hoch über dem Boden sich die Ablage befand. Wie sollte sie nur ohne Hilfe herunterkommen? Sie rückte die Koffer beiseite, bis sie sich auf den Bauch legen konnte. Vorsichtig schob sie die Beine abwärts, doch das Rohr, an dem sie sich beim Aufstieg festgeklammert hatte, bot ihren nun verschwitzten Händen wenig Halt. Vergeblich versuchte sie, sich zumindest mit einem Fuß an der Rohrschelle abzustützen. Sie umklammerte den Mauervorsprung so fest wie möglich, aber der Schwung, mit dem ihr Körper herabglitt, war nicht zu bremsen. Sie krachte auf die Dielen.

»Hallo?«, rief jemand durch den Flur.

Else rappelte sich hoch, versteckte sich neben der Tür, die kurz darauf aufgestoßen wurde und ihr gegen den Kopf schlug. Sie zwang sich, aufrecht zu stehen, den Schmerz im Knöchel und an der Stirn zu ignorieren, die Schultern zu straffen und aus ihrem Versteck hervorzukommen. Ihr Blick fiel auf Alfreds alten Nachbarn, der wegen seiner Gicht am Stock ging, dann auf die Menschenmenge, die sich inzwischen auf der Treppe gebildet hatte. Zumindest der Blockwart war nirgends zu sehen,

21

versuchte sie sich zu beruhigen. Er war der Einzige, von dem sie richtigen Ärger erwarten konnte.

Sie nahm ihren Mantel vom Garderobenhaken und schob sich wortlos an den Körpern vorbei. Jeden Moment rechnete sie damit, dass jemand sie aufhielt, von hinten packte oder sie schlug. Doch was sie traf, waren allein Beschimpfungen, die nun hervorquollen wie aus einer Flasche der zuvor geschüttelte Sekt: »Kommunistenliebchen! … Du gehörst eingesperrt! … Verräterin! … An die Wand sollte man solche wie dich stellen!«

Else ging unbeirrt weiter, obwohl ihre Knie zitterten. *Nicht hinhören*, sagte sie sich. *Nicht hinhören. Niemanden ansehen. Nur weg hier.*

Erst im Freien begann sie zu rennen, so schnell, wie sie nie zuvor gerannt war. Ihre Lunge brannte vor Kälte, doch das störte sie nicht. Hunger und Müdigkeit waren verschwunden. Sogar der Schmerz im Knöchel von dem Sturz war nicht mehr zu spüren. Wenn sie an Alfred dachte, wurde ihr schlecht. Was mit ihm geschah, wollte sie sich gar nicht vorstellen. Die letzten Jahre hatten sie gelehrt, dass Träume dazu da waren, enttäuscht zu werden. Nun blieb ihr nichts, als sich weiterzuhangeln, von Tag zu Tag, von Woche zu Woche, in der Hoffnung, dass es mit Alfred doch noch ein gutes Ende nehmen würde. Sie musste nach Hause. Ihr Gesicht kontrollieren. So tun, als wäre alles in Ordnung, als hätte es Alfred nie gegeben. Was mit Leuten wie Alfred passierte, die unvorsichtig waren und verhaftet wurden, das ahnte Else, auch wenn niemand offen darüber sprach.

3

»Deckst du bitte den Tisch?«

Hanna sah vom Handy auf zu ihrer Mutter, die gerade den Putenbraten aus dem Ofen zog, dann zu ihrem Vater, der seine Zeitung weglegte und aus dem Sessel aufstand. Im nächsten Moment hörte sie diese Mischung aus Zischen und Scheppern, die ihr anzeigte, dass sie wegen ihrer Unaufmerksamkeit den Level wieder nicht geschafft hatte. Das Spiel war im Grunde simpel: Man musste im Takt zur Musik ein Viereck über Hindernisse springen lassen. Auf den zweiten Blick erwies es sich als deutlich schwieriger. Sie scheiterte bereits am leichtesten Level. Hanna legte das Handy beiseite und ging an ihrer Oma vorbei in die Küche. Schon seit Stunden wanderte Marianne von der Terrassentür – wo sie kurz hinausschaute – zum Tisch – wo sie sich für ein paar Sekunden setzte und auf die aufgeschlagene Zeitung stierte –, wieder zur Terrassentür, zur Haustür und zurück zum Tisch. Immer hin und her, her und hin. Hanna wusste, woran Marianne dachte: an die Frau, die gekommen war und behauptet hatte, sie sei ihre Mutter. Als Quatsch hatte Marianne es abgetan und sie reagierte wütend, wenn jemand dieses Thema noch einmal aufwarf. Doch obwohl sie nicht mehr darüber redeten, lag der Name Else Ferrando in der Luft, als könnten sich all ihre Gedanken, selbst wenn sie unausgesprochen blieben, materialisieren. Dabei entwickelte sich etwas, das wie ein Geist mitten zwischen ihnen stand und Marianne zurückschrecken ließ.

Hanna nahm vier Teller aus dem Schrank.

»Heute fünf«, sagte Claudia. »Olaf kommt.«

Hanna zuckte mit den Schultern. Dann eben fünf Teller. Sie würde zügig nach dem Essen ihr Handy nehmen und in ihr Zimmer verschwinden, denn wenn ihr Onkel Olaf einmal anfing zu reden, hörte er nicht mehr auf. Noch schlimmer wurde es, wenn ihr Vater in das Gespräch einstieg und Olafs Monologe auf diese Weise befeuerte. Olaf, der wusste, wie die Welt funktionierte, der meinte, alles erklären zu müssen.

»Hat er eigentlich früher als Kind auch so viel geredet?«, fragte Hanna. »Also wenn ich mir vorstelle, ich hätte so einen Bruder …«

Claudia antwortete nicht, aber sie konnte ein Schmunzeln nicht verbergen.

»Hanna! Was ist denn nur los mit dir?«, fragte Marianne. »Etwas Höflichkeit, wenn ich bitten darf.«

»Mit mir ist gar nichts los. Was ist mit *dir* los?«

Hanna schüttelte den Kopf. Es war zwecklos, jemandem etwas zu erklären, was der nicht verstehen wollte. Dabei war es mehr als offensichtlich. Sie versuchte es noch einmal. So konnte es doch nicht weitergehen. Dieser Besuch von Else hatte ihnen bereits den Samstagabend, den gesamten Ostersonntag und auch den Montagmorgen verdorben. Und dabei hätten sie jetzt endlich Zeit, in Ruhe und Frieden gemeinsame Unternehmungen zu planen oder einfach zusammen die Feiertage zu genießen.

»Sonst setzen wir uns nach dem Frühstück immer aufs Sofa.« Das waren die zehn Minuten des Vormittags, die Hanna am meisten genoss. An Wochentagen waren ihre Eltern dann schon zur Praxis aufgebrochen. Am Wochenende gingen ihre

Eltern immer gleich nach dem Frühstück spazieren. Es war die Zeit von Hanna und Marianne, die immer etwas hatte, als wäre sie vom Tag gestohlen, ihm verbotenerweise abgeluchst. Denn eigentlich warteten unter der Woche Verpflichtungen. Doch Marianne gönnte sich diese Pause zum Plaudern, kam später als die anderen Erzieherinnen, was sie sich leisten konnte, da sie freiwillig arbeitete und offiziell längst in Rente war. Und Hanna konnte die Gedanken an das, was sie alles erledigen musste, für eine Weile einfach beiseiteschieben. Die Minuten auf dem Sofa waren ein so festes Ritual geworden, dass Hanna sich nicht erinnern konnte, dass es jemals anders gewesen war. Aber seit Elses Besuch tigerte Marianne schon nach dem Frühstück durch das Erdgeschoss. Mariannes Bewegungen ließen Hanna an einen automatischen Staubsauger denken.

Hanna überlegte, was genau ihr an diesem Beisammensein so wichtig war. Es waren nur ein paar Minuten. Sie tranken beide noch einen Kaffee, manchmal redeten sie, manchmal nicht, und so saßen sie da, dicht nebeneinander, sodass Hanna die Wärme ihrer Oma spüren konnte. In der Zeit auf dem Sofa erschien ihr Marianne wie ein Bergmassiv, unerschütterlich, unverrückbar. Und sie, Hanna, war wie ein weiterer Berggipfel dieses Massivs, genauso stabil, unabhängig von der Außenwelt. Ob es draußen regnete oder die Sonne schien – was auch anstand, sie beide waren einfach da. Es war wie ein gemeinsamer Protest gegen die Welt. Eine kurze Verweigerung, als würde man in einer Zeitlosigkeit schweben, in der Jahrhunderte die kleinste Maßeinheit waren, wenn es überhaupt ein Maß gab.

»Sonst setzen wir uns nach dem Frühstück immer aufs Sofa«, wiederholte Hanna nun etwas lauter, als Marianne nicht reagierte.

Hanna sah zu ihrer Oma. Marianne holte Besteck und verteilte es neben den Tellern.

»Gibt es Nachtisch?«, erkundigte sich Marianne.

»Obstsalat. Zusammen mit dem Vanilleeis, das du gekauft hast.« Claudia brachte die Töpfe vom Herd auf den Tisch. Auf dem Rückweg strich sie Hanna vorsichtig über den Rücken. Hanna nahm Claudias Hand und ließ sie wieder los, dabei überlegte sie, wann sie zuletzt »Mama« gesagt hatte und nicht »Claudia«.

»Mama?«, fragte Hanna. Es fühlte sich wie ein misslungener Versuch an.

»Ja?«

»Schon gut.«

Das Türklingeln unterbrach Hannas Gedanken. Olaf kam.

»Schwesterherz«, sagte er zuerst zu Claudia, »Mutsch« zu Marianne, »Andrós, was macht der Erfolg?« zu Hannas Vater. Er umarmte alle drei, als wären sie frisch Verliebte, die sich nach längerer Zeit wiedersahen, fand Hanna.

Sie entging der Umarmung.

»Hallo Olaf.« Sie rückte ihm einen Stuhl zurecht. »Setz dich doch.« Sie hatte ihn schon vor Jahren mehrfach darauf hingewiesen, dass jeder im Internet nachschauen konnte, dass es absolut schwachsinnig war, nicht Andreas, sondern Andrós zu sagen. Der Name stammte zwar aus dem Griechischen, hatte aber einen ganz anderen Ursprung. Welchen genau, das hatte sie vergessen, aber Andrós war definitiv falsch. Was hielt Olaf davon ab, ihren Vater einfach Andreas zu nennen?

»Hallo Hanna!«

Sie setzte sich ihm schräg gegenüber, so weit weg wie möglich. Hanna kam sich schäbig vor. Es war Ostermontag. Und was tat sie? Sollte sie nicht wenigstens versuchen, nett zu sein? Doch sie war nicht einmal sicher, ob Olaf es überhaupt registrieren würde, wenn sie sich Mühe gab.

Sie aßen. Plauderten über das Wetter, über Olafs Unterricht, über Olafs Plan, sich auf eine Schulleiterstelle zu bewerben.

»Übrigens hatten wir vorgestern Besuch«, begann Hanna. Sie sah, wie Marianne zusammenzuckte. Eigentlich sollte sie aufhören, sagte sich Hanna, aber dieses ganze Drumherumgerede kam ihr so albern vor. »Eine Frau hat behauptet, Omas leibliche Mutter zu sein.«

Konnte Stille schreien?, überlegte Hanna. Sie hörte es wie ein inneres Dröhnen.

»Alles Quatsch. Sie muss entweder verwirrt oder dreist sein.« Marianne konzentrierte sich auf ihren Teller, doch anstatt zu essen, schob sie die Kartoffeln von einer Seite zur anderen.

»Wie jetzt?«, fragte Olaf. »Wer war es denn? Hat sie sich vorgestellt?«

Marianne schüttelte den Kopf. »Den Namen habe ich schon wieder vergessen. Was spielt das auch für eine Rolle?«

»Else Ferrando«, sagte Hanna, »geborene Wagner. Vom Akzent her kam sie aus Italien. Du hättest sie sehen sollen. Die hellen Haare, die Augenpartie, das Gesicht. Wie Claudia. Sogar den Zopf hatte sie genauso gebunden.«

»Jeder kann den Zopf in genau der Art und Weise binden, wenn er schulterlange Haare hat. Nichts als Zufälle. Eine Betrügerin. Und jetzt Schluss damit!« Marianne stand auf. Sie nahm die Gemüseschale und füllte sie in der Küche wieder auf.

Nur noch das Klappern des Bestecks auf den Tellern war zu hören. Die nächsten Versuche, ein anderes Thema anzuschneiden, scheiterten nach ein paar Sätzen. Sie aßen den Nachtisch schweigend.

Olaf massierte sich die Schläfen. »Die Frau, die geklingelt hat, käme es denn vom Alter her hin?«

Hanna nickte.

»Was mir bei alledem nicht klar ist …« Olaf knetete sein Kinn. »Welchen Grund sollte sie haben, solch eine Lügengeschichte zu erzählen? Es ist doch überhaupt kein Vorteil denkbar. Angenommen, es wäre nur eine Lüge und wir würden ihr glauben. Was hätte sie davon? Es gibt nichts zu erben. Alle in dieser Familie sind so beschäftigt, dass sie davon ausgehen muss, dass selbst ein Wunsch nach Nähe kaum zu realisieren ist. Zwei Ärzte in eigener Praxis. Dann du, Mutsch, die du noch lange nicht an ein ruhiges Rentnerdasein denkst. Und Hanna: erst Au-pair in Irland, dann zwei Jahre quer durch Südamerika. Auch du bist mehr weg als da. Reichtum gibt es hier nicht, ihr wohnt in einem popeligen Reihenhaus, wie man es unzählige Male findet.«

Hanna grinste.

»Popeliges Reihenhaus!« Claudia schüttelte den Kopf.

»Ich habe dir gleich gesagt, werde Orthopädin oder Radiologin. Aber doch keine Kinderärztin. Von daher …«

»Hört auf zu streiten. Vergessen wir die Sache und gut ist.« Marianne stand auf. »Ihr verderbt mir den ganzen Appetit auf den Nachtisch!« Sie begann abzuräumen.

»Mal im Ernst«, sagte Olaf. »Große Geschenke kann man hier nicht erwarten. Wenn ich einen Betrug plante, würde ich als Erstes mal an einer anderen Tür klingeln, nur ein paar Straßen weiter im Wiesbadener Villenviertel. Da gibt es deutlich mehr zu holen. Außerdem würde ich mich nicht als Mutter ausgeben, sondern als – was weiß ich, das müsste man vom konkreten Fall abhängig machen, aber mit etwas Recherche ließe sich problemlos eine bessere Geschichte erfinden.«

»Genau meine Meinung«, mischte sich Andreas ein. »Vor allem ist so eine Lüge vom psychologischen Standpunkt aus widersinnig. Wie mir gesagt wurde, hat die Frau Alma erwähnt. Obwohl die Hintergründe mehr als dubios sind, gehe ich nicht von einem Betrugsversuch aus.«

Marianne stöhnte. Sie setzte sich auf einen Sessel im Wohnzimmer und drehte sich demonstrativ zur Seite, um niemanden ansehen zu müssen.

»Es ist müßig, weiter darüber zu spekulieren.« Nun stand auch Claudia auf. »Ich habe versucht, ihr zu folgen, aber sie war schon weg. Und meine Idee, in verschiedenen Hotels anzurufen …«

»Du hast was gemacht?« Marianne sprang auf. »Wie kannst du mir so etwas antun?«

»Meinst du, es geht immer nur um dich? Sie wäre immerhin meine Großmutter, würde zur Familie gehören, ob es uns nun gefällt oder nicht. Und falls ich ihre Enkelin bin, möchte ich wenigstens die Chance haben, dass wir uns gegenseitig kennenlernen. Ach, was soll's. Jedenfalls hat meine Suche zu keinem Ergebnis geführt. Vielleicht taucht sie ja noch einmal auf. Aber ehrlich gesagt, glaube ich das nicht. Mama hat ihr überdeutlich gezeigt, dass sie unerwünscht ist.«

4

Es hagelte nicht mehr, trotzdem blieb es draußen kalt und ungemütlich. Die Sonne ließ sich nur wenige Minuten blicken. Dann begann es wieder zu regnen. Hanna lief über den Marktplatz und suchte in einem Café Zuflucht. Der nächste Bus fuhr erst in über einer halben Stunde, deshalb wollte sie die Zeit mit einem Kaffee im Warmen überbrücken. Die Shoppingtour war anders verlaufen, als sie es sich vorgestellt hatte. Was war so schwer daran, eine regen- und winddichte Wanderhose zu kaufen, die zusätzlich ein paar Stretcheinsätze hatte, damit sie bequem war? War es zu viel verlangt, so etwas für unter zweihundert Euro zu bekommen? Sie ärgerte sich, dass sie nicht von Anfang an im Internet gesucht hatte.

Als sie ihre Jacke an den Garderobenhaken hängte, begegneten sich ihre Blicke: Else. Sie saß an einem Fensterplatz und sah direkt zu Hanna herüber. Nun war die Ähnlichkeit mit Claudia noch deutlicher. Die beiden waren sich wie aus dem Gesicht geschnitten.

Hanna überlegte, wie sie sich verhalten sollte, während sie schon automatisch auf Else zusteuerte. Vor vier Tagen hatte sie die Frau zum ersten Mal gesehen und doch kam es ihr so vor, als würden sie sich schon ein Leben lang kennen.

»Guten Tag, Frau Ferrando.« Hanna setzte sich.

»Sag ruhig Else zu mir. Du gehörst auch zu Mariannes Familie?«

»Ich bin Hanna. Mariannes Enkelin.«

»Ich würde dich gern einladen. Such dir aus, was du magst.«

Hanna vertiefte sich in die Karte, obwohl sie wusste, was sie wollte.

»Einen Cappuccino, bitte«, bestellte sie schließlich.

»Es ist vielleicht …«, sagte Else und schwieg. Dann, als Hanna gar nicht mehr damit gerechnet hatte, fuhr sie fort: »… keine so gute Idee gewesen.«

»Zu uns zu kommen?«

Else nickte. »Mein Mann ist gestorben. Antonio. Mit ihm habe ich über siebzig Jahre in Italien gelebt. Tut mir leid, wenn mein Deutsch etwas eingerostet ist. Die Wörter wollen nicht so, wie ich es will.«

»Es ist doch perfekt!«

»Jedenfalls habe ich jetzt niemanden mehr, der bei mir ist. Und auch keinen, auf den ich noch Rücksicht nehmen muss.« Else wartete, bis der Kellner die Kaffeetasse vor Hanna abgestellt hatte. »Antonio hätte es nicht verkraftet. Ich habe ihm nichts von Marianne erzählt. Er hat auch sonst nichts von meiner Vergangenheit geahnt. Ich wollte sein Mitleid nicht. Das Leben mit ihm war das bestmögliche, das denkbar war. Er konnte stur sein. Und hätte er von Marianne gewusst, hätte er mich bestimmt nicht zur Frau genommen.«

Hanna musterte Else, die resigniert klang. Ob Else log? Hanna versuchte, Anzeichen dafür zu entdecken. Es war schwer, die Aussagen zu überprüfen, weil Else zu vage blieb. Bisher gab es keinen Ansatzpunkt, irgendetwas davon im Internet zu recherchieren. Auch wurde Else zu wenig konkret, um sich selbst zu widersprechen.

»Erst nach Antonios Tod konnte ich alles neu überdenken. Und dann kam noch die Prognose meines Arztes hinzu. Ich wollte nicht sterben, ohne Marianne wenigstens noch einmal gesehen zu haben. Euch zu finden war nicht so leicht.« Elses Lachen klang traurig. »Alma hat wieder geheiratet, den Namen ihres Mannes angenommen. Ohne den Privatdetektiv hätte ich es nicht geschafft. Der Detektiv kennt sich aus mit dem Internet, mit Datenbanken, Einwohnermeldeämtern. Ihm genügten Almas Geburtsdatum und ihre ehemalige Anschrift in Berlin. Es ist schon ein Wunder, wie schnell er es geschafft hat. Nur wenige Tage hat er gebraucht.«

Hanna versuchte, Elses Mimik und Gestik zu deuten. Else blickte sie unverwandt an. Um ihre Augen herum waren viele Fältchen, die wie Sonnenstrahlen aussahen. So wirkte sie immer, als würde sie lachen. Wenn Else eine kurze Redepause machte, drückte sie die Zunge von innen gegen die oberen Zähne. Ihre Hände mit den dicken Schwielen waren voller dunkler Flecken und noch faltiger als ihr Gesicht. Else hatte in ihrem Leben anscheinend körperlich hart gearbeitet. Trotzdem fand Hanna, dass Else schön war – nicht wie ein Model auf einem Zeitschriftencover, sondern auf eine ganz eigene Weise. Sanft. Aufmerksam. Else sah Hanna an, als existiere kein Gestern und kein Morgen, als gäbe es nichts anderes zu tun, als miteinander zu reden. Konnte das gespielt sein? Eine Masche? Um etwas zu erreichen? Was konnte Else im Sinn haben? Hanna rieb sich die Unterarme. Ihr war kalt.

»Du triffst Entscheidungen, die du niemals treffen willst«, sagte Else. »Du tust, was du selbst um keinen Preis der Welt gutheißt. Du wirst die, die du nie sein wolltest. Und dann, wenn du alt bist und weißt, dass dir nur noch wenig Zeit bleibt, kehrst du zurück zu den Orten, an denen alles angefangen hat. Nicht, um irgendetwas wiedergutzumachen. Das geht sowieso nicht. Aber um zu verstehen, was du getan hast. Und vielleicht, damit du dir selbst verzeihen kannst. Oder wenigstens akzeptieren kannst, was passiert ist. Dass es möglicherweise auch sein Gutes hatte, dass ich Marianne damals abgegeben habe. Dass sie in Sicherheit ist. Geliebt wird. Ihren Weg gefunden hat. Und womöglich sogar glücklich ist.«

Beide saßen sich schweigend gegenüber. Hanna roch den würzigen Duft des Kaffees. Durch das Fenster hin zu der kleinen Seitenstraße der Fußgängerzone sah sie die Passanten vorbeigehen, mit nach oben geschlagenen Kragen und tief in die Stirn gezogenen Kapuzen.

»Erzähl mir von dir«, sagte Else.

»Da gibt es nicht viel.« Hanna blickte in Elses Gesicht: Die Augen ließen sie mit ihrem schimmernden Braun an Bergseen bei Nacht denken, die zerklüftete Haut an Felsen. Diese alte Frau ist wie ein Berg, dachte Hanna. Der Kopf der Gipfel, die Schultern die Flanken, wie sie aufrecht und still auf dem Stuhl saß, unerschütterlich in ihrer inneren Ruhe, die in so einem Gegensatz zu dem stand, was Else erzählt hatte. Trotzdem spürte Hanna jetzt ohne jeden Zweifel: Else log nicht, sie sagte die Wahrheit. Je mehr Hanna versuchte, das wenige, was sie über ihre Urgroßmutter wusste, zusammenzusetzen und zu verstehen, umso mehr Fragen wurden aufgeworfen.

»Gehst du noch zur Schule?«, fragte Else.

Hanna lachte. »Da hätte ich oft sitzen bleiben müssen. Ich bin zweiundzwanzig.«

»Du arbeitest? Oder machst eine Ausbildung? Studierst?«

Hanna überlegte. Es war eine der Fragen, bei denen sie meistens mit einem scherzhaften oder bissigen Kommentar konterte.

»Du musst nicht darüber reden, wenn du nicht willst«, sagte Else.

33

»Meine Eltern sind Kinderärzte, haben eine gemeinsame Praxis. Es ist ihr Lebenstraum. Sie wollen, dass ich das alles einmal übernehme. Eigentlich wäre es gar nicht schlecht, vom Gehalt her, von der Sicherheit. Und meine Oma sieht mich auch als Ärztin.« Hanna lachte, um nicht zu weinen. Wie sie dieses Thema hasste. Es war wie ein Gewitter, das immer wieder über sie hinwegfegte und sie durchrüttelte. Aber in Elses Gegenwart war es etwas anderes, als würde Else mit ihrem Blick sagen: Was ist schon ein Gewitter?

Else nickte.

»Es ist idiotisch«, sagte Hanna. »Meine Oma wirft meiner Mutter vor, dass sie damals nicht in der Forschung geblieben ist, dass Claudia ihre aussichtsreiche Karriere weggeworfen hat, um Husten, Schnupfen und Bauchweh am Fließband zu behandeln. Wenn Oma über die Praxis redet, hört es sich krass an. *Nur* die Praxis. Keine Wissenschaft. Und gleichzeitig spricht sie immer davon, dass ich die Praxis mal übernehme. Alle haben schon einen Plan für mich. Der ist ausgefeilt bis ins kleinste Detail.«

»Sie wissen es, bevor du überhaupt die Chance hast, nachzudenken?«

Hanna stutzte. Elses Brauen zogen sich zusammen und sie schloss halb die Augen. Schmerz lag in ihrem Gesicht. Hanna war klar, dass Else sich nicht auf Hannas Berufszweifel bezog, sondern auf sich selbst.

»Ein Jahr war ich in Irland, als Au-pair«, sagte Hanna. »Eine Familie mit vier Kids am Ortsrand von Dingle. Anfangs habe ich gedacht, ich würde vor Langeweile sterben. Dann war es wunderschön, wie bei Michel aus Lönneberga. Die Kleinen haben draußen rumgetobt, ich war wie ihre große Schwester. Es reichte, wenn ich sie dazu brachte, ihre Sachen für die Schule zu erledigen und pünktlich in halbwegs ordentlichem

34

Zustand zum Abendessen zu erscheinen. Das bisschen Haushalt war nicht der Rede wert.« Hanna dachte an die Zeit zurück. Es war schön gewesen, sehr sogar. »Aber ich konnte ja nicht ewig in Irland bleiben. Anschließend bin ich durch Südamerika gereist. Allein. Vom Osten des Kontinents ausgehend von der Küste nach Süden, dann die Westküste entlang nach Norden: Brasilien, Argentinien mit den Iguazú-Wasserfällen, Uruguay, Chile, Bolivien, Peru. Zwischendurch habe ich überlegt, einfach gar nicht mehr zurückzukommen, zu jobben, weiter in den Tag hinein zu leben. Ich meine – da fehlt mir im Grunde doch nichts. Es dauert nur zwei Stunden, irgendwo Arbeit zu finden, und das Geld reicht wieder für einige Zeit.«

»Man ist nicht frei, wenn man wegläuft. Man kriegt das innere Drängen nicht weg und wünscht sich irgendwann nichts mehr, als sagen zu können: ›Ich bin angekommen.‹«

»Bist du denn angekommen?« Hanna kannte die Antwort schon, sie stand so deutlich in Elses Gesicht geschrieben, dass es unübersehbar war.

»Nein.« Else zog sich ihre Jacke über und wickelte sie fest um ihren Oberkörper. »Mit der Sehnsucht nach diesem Ankommen muss ich leben. Ich habe es wohl nicht geschafft. Und jetzt habe ich wieder alles vermasselt mit Marianne, so wie ich es von Anfang an vermasselt habe.« Else bestellte sich einen zweiten Tee. Sie wartete, bis der Kellner das dampfende Glas vor ihr abstellte, dann umklammerte sie es mit ihren Händen. »Früher war ich wie du. Da waren die Notwendigkeiten von außen. Meine Eltern wollten, dass ich nach der Untersekunda etwas Vernünftiges mache. Weiter in die Schule gehen und noch mehr Flausen in den Kopf setzen? Das kam nicht infrage. Und es war Krieg. Krankenschwestern wurden immer gebraucht. Also begann ich die Ausbildung zur Krankenschwester. Es gab einen Arzt in der Klinik, in der ich gearbeitet habe. Doktor Paasburg.

Alfred. Zwölf Jahre älter als ich. Aber der Einzige, der mich verstanden hat. Im Endergebnis sind wir beide mit unserer Art, gegen Wände zu rennen, gescheitert. Die Gründe waren unterschiedlich, die Konsequenzen die gleichen. Er war Kommunist und Weltverbesserer. Ich eine sture Träumerin. Dafür gab es keinen Platz in der Welt. Es blieben nur zwei Möglichkeiten: fliehen oder sterben.«

»Wenn du die Mutter von Marianne bist, ist er der Vater?«

Else nickte. »Ich kann mich genau an den Tag erinnern, als es mir klar geworden ist ...«

5

Mittwoch, 3. Februar 1943

Seit Wochen versuchte Else, weniger und noch weniger zu essen.
Obwohl die Rationen an Brot, Fleisch und Fett sowieso mehr als
mager waren, Else ihrem Vater schon morgens ihre Scheibe Brot
abgab und auf Fleisch vollständig verzichtete, wurde ihr Bauch
immer fülliger. Das war der einzige Vorteil der Angriffe auf
Berlin, die nach knapp eineinviertel Jahren Mitte Januar wieder
begonnen hatten: Alle um sie herum, Familie und Kollegen,
waren so mit den Luftangriffen der Engländer beschäftigt, dass
sie die Veränderungen an Else nicht bemerkten. Sie beugte sich
bei den Familienmahlzeiten weit über den Tisch, damit ihr
Wollpullover das verbarg, was sie bald nicht länger würde leugnen können. Ihr Leibesumfang wuchs. Da halfen kein Verzicht
und nicht einmal strenges Fasten. Obwohl sie nichts spüren
konnte, sie ihre Periode weiterhin bekam, wenn auch weniger
stark, war dort etwas. Anfangs hatte sie sich eingeredet, es seien
nur Blähungen. Die Übelkeit und die Schlappheit kämen von
der zusätzlichen Arbeitsbelastung durch die Verletzten der
Luftangriffe. Sie versuchte, den Gedanken beiseitezuschieben,
aber er tauchte immer wieder auf: Was, wenn sie schwanger

war? Wenn es gar nichts zu bedeuten hatte, dass sie regelmäßig blutete?

»Ich bin spät dran. Macht es gut«, sagte sie zu ihren Eltern, umarmte zum Abschied erst ihren Vater, anschließend ihre Mutter.

Es stimmte nicht, dass sie es eilig hatte. Eine halbe Stunde blieb ihr vor Dienstbeginn. Else atmete schwer. Die Erschöpfung machte sie noch völlig kaputt. Inzwischen fielen ihr sogar die alltäglichen Verrichtungen schwer. Waren es anfangs nur das Waschen, Wenden und Heben der Kranken gewesen, kam bald das Bettenbeziehen dazu. Und nun nahm ihr auch schon der Weg zur Arbeit den Atem.

»Else!«

Else blieb stehen, sah zu dem geöffneten Fenster. »Guten Morgen, Hertha.«

»So lange habe ich dich nicht mehr gesehen. Wir schreiben in der nächsten Woche einen Aufsatz.«

»Viel Erfolg wünsche ich dir.« Else senkte den Blick. Sie wartete, bis das Seitenstechen nachließ, dann marschierte sie weiter. Sie kam sich schäbig vor, weil Hertha sicher hoffte, dass Else ihr beim Lernen für die Schule half oder dass sie gemeinsam etwas unternahmen, plauderten. Sie mochte die Nachbarstochter. All die Jahre hatte sie sich um Hertha gekümmert wie eine große Schwester. Doch zurzeit war Else alles zu viel. Schaffte sie es doch nicht einmal, sich um sich selbst zu kümmern.

An diesem Tag ging sie nicht sofort zur chirurgischen Station ins Schwesternzimmer, sondern zur Wöchnerinnenstation. Dort arbeitete Erika, die Hebammenschülerin, die nach Alfreds Verhaftung bei der Polizeibefragung für Else gelogen hatte: Nein, sie habe nie Frauenbesuch bei ihrem Nachbarn Doktor Paasburg gesehen. Nein, es sei unmöglich, dass Else diejenige sei, die die Polizei nun suche. Else habe zu den erwähnten

Zeiten Dienst in der Klinik gehabt und sei danach immer direkt zu ihren Eltern heimgegangen.

Sie hatte Glück: Obwohl gerade drei Geburten gleichzeitig zu betreuen waren und allgemeine Hektik herrschte, war Erika beauftragt worden, einer jungen Mutter mit Stillproblemen zu helfen. Else fand Erika in einem der Wöchnerinnenzimmer.

»Erika.« Else sprach so leise wie möglich.

»Gleich.« Erika wandte sich wieder der Mutter zu und strich dem Säugling über die Lippen, die er sofort öffnete.

Wenige Minuten nach Elses Eintreffen lag der Säugling mit geschlossenen Augen im Arm der Mutter und trank zufrieden.

»Ja!«, sagte Erika. »Genau so. In ein paar Minuten bin ich zurück.«

Erika zog Else in den hinteren Bereich des Schwesternzimmers. Hier waren sie ungestört, vorläufig jedenfalls.

»Wenn wir entdeckt werden, komme ich in Teufels Küche. Ich hoffe, du hast einen guten Grund, hier reinzuplatzen.«

Elses Hand glitt zu ihrem Bauch. Es schien ihr, als wäre die Wölbung innerhalb der letzten Stunde noch größer geworden.

Erikas Augen weiteten sich. »Du bist schwanger?«

»Bitte sag, dass es nicht so ist.«

»Ich hole das Hörrohr. Leg du dich inzwischen hin.«

Bevor Else fragen konnte, wo sie sich denn hinlegen sollte, war Erika schon verschwunden. Es gab kein Bett, nicht einmal eine Pritsche, nur einen Tisch mit acht Stühlen und am Rand Schreibtische. Auf den Schreibtischen befanden sich Krankenakten und Papiere. Auf dem Tisch in der Mitte des Raumes waren das benutzte Besteck und Geschirr der letzten Pause verteilt. Abgesehen davon – sie konnte sich doch nicht einfach auf einen der Tische legen, wo jeder sie beim Hereinkommen sofort entdeckte! Zuerst überlegte sie, Erika am Abend nach dem Dienst einen Besuch abzustatten. Aber den Nachbarn von Alfred und besonders dem Blockwart wollte sie nicht über den Weg laufen. Es war durchaus denkbar, dass einer von ihnen unverzüglich die Polizei rief. Obwohl es stimmte, würde ihr kaum jemand glauben, dass sie mit Alfreds politischen Aktivitäten nichts zu tun gehabt hatte. Wenn sie geredet hatten, war es privat oder philosophisch gewesen. Sie waren füreinander da gewesen. Else gab sich einen Ruck, nahm drei Stühle und schob sie zwischen Tisch und Fenster aneinander. So bot die Tischplatte einen provisorischen Sichtschutz. Else legte sich hin. Das Holz drückte gegen ihr Kreuz. Gerade als sie sich wieder aufrichten wollte, kam Erika zurück.

»Wir haben nur wenig Zeit. Und eigentlich sollte ein Arzt draufsehen. Oder eine der gestandenen Hebammen«, sagte sie, zog aber gleichzeitig Elses Pullover hoch.

Erikas Hände waren so kalt, dass sich Elses Bauchdecke zusammenzog.

»Das ist ja …«, begann Erika und schwieg. Sie presste das Hörrohr so fest gegen den Bauch, dass das Liegen auf den Stühlen noch mehr schmerzte. Besonders die nach oben gewölbten Abschlüsse der Sitzflächen bohrten sich in Elses Rippen.

Erika tastete und horchte abwechselnd. Else wusste nicht, ob ihr von der Untersuchung, vom Abtasten des Bauches oder von der Aufregung übel wurde. Keine Sekunde länger hielt sie es in der Position aus. Sie kam sich vor wie auf dem Seziertisch. Seitlich rollte sie sich erst ins Sitzen, dann stand sie auf. Ohne ihr Zutun rutschte der Pullover wieder hinunter. Wie ein Zelt verbarg er alles, was sich darunter befand.

»Du wirst es nicht ewig verstecken können«, sagte Erika.

»Bin ich wirklich schwanger?« Else dachte an den Ausdruck *guter Hoffnung sein*. Wenn in ihr ein Kind heranwuchs, gab es für sie keinerlei Hoffnung. Gar keine. Wobei – sie stutzte. »Wie sicher kannst du dir überhaupt sein?« Sie ging in Gedanken die Ärzte durch, die sie kannte. Welchem konnte sie vertrauen und wer würde sie untersuchen, ohne jemand anderem davon zu erzählen? Sie ärgerte sich, dass sie sich nicht gleich an einen der Ärzte gewandt hatte. Oder an eine Hebamme außerhalb der Klinik, bei der sie sich unter falschem Namen hätte vorstellen können, ohne dass es je herausgekommen wäre. Erika war ja erst in der Ausbildung.

Erika nickte.

»Was, wenn du dich geirrt hast?«, fragte Else.

»Da gibt es keinen Irrtum. Die Gebärmutter ist leicht zu tasten. Ich habe nicht mit dem Maßband gemessen. Und ich bin auch nicht sonderlich gut darin, die Herztöne zu hören. Oft finde ich einfach nicht den richtigen Punkt, wo ich ansetzen muss. Aber bei dir war es ganz deutlich, wie man es besser nicht bekommen kann. Das Herz in deinem Bauch schlägt. Mitte des fünften Monats, schätze ich.«

Else musste sich setzen. Ihre Arme und Beine prickelten und wurden taub. In ihren Ohren rauschte es. Sie zwang sich, ruhig und tief weiterzuatmen.

»Und wenn du ein Stethoskop besorgst und genauer hörst?« Elses Stimme klang wie die eines Kindes, hoch und leise. Sie räusperte sich, doch der Kloß im Hals wurde noch dicker.

»Ein Stethoskop? Meinst du, damit höre ich besser? Da hilft kein Stethoskop, keine zusätzliche Untersuchung. Es ist, wie es ist.«

»Und wenn man es …« Den Rest des Satzes sprach Else nicht aus. *Wegmachen lässt.* Das würde bedeuten, das Einzige aus ihr herauszureißen, was ihr von Alfred geblieben war.

»Das kann man nicht riskieren. Das macht keiner mehr. Jedenfalls keine der Hebammen und keiner der Ärzte hier aus der Klinik. Die Schwangerschaft ist viel zu weit fortgeschritten. Verboten ist es auch.«

Else richtete sich wieder auf und schaute aus dem Fenster. Dann drehte sie sich um. Zuerst nahm sie nur einen Schatten wahr. Noch bevor sie sehen konnte, wer in der Ecke stand, erkannte sie sie an der Stimme.

»Erika! Was treibt ihr hier?« Annelene war die leitende Hebamme. Ihre Worte klangen wie ein Donnern. »Du bist doch die Schwesternschülerin aus der Chirurgie.« Annelenes Blick glitt über die zusammengerückten Stühle und Elses Körper zum Hörrohr in Erikas Hand. »Dabei kann dir jetzt keiner mehr helfen. Flittchen seid ihr alle, könnt euch nicht mal bis zur Verlobung zusammenreißen. Meint ihr, in der Ehe wird es nicht früh genug langweilig?«

Das Rauschen in Elses Ohren verstärkte sich. Sie wünschte, sich einfach in Luft aufzulösen, oder dass ein Fliegeralarm sie aus dieser Situation rettete. Doch es gab weder einen Alarm, noch verlor sie das Bewusstsein.

Annelene schickte Erika zurück zur Arbeit. »Das wird Konsequenzen haben. Wenn es nur ein paar Extraschichten werden, kannst du dich glücklich schätzen.« Dann wandte sie sich zu Else. »Du kommst mit mir.«

Im Flur überlegte Else kurz, sich aus Annelenes Griff zu befreien und wegzulaufen. Aber sie wusste, dass Gegenwehr keinen Zweck hatte. Was geschehen würde, ließ sich nicht aufhalten. Es rollte wie ein Dampfzug über sie hinweg. Annelene brachte sie in die Chirurgie, wo sie fünf Minuten später entlassen wurde.

»So jemanden können wir nicht brauchen.«

Ihre Eltern wurden geholt.

Else fragte sich, ob es besser wäre, wenn wirklich eine Dampflok über sie hinwegführe. Dann wäre es schneller vorbei. Auch jetzt fühlten sich ihre Gliedmaßen wie abgetrennt an. Ihre Füße und Hände waren nicht mehr zu spüren.

»Wer ist der Vater?«, schrie Elses Vater.

Ihre Mutter weinte.

Else sammelte ihre Kräfte. Ja, sie war schwanger. Ja, sie würde in diesem Zustand die Ausbildung nicht abschließen können. Aber hatten deswegen alle das Recht, sie zusätzlich zu demütigen?

Der Oberarzt polterte weiter, wegen der Arbeit, die nun auf den anderen Schultern lastete, wegen der Unruhe, die die Umverteilung der Aufgaben mit sich brachte.

»Sie haben mich ja schon entlassen«, sagte Else. Sie wunderte sich selbst, wie ruhig ihre Stimme klang. »Reicht das nicht? Sie wollen, dass ich gehe. Das tue ich.« Sie wollte die Hand ihrer Mutter nehmen, doch ihr Vater schubste sie zur Seite.

»So nicht, Fräulein. Nicht dieser Ton. Und du gehst nirgendwohin, bevor du nicht den Namen des Kindsvaters genannt hast. Wer ist er?«

Else presste die Lippen aufeinander. Sie würde ihn nicht preisgeben. Niemals.

6

»Du hast den Namen des Vaters wirklich niemandem verraten?«, fragte Hanna. Sie rührte in ihrer Tasse, obwohl sie längst ausgetrunken hatte. Hastig rieb sie sich über die Schulter, dann über den Hals und schließlich über den Oberarm, um die Mischung aus Stechen und Jucken zu mildern, die von einer Körperstelle zur anderen sprang. Es war, als würde sich die Anspannung, die sich durch Elses Erzählung zwischen ihnen aufgebaut hatte, in lauter kleinen Stromimpulsen auf Hannas Haut entladen. Sie setzte sich auf ihre Hände, versuchte, diese Empfindungen zu ignorieren, wenn sie sich schon nicht durch Kratzen beseitigen ließen.

»Meinen Eltern? Nein. Auch niemandem aus dem Krankenhaus. Sie konnten mich zu vielem zwingen. Dazu nicht.«

»Das war mutig.« Hanna überlegte, wie sie in einer solchen Situation reagiert hätte. Sie kam zu keinem Ergebnis, zu entfernt war der Gedanke, schwanger zu werden. Und damals war Else noch sechs Jahre jünger gewesen als sie jetzt.

»Mutig? Nein. Alfred war mutig. Er ist für seine Überzeugungen gestorben. Aber lassen wir das. Ich bin müde. Das Hotelbett ist ungewohnt. So weich. Und all die Geräusche in der Stadt. Wie ein Motor, der immer im Hintergrund läuft mit seinem Rauschen und Rattern. Das hört nie auf. Wenn ich an zu Hause denke – da ist es nachts so leise, dass es nichts gibt außer dem eigenen Herzschlag und Atem.« Sie holte ihr Portemonnaie hervor und winkte dem Kellner.

»Du hattest erwähnt, dass du …« Hanna überlegte, wie sie es am besten ausdrücken konnte. Dann fragte sie direkt. »Bist du sehr krank? Wie viel Zeit bleibt dir denn noch?«

»Wir sollten nicht über Krankheiten, Gebrechen und den bevorstehenden Tod reden, solange wir leben, solange wir jeden Tag neu gestalten können. Mach dir um mich keine Sorgen. Mir geht es gut.«

In der meisten Zeit wirkte Else fit wie eine Sechzigjährige, doch manchmal sackten ihre Schultern nach vorn, der Rücken beugte sich und in ihrem Gesicht lag eine unendliche Müdigkeit. Dann verlangsamten sich Elses Bewegungen und alles schien ihr Mühe zu bereiten. Wer war die wahre Else? Strengte sie sich so sehr an, gesünder zu wirken, als sie wirklich war? Oder ging es ihr trotz ihres Alters enorm gut und sie geriet nur manchmal ins Träumen? Hanna merkte, dass es keinen Sinn machte, weiter- zufragen. Else würde nicht antworten. Hanna wurde aus Else nicht wirklich schlau.

»Sehen wir uns denn wieder?«, fragte Hanna. Sie wünschte es sich so sehr! Else hatte etwas Besonderes, fand Hanna. Sie mochte die weißen, zum Zopf gebundenen Haare, die wie ein helles Platinblond wirkten. Sie betrachtete ihre wachen Augen und das aufmerksame Gesicht, wie sie manchmal ganz jung und verschmitzt aussah und nur wenig später so weise, dass sie an eine Mischung aus Zen-Meisterin und Yoda erinnerte.

»Meinst du, das wäre gut? Ich will nichts kaputtmachen.«

Else zahlte und verabschiedete sich. Als sie sich erhob, ging sie gebückt und schien plötzlich viel älter geworden zu sein.

»Warte!« Hanna lief ihr nach. »Wo kann ich dich finden? In welchem Hotel wohnst du?«

»Gleich gegenüber.«

»Wie schön, dass wir uns noch einmal getroffen haben.« Vorsichtig umarmte Hanna Else. Sie hatte nicht damit gerechnet, wie zerbrechlich sich Else anfühlte. Unter dem bunten Poncho konnte sie am Rücken und an den Schulterblättern die Rippen spüren, die bei leichtem Druck nachgaben. Hanna mochte ihren Geruch, der sie an eine Sommerwiese mit Wildkräutern erinnerte, als wäre Else gerade eben draußen in der Sonne über die Felder und Wiesen gelaufen.

Hanna sah ihrer Urgroßmutter nach, die im Eingangsbereich des Hotels verschwand, einem großen, prunkvollen Gebäude aus der Zeit der Jahrhundertwende, das Else noch verlorener wirken ließ.

Auf dem Nachhauseweg gingen Hanna Gesprächsfetzen von der Begegnung mit Else durch den Kopf. Es gab so vieles, was sie ihre Urgroßmutter fragen wollte. Ob sie je die Gelegenheit dazu bekommen würde?

Eine halbe Stunde später schloss Hanna die Haustür auf. Stimmengewirr empfing sie.

»Hanna! Du wolltest doch längst zurück sein!«

Hanna streifte die Schuhe ab und warf ihre Jacke in die Ecke. Ihr Blick fiel auf die Versammlung am Tisch. Außer ihren Eltern und ihrer Oma saß da ihr Onkel Olaf. Die Zusammenkunft ließ sie an ein Tribunal denken.

»Warum seid ihr nicht in der Praxis?«, fragte Hanna ihre Mutter.

»Schon vergessen? Es ist Mittwoch. Mittwochs endet die Sprechstundenzeit offiziell um zwölf«, sagte Hannas Vater.

Hanna setzte sich. Genau das war es, was sie an ihrer Familie so nervte: diese Ausdrucksweise. Diese Vorwürfe. Sie hatte nie zugesagt, zum Essen zurück zu sein, und die Planung eines Familientreffens hatte sie auch nicht mitbekommen.

»Es geht um unseren Urlaub.« Marianne schob Hanna über den Tisch Prospekte zu.

Hanna nahm sich zuerst etwas Gemüse, Hühnchen und ein paar Rösti-Ecken. Beiläufig ließ sie ihren Blick über die abgebildeten Ferienhäuser am Meer schweifen.

»Ein Familienurlaub?«, fragte Hanna. Langsam erinnerte sie sich an die Pläne, die Marianne in den letzten Wochen immer wieder geschmiedet hatte. Marianne wollte alle um sich haben, gemeinsam die Zeit genießen abseits des Alltags mit all seinen Pflichten. Auch ihre Eltern waren von der Idee begeistert gewesen.

»Hanna!« Claudia blickte sie vorwurfsvoll an. Nun waren sich ihre Mutter und ihre Oma einmal einig, was sonst nie vorkam: Bei diesem Urlaub gab es keine Diskussion, er würde stattfinden.

»Ich habe Else getroffen«, sagte Hanna.

»Else?« Marianne sah auf.

»Die Frau, die letztens hier war und …«

»Ach, diese verrückte Geschichte. Da brauchen wir nicht real in Erwägung zu ziehen, dass daran auch nur ein Fünkchen Wahrheit sein könnte.« Olaf sprach mit großen Gesten wie vor einer Schulklasse. Wenn er mit den Armen ausholte, fühlte Hanna den Luftzug.

»Sie ist nicht so, wie ihr denkt«, begann Hanna und berichtete, was sie von Else erfahren hatte: dass Mariannes Vater Chirurg gewesen war. »Alfred Paasburg. Da liegt die Medizin in der Familie.«

Marianne rümpfte die Nase. »Und wie hat sie erklärt, weshalb sie mich abgegeben hat?«

»Sie war müde. Dazu ist sie nicht gekommen.« Hanna merkte, wie lückenhaft die Geschichte mit einem Mal erschien. »Ihr habt

47

sie nicht erlebt. Wie sie es erzählt hat. Ihr Gesichtsausdruck. So kann niemand lügen. Sie ist alt. Einundneunzig. Ist es da nicht verständlich, dass sie sich auch mal ausruhen will? Ich weiß, wo sie übernachtet. Geht doch hin und fragt sie selbst, anstatt alles sofort vom Tisch zu wischen.«

»Nicht in diesem Ton!«, sagte Hannas Vater.

Hanna stutzte. Waren das nicht die Worte, die Else von ihrem Vater damals zu hören bekommen hatte? Waren Eltern in der Hinsicht wirklich gleich? Konnten sie nicht aufhören, ihre Kinder mit ihren Erwartungen zu erschlagen?

»Du lenkst ab. Wie könnt ihr nur so gleichgültig sein? Wahrscheinlich ist das das Wichtigste, was in den letzten Jahren passiert ist. Und ihr macht weiter, als wäre Else nie aufgetaucht?«

Das Schweigen am Tisch war wie ein Pulsieren. Blicke wurden von einem zum anderen geworfen. In den Gesichtern wechselte Teilnahmslosigkeit mit Abwehr.

»Hanna hat recht«, sagte Claudia. »Wir sollten der Sache nachgehen und mit dieser Else Ferrando reden.«

»Pffff.« Olaf stieß die Luft aus. »Da sind doch alle Worte vollkommen sinnlos, weil es um die einfache Klärung einer Tatsache geht: Ist diese Frau Mutschs Mutter oder nicht? So ein Thema ist für eine Diskussion ungeeignet. Ein DNA-Test, das ist die einzige Option.«

Andreas nickte. Er sah auf die Uhr. »Bei einer Probentnahme heute Nachmittag könnte übermorgen das Ergebnis da sein, wenn ich die Proben persönlich im Labor vorbeibringe und wir die Dringlichkeit betonen. Auch wenn es keine reine Gefälligkeit werden kann und wir etwas mehr zahlen – zwei Tage und wir könnten Klarheit haben.«

Marianne stand auf. »Ich will das nicht!«

Hanna drückte sich ein Stück von ihrem Stuhl hoch, doch dann setzte sie sich wieder. Ihr Leben lang hatten ihre Oma und sie sich gegenseitig getröstet. Immer hatte nur ein kurzer Blick oder eine Berührung gereicht, um sich zu versichern, dass alles gut werden würde. Nun war es, als würde sie ein unsichtbarer Faden zurückhalten. Hanna dachte an Else. Sie sah ihre Oma an. Diesmal konnte sie sich nicht ohne Weiteres auf Mariannes Seite stellen, zum ersten Mal funktionierte das nicht.

»Oma!« Hanna wünschte sich so sehr, dass Marianne ihr in die Augen schaute.

»Dass du mir auch noch in den Rücken fällst, Hanna.«

Mehr als die Anklage schmerzte Hanna, dass ihre Oma sie wirklich »Hanna« genannt hatte und nicht »Hanni«. »Aber es kann doch nicht sein, dass du sauer auf mich bist. Was habe ich denn gemacht?«

Mariannes Schweigen war mehr als eine Antwort. Hanna hatte mit Else gesprochen. Das reichte.

»Das ist unfair«, sagte Hanna. »Ich sage nur, was ist!«

Claudia zog die Urlaubsprospekte zu sich heran und schlug sie zu. »In welchem Hotel wohnt sie? Ich denke, es reicht, wenn Olaf und Andreas es klären.«

»Die beiden, die am wenigsten mit der Sache zu tun haben?« Hanna sah von einem zum anderen, doch sie merkte, dass aller Widerspruch zwecklos war. Sie kam sich vor wie eine Verräterin, als sie auf Olafs Frage den Namen des Hotels nannte. Marianne wandte sich ab und ging auf den Balkon.

»Oma!«, rief ihr Hanna hinterher.

Marianne antwortete nicht.

Olaf und Andreas zogen sich ihre Jacken an und verließen das Haus.

Hanna fühlte sich fremd in den Räumen, die immer ihr Zuhause gewesen waren. Erst als sie die Tür zuschlagen hörte, fiel ihr auf, dass sie gar nichts gegessen hatte. Doch ihr Hunger war weg. So half sie Claudia beim Abräumen und versuchte, nicht zu ihrer Oma zu sehen, deren äußerliche Versteinerung eine einzige Anklage war.

»Mama?«, fragte Hanna, während sie Essensreste in den Biomüll schob.

»Du hast nichts falsch gemacht«, sagte Claudia.

Hanna nickte. Sie blickte zu Marianne, die sich noch immer nicht bewegte. Sie wäre am liebsten zu ihrer Oma gegangen, um ihr zu sagen, dass die Sache mit Else keinerlei Bedeutung hatte, sich nichts ändern würde. Aber sie wusste, dass das nicht stimmte.

7

Hanna schloss mit schlechtem Gewissen die Haustür auf. Sie rechnete zumindest mit vorwurfsvollen Blicken, weil sie sich wieder einmal zu lange in der Innenstadt herumgetrieben hatte, obwohl sie versprochen hatte, sich um das Kochen zu kümmern. Doch weder lag Essensgeruch in der Luft, noch hörte sie das übliche Teller- und Besteckklappern. Sie schaute durch die geöffnete Flurtür ins Esszimmer. Niemand da. Nur ein aufgerissener Briefumschlag lag unübersehbar auf dem Esstisch. Bevor Hanna ihn aus dem Umschlag herauszog, wusste sie, dass es das Laborergebnis der DNA-Analyse war.

»Oma?«

Hanna horchte ins Obergeschoss. Kein Laut war zu hören, es war so still, dass sie ein Rauschen wahrnahm, das ihren eigenen Ohren entsprang.

»Claudia?«

»Papa?«

Sie verstand es nicht. Es war Freitag, Viertel nach zwei, eine Viertelstunde zu spät zum verabredeten Mittagessen, dem Essen, das sie hatte kochen wollen.

Die oben liegende Seite des Gutachtens war eine Ansammlung von Diagrammen, die für Hanna keinen Sinn ergaben. Das Durcheinander aus Zahlen und Kurven sah aus, als hätte jemand auf die waagerechte Achse einfach ein paar Nadeln gelegt. Aufgelistet wurden die Adressen von Else und Marianne als Teilnehmerinnen der Untersuchung, die darunter folgende Erklärung zum Ablauf des Analyseverfahrens beachtete Hanna gar nicht. Sie blätterte weiter. *Zusammenfassung und Ergebnis* las sie, dann entdeckte sie die Zahl: 99,999 Prozent. So hoch war die Wahrscheinlichkeit, dass Else Mariannes Mutter war. Hanna rückte einen der Stühle ab und setzte sich. Sie stützte den Kopf auf die Hände, um nachzudenken und zu begreifen, was das bedeutete. Im Grunde hatte sie es von Anfang an geahnt, doch nun hatten sie es schwarz auf weiß. Ihre Gedanken sprangen in Sekundenbruchteilen von den draußen vorbeifahrenden Wagen über die erste Begegnung mit Else und die seltsame Distanziertheit ihrer Oma zu ihrem eigenen Gefühl, zwischen Else und ihrer Oma hin- und hergerissen zu sein.

Ein Räuspern nur ein paar Meter entfernt von ihr ließ Hanna aufblicken. In sich zusammengesunken saß Marianne auf dem Sofa.

»Du bist da?« Hanna stand auf und setzte sich in den Sessel auf der anderen Seite des Couchtisches.

»Du hast es gelesen?« Mariannes Blick ging nach draußen.

»Warum hast du nicht geantwortet, als ich gerufen habe? Und wo sind die anderen? Was ist mit dem Essen? Was meinst du dazu, dass Else und du ...« Hanna hielt inne. Sie war sich nicht sicher, ob auch nur eine einzige ihrer Fragen bei Marianne angekommen war. »Oma! Jetzt sag schon was!«

»Wir haben gestritten.«

»Claudia und du?«

Marianne nickte.

Hanna stellte sich vor, ihre Oma zu packen und aus der Lethargie zu schütteln. Was war denn nur los mit ihr?

»Papa wollte mit ›dem ganzen Frauengezeter‹ nichts zu tun haben und ist dann wie üblich wieder in die Praxis?«, fragte Hanna. Im Grunde brauchte sie gar keine weitere Erklärung, dafür kannte sie die drei zu gut.

»Ich dachte, es würde überhaupt keine Rolle spielen, was bei dem Test rauskommt. Meine Güte. Vierundsiebzig Jahre alt bin ich jetzt. Mutter oder nicht Mutter, das ist doch vollkommen egal. Was sollte das schon ändern? Welche Bedeutung haben?« Marianne putzte sich die Nase.

Hanna setzte sich zu ihrer Oma, nahm ihr die Brille ab, die so verschmiert war, dass Marianne damit bestimmt nichts mehr sehen konnte. Sie stand auf, ging in die Küche, um die Brillengläser unter dem Wasserhahn zu reinigen.

Dann gab Hanna ihr die Brille zurück und strich über die stufigen, kinnlangen Haare, die sich so federweich anfühlten. Wie Daunen. So oft hatte Hanna als Kind vor dem Einschlafen die Strähnen durch ihre Finger gleiten lassen, wenn sich Marianne nach der Gutenachtgeschichte noch neben Hanna ins Bett gelegt hatte.

Marianne schob Hannas Hand weg.

»Was ändert es denn zwischen uns? An dir und mir?«, fragte Hanna. »Warum grübelst du so? Das hier ist deine Familie und du bist der wichtigste Mensch in meinem Leben. Else will sowieso nach Italien zurückfahren.«

»Ich habe meine Mutter immer bewundert. Alma. Und sie war gar nicht meine Mutter.«

»Aber eine Mutter, das ist doch die Frau, die sich kümmert, bei der man aufwächst, die da ist und bei den Schularbeiten hilft, die zuhört, mit der man sich streitet und wieder versöhnt.«

»Alma war wunderschön. Schon in der Grundschule haben mich alle um sie beneidet.« Marianne rückte die Sofakissen zurecht und legte sich hin. Sie sah müde aus.

Hanna vergegenwärtigte sich die Fotos, die sie von Alma gesehen hatte. Sie selbst hatte Alma nicht kennengelernt, weil Hanna erst zwölf Jahre nach Almas Tod geboren worden war. Trotzdem war Alma in den Erzählungen gegenwärtig gewesen: Alma, die Pianistin. Die Künstlerin, die am Pariser Konservatorium studiert hatte.

»Und das teure Parfum, das sie sogar im Alltag benutzt hat«, erinnerte sich Marianne. »Sie hatte etwas von Marlene Dietrich. Genauso schlank, genauso elegant, wenn sie Männerhosen trug. Ich habe darin immer nur ausgesehen wie in einem Kartoffelsack, wenn ich solche Hosen überhaupt über die Hüften bekam.« Marianne lachte.

Hanna rieb sich über ihre brennenden Augen. Sie konnte nicht mitlachen, zu angespannt war Mariannes Gesicht. Wie sehr wünschte sich Hanna, mit Worten den Schmerz, den sie bei Marianne spürte, zu lindern. Aber sie befürchtete, dass es unmöglich war. So nahm sie Mariannes Hand und wartete.

»Wenn wir einkaufen gingen, haben ihr die Bauarbeiter hinterhergepfiffen.« Mariannes Stimme war leise. »Als junger Backfisch war das schwer zu ertragen. Sie, der Perfektionismus pur, das Aussehen, das Durchhaltevermögen, die Disziplin beim Üben und im Leben. Übermächtig. Eine Göttin ohne Göttinnentochter. Sie wog sich die Schokoladenrippchen zum Nachtisch ab. Ich habe drei Tafeln auf einmal gegessen. ›Schnuckelig‹ war ich als kleines Mädchen für sie. Aber ich war eben ich. Sicher, es spielt keine Rolle mehr. Doch erklärt es so viel. Dieses Rennen gegen Wände bei ihr, das nie Herankommen. Dabei habe ich es versucht, so sehr. Vor Arbeiten in der Schule gelernt, bis mir die Buchstaben vor den Augen verschwommen sind, bis die Umgebung vor Müdigkeit unwirklich wie ein Puppenhaus aussah. Ich habe für sie geputzt, weil sie es hasste. Habe die Wäsche gemacht, Betten bezogen, gespült. Aber es hat niemals gereicht. In ihre Fußstapfen bin ich nicht getreten, mit Musik konnte ich nichts anfangen.«

»Du hast dein Leben. Deinen Beruf, das ist deine Berufung. Du bist doch jemand, der sein Ding durchzieht und damit glücklich ist.«

»Irgendwo bleiben wir ein Stück weit das kleine Mädchen, das sich danach sehnt, dass die Mutter einmal daherkommt und lobt: ›Hast du gut gemacht.‹«

Hanna stutzte. So kannte sie ihre Oma gar nicht.

»Wobei – wirklich recht konnte es Claudia dir ja auch nie machen, oder?« Hanna musste diese Spitze loswerden. Es war der unpassende Zeitpunkt und wohl wenig hilfreich. Trotzdem konnte Hanna zu dem, was ihr schon so lange durch den Kopf ging, nicht länger schweigen. »Sie kann reden, was sie will, selbst wenn du ihr zustimmen musst, sagt sie es für dich auf die falsche Art. Bei mir warst du immer ganz anders.«

Hanna ahnte, dass sie zu weit gegangen war. Sie wünschte sich, die Worte zurücknehmen zu können. Es gab Dinge, die sprach man besser nie aus. Man vergrub sie tief in der hintersten Schublade der Seele, sodass man fast vergaß, dass sie existierten. Denn wenn sie hervorkamen, war es wie eine Explosion, die nicht zu kontrollieren war.

»Lassen wir das. Das führt zu nichts.« Marianne stand auf. Sie fluchte darüber, dass ihr das Bein eingeschlafen war und es draußen regnete. Wo der Frühling blieb. »Aber du hast recht. Es ändert nichts, dass diese Else aufgetaucht ist. Und jetzt will ich davon auch nichts mehr hören. Nicht heute, nicht morgen. Gar nicht. Vergessen wir es einfach. Soll sie zurück nach Italien und gut ist.«

Die folgenden Stunden verbrachte Hanna mit Kopfhörern in ihrem Zimmer. Sie musste für sich sein, Ruhe haben, um das, was geschehen war, für sich zu sortieren. Sie hatte nicht vor, ihr

Zimmer an diesem Tag überhaupt noch einmal zu verlassen, auf das Abendessen konnte sie verzichten. Der Hunger war ihr nach dem Gespräch mit ihrer Oma vergangen. Wenn Marianne wenigstens wütend reagiert hätte, wäre es einfacher gewesen. So blieb Hanna nichts übrig als ein schlechtes Gewissen.

Ein Türklingeln, das nicht aufhörte, ließ sie innehalten.

»Machst du auf?«, rief Hanna durch die geschlossene Tür. »Oma?«

Weil niemand antwortete und es weiter läutete, ging Hanna nach unten. Sie blickte ins Wohnzimmer. Marianne hatte sich die Funkkopfhörer aufgesetzt und schaute im Fernsehen einen Schwarz-Weiß-Spielfilm aus den 1950er-Jahren.

Hanna öffnete.

»Guten Abend«, sagte Else. Neben ihr standen ein Koffer, ein Rucksack und eine kleine Tasche. »Ich wollte mich nur verabschieden und meine Adresse dalassen.« Sie holte einen Zettel aus ihrer Jackentasche. Das Flurlicht, das nach draußen in die Dunkelheit schien, ließ Elses Haar silbern schimmern.

Hanna hörte Schritte hinter sich. Sie nahm den Zettel mit der Adresse. »Du kannst doch nicht einfach wieder so gehen.« Sie wollte Else aufhalten, wusste aber nicht, wie sie es anstellen sollte. Es war alles so schnell gegangen: Vor sechs Tagen war sie Else zum ersten Mal begegnet. Vor zwei Tagen hatten sie im Café zusammengesessen. Nur Stunden später war Else von der Aktion mit dem DNA-Test überrollt worden. Hanna wollte sich gar nicht vorstellen, wie das auf Else gewirkt haben musste, als Andreas und Olaf bei ihr aufgetaucht waren. Und wie mochte es ihr ergangen sein, als Claudia und Andreas ihr das Ergebnis des Tests mitgeteilt hatten, das sie sowieso schon kannte?

»Es ist alles so verdammt schiefgelaufen«, sagte Hanna. »Es tut mir leid. So hätte es nie kommen dürfen. Aber warum fährst du schon? Jetzt kann niemand mehr behaupten, dass du eine Betrügerin bist.«

»So war es geplant. Das Hotelzimmer ist für eine Woche reserviert gewesen. Anfangs hatte ich überlegt, länger zu bleiben, euch besser kennenzulernen.«

Marianne kam hinzu. Mit verschränkten Armen stellte sie sich schräg hinter Hanna, so dicht, dass Hanna einen Schritt zur Seite trat.

Marianne umfasste den Türgriff. »Wolltest du etwa bei uns wohnen?«

»Es war ein Gedankenspiel. Falls ihr Platz hättet. Um mehr Zeit miteinander zu haben. Aber realistisch betrachtet – ich habe Hanna meine Adresse gegeben, damit wir in Kontakt bleiben können.«

»Ich wüsste nicht, was …«, begann Marianne.

»Oma!« Hanna schob sie weg. Dann wandte sie sich an Else.

»Hast du denn schon ein Zug- oder Flugticket gekauft?«

»Nein. Ich wollte einfach den Bus zum Bahnhof nehmen und von dort weiterreisen.«

Hanna sah auf die Uhr. Es war schon Viertel vor neun. Wie lange brauchte man bis zur ligurischen Küste? »Ist eine Nachtfahrt nicht zu anstrengend für dich?« Hanna nahm Elses Koffer. Dass alles genau an der Stelle zu diesem Zeitpunkt endete, was noch nicht einmal begonnen hatte, wollte sie nicht akzeptieren.

»Wir haben ein Gästezimmer. Das Haus ist groß genug. Ich beziehe dir das Bett. Jetzt fahren? Das ist doch viel zu spät.«

»Wir sollten das gemeinsam entscheiden. Warten, bis Claudia und Andreas da sind.« Marianne stieß die Luft mit einem Zischen aus, anschließend kehrte sie ins Wohnzimmer zurück, setzte sich die Kopfhörer wieder auf und nahm auf dem Sofa Platz, als ginge sie das alles gar nichts mehr an.

»Wenn die beiden überhaupt heute noch auftauchen! Soll Else so lange vor der Tür stehen bleiben?«, rief Hanna und war sich nicht sicher, ob Marianne sie durch die Kopfhörer hörte. Hanna verstand nicht, was in Marianne vorging. Sie trug den Koffer und den Rucksack in den Flur. »Komm. Bitte«, sagte sie zu Else.

»Danke. Es ist angenehmer, morgen früh zu fahren, und wir könnten uns noch einmal zusammensetzen. Aber mit der Übernachtung sollten alle einverstanden sein.«

»Komm rein. Setz dich. Möchtest du etwas trinken? Hast du schon gegessen? Ich kann dir ein Omelett braten, mit Gemüse. Magst du Omelett? Tut mir leid, ich rede zu viel.« Hanna berührte Else vorsichtig am Rücken und schob sie in Richtung Küche. »Ich habe auch noch nicht gegessen. Gern mache ich etwas für uns beide.« Sie schloss erst die Haustür, dann die Flurtür und schließlich die Küchentür hinter ihnen. »Sie ist eigentlich nicht so. Marianne, meine ich.«

Else nickte.

»Also. Ich kann uns wie gesagt ein Omelett machen. Mit Gemüse. Oder Pizza? Ist aber nur tiefgekühlte da.« Hanna öffnete den Kühlschrank. Nun merkte sie, dass ihr Magen knurrte und sie doch Hunger hatte. »Schnitzel gibt es auch noch. Schweineschnitzel. Ich weiß nicht … Oder wir machen überbackenes Käsebrot.«

»Entscheide du.«

Hanna wollte keine Zeit mit Gemüseschnippeln verbringen und Fleisch aß sie nicht so gern. So entschied sie sich, drei Brote mit Käse zu überbacken.

»Warte kurz«, sagte sie, goss Else Wasser in ein Glas und ging ins Wohnzimmer. Marianne starrte auf den Fernseher, als gäbe es nichts Interessanteres auf der Welt. Dabei hatte Hanna längst aufgehört zu zählen, wie oft Marianne diese DVD aus der Sammlung schon angesehen hatte, mindestens zehn oder zwanzig Mal. Hanna schaltete die Geräte aus.

»Ich habe Essen für uns in den Ofen getan. Auch für dich.«

»Hier im Haus entscheidet immer noch jeder selbst, was er tun und lassen will. Ich möchte den Film weitersehen.«

»Oma! Jetzt sei nicht so stur. Sie ist deine Mutter. Sie ist gekommen. Sie ist da. Das ist doch in erster Linie eine Chance!«

»Ich habe mit alledem nichts zu tun. Ich habe auch mit ihr nichts zu tun.«

Hanna setzte sich neben Marianne aufs Sofa und nahm die Hand ihrer Oma. Mariannes Kinn zitterte.

»Sie ist deine Mutter. Wenn du jetzt nicht kommst, verbrennt das Abendessen für uns alle, weil ich auch erst aufstehe, wenn du mitkommst.« Hanna umfasste Mariannes Gesicht mit beiden Händen. »Bitte. Tu es für mich.«

Marianne löste sich aus Hannas Berührung. »Hanni, du meinst es gut. Das weiß ich zu schätzen. Nur, du verstehst es nicht ... Ich versuche es dir zu erklären. Da kommt plötzlich eine Frau. Mutter, was heißt das schon? Ich kenne sie nicht. Ich will sie gar nicht kennenlernen. Da ist nichts außer einer riesigen Distanz zwischen mir und ihr, daran ändert dieser Test nichts. Sie ist aufgetaucht. Sie tischt uns eine Geschichte auf, die mag wahr sein. Aber das ist ihr Leben, das sie beschäftigt, nicht unseres und nicht meins. Sie hat aus irgendwelchen Gründen früher einmal eine Entscheidung getroffen. Es ist, wie es ist. Die Vergangenheit ist vorbei und die Zukunft wird sich durch sie genauso wenig ändern. Ich will auch nichts von dem hören, was längst kalter Kaffee ist. Was war, das war. Es interessiert mich nicht.«

»Das stimmt doch nicht. Das glaube ich nicht.«

»So ist es. Du musst es akzeptieren. Das Einzige, was an der Sache interessant ist, ist, dass mich all die Jahre mein Gefühl zu meiner Mutter nicht getäuscht hat. Ich weiß jetzt, warum ich so oft dachte, ich wäre nicht gut genug in ihren Augen. Warum ich ihren Anforderungen nie gerecht werden konnte. Warum meine Versuche, Anerkennung von ihr zu bekommen, von vornherein zum Scheitern verurteilt waren. Ich konnte nicht richtig sein. Weil ich eben nicht ihre richtige Tochter war. So einfach ist es.«

Hanna stand auf. Sie dachte an die Käsebrote. »Das ist so was von frustrierend!«

»O ja, es ist frustrierend. Und wie!«

Hanna knallte die Tür zum Flur so fest hinter sich zu, dass sie kurz befürchtete, die Glasscheibe würde aus dem Holzrahmen fallen. Doch die Tür blieb heil.

»Alles in Ordnung?«, fragte Else.

Hanna holte das Essen aus dem Ofen. Der Käse hatte Blasen gebildet und sich hellbraun verfärbt. So war es perfekt. Dann würde eben jeder eineinhalb Brote bekommen. Hanna richtete zwei Teller her, dekorierte die Mahlzeit mit Paprika- und Möhrenstreifen.

»Ich würde mich wirklich riesig freuen, wenn du bei uns übernachtest«, sagte Hanna noch einmal. Sie versuchte, das schlechte Gefühl beiseitezuschieben, das sie hatte, wenn sie dabei an Marianne dachte. Doch es war wie ein Druck im Magen, etwas, das es ihr schwer machte, ruhig und tief zu atmen.

»Wie war Alma eigentlich?«, fragte Hanna. »Warum hast du gerade ihr dein Kind gegeben?«

»Sie war meine Klavierlehrerin und nach ein paar Unterrichtsstunden war sie zu einer Vertrauten geworden. Alma interessierte sich nicht allein dafür, ob ihre Schüler gut spielten, sondern sie sah auch die Menschen dahinter, die Lebenswege, die Konflikte und die Sehnsüchte. Sie war weise, ohne etwas Belehrendes zu haben. Sie war keine typische Lehrerin, die viel erklärte. Sie brauchte keinen Druck oder Zwang aufzubauen, weil alle ihre Schüler für sie übten. Sie war schon – beeindruckend.« Else lehnte sich zurück. Dann erzählte sie weiter.

8

Samstag, 6. Februar 1943

»Es wird nie gut werden«, sagte Else. »Ich habe es vermasselt.«
Sie streichelte über ihren Bauch, den sie nun wenigstens nicht
länger verstecken musste. Für einen Sekundenbruchteil glaubte
sie, eine Bewegung in ihrem Innern wahrgenommen zu haben.
Da war es. Wenige Sekunden später war sie sich nicht mehr
sicher, ob sie sich nicht getäuscht hatte. Möglicherweise hatte
sie Probleme wegen des frischen Brotes.

»Deine Eltern kümmern sich um dich. Auch dass sie
dich haben herkommen lassen, dass dein Vater weiterhin die
Klavierstunden zahlt, zeigt, dass sie dir im Grunde ihres Herzens
wohlgesonnen sind.« Alma schenkte Else Tee nach.

Else blickte zu den dicken, weinroten Samtvorhängen, die
zusammen mit den dazu passenden Kissen und den wuchtigen
Möbelstücken das Zimmer wie das Innere einer Burg wirken
ließen. In Almas Räumen blieb die Außenwelt ausgeschlossen.

Else seufzte. Warum konnte sie nicht einfach hierbleiben?
Warum konnten ihre Eltern nicht wie ihre Klavierlehrerin
mit Verständnis reagieren und erst einmal zuhören, bevor sie
urteilten?

»Dass ich heute zu Ihnen kommen durfte, Frau Wulbrand, dass die Klavierstunden nicht gestrichen wurden, lag daran, dass mein Vater glaubt, dass ich mich seinem Willen unterordne. Er verlangt, dass ich das Kind in einem Lebensborn-Heim zur Welt bringe und dort abgebe. Er überlegt Tag und Nacht, wie er es am besten in die Wege leiten und wen ich als Vater angeben kann. Er hat sogar den Namen meines Cousins in Erwägung gezogen, der im vorigen Monat gefallen ist. Tote können sich nicht wehren.« Else umklammerte ihren Oberkörper, um die Kälte zu vertreiben, die tief aus ihrem Innern kam.

»Mädel.« Alma strich ihr über die Schulter. »Mädel, Mädel, was machst du nur für Sachen?«

Es war das erste Mal seit Alfreds Verhaftung, dass jemand sie berührte, einfach so, nicht, weil es eine Notwendigkeit gab. Der Gegensatz von Almas Reaktion zu den Prügeln ihres Vaters war so extrem, dass die tröstende Nähe von Alma mehr schmerzte als die Schläge mit dem Gürtel. Else ließ die Tränen über ihr Gesicht laufen, ohne sie abzuwischen. Sie rannen ihr über die Wangen, tropften von der Nasenspitze auf das Kinn und auf die Bluse, wo sie auf dem Weiß hellgraue Flecken hinterließen. Almas Hand ruhte weiter auf Elses Schultern, bis Else sich langsam wieder beruhigte.

»Danke. Das müssen Sie nicht«, sagte Else. Sie lauschte dem Knacken des Holzes im Ofen, spürte die Wärme, die von dort kam und sie einhüllte wie eine Decke.

»Wenn ich irgendetwas für dich tun könnte! Eigentlich gibt es nichts Schöneres als ein Kind. Wenn ich bedenke, dass ich jetzt sechsunddreißig bin und es all die Jahre mit einer Schwangerschaft nicht geklappt hat ... Aber so ist das Schicksal. Es fragt nicht. Es schenkt nicht dem, der etwas erhofft. Deine Eltern meinen es nur gut mit dir. Deine Möglichkeiten, die Ausbildung an einem anderen Krankenhaus fortzusetzen, sind besser, wenn du nicht gleichzeitig die Sorge für ein Kind trägst.

Du wirst als Krankenschwester ein Auskommen haben, später heiraten, andere Kinder bekommen. Und vergessen.«

Else versuchte, es sich vorzustellen: Wie sie das Kind weggab. Es von sich schüttelte wie Dreck oder Staub von einem Mantel. Wie sie ihren Lebensweg weiterging, als wären die Schwangerschaft und die Geburt ein kurzer Stolperer gewesen. »Ich kann das nicht.«

»Was kannst du nicht?«

Else zog ihr Taschentuch hervor, putzte sich die Nase und strich sich eine nasse Haarsträhne hinters Ohr. »Ich kann das Kind nicht in so ein Heim gehen lassen. Ich kann es nicht abgeben. Ohne zu wissen, wohin es kommt. Ich kann es aber auch nicht behalten, nicht für es sorgen, weil ich selbst nur noch eine Geduldete bei meinen Eltern bin. Was soll ich um Himmels willen machen?«

Alma setzte sich näher zu Else und Else lehnte ihren Kopf an Almas Schulter. Wenn es doch genau so bleiben könnte, wünschte sich Else, alles, wirklich alles würde sie dafür geben.

»Wir Menschen wollen immer eine Lösung haben«, sagte Alma. »Wir wollen die Zukunft bestimmen, Sicherheit haben über das, was geschieht. Manchmal funktioniert das nicht. Jeder, der behauptet: ›Alles wird gut‹, lügt. Er lügt nicht einmal aus bösem Willen, sondern einfach, weil sich jeder von ganzem Herzen wünscht, den Menschen, die ihm etwas bedeuten und die er liebt, versichern zu können: ›Mach dir keine Sorgen. Hab keine Angst. Es wird sich zum Guten wenden.‹ Mir geht es genauso, Else. Ich würde dir so gern sagen, dass alles gut wird. Aber das kann ich nicht. Es gibt keinen Deus ex Machina. Nur eins kann ich versprechen: dass ich für dich da bin, was immer geschieht. Du kannst kommen. Meine Tür ist offen. Am Tag und auch in der Nacht. Gleichgültig ob gerade Schüler da sind oder nicht, ob ich auf einer Konzertreise bin oder nicht. Den Schlüssel zur Wohnung klebe ich innen auf den Boden des Briefkastens. Deine Hände und Arme sind so schlank wie meine. Du kannst die Klappe öffnen und hineingreifen. Dann wirst du den Schlüssel ertasten.«

»Danke.« Das Angebot war mehr, als Else hatte erwarten können. Trotzdem war es zu wenig. Dieser Rückzugsort, den sie bekam, war wie eine Insel, während der Sturm auf dem Meer weiterpeitschte. »Aber was soll ich tun?« Else sah nach draußen. Es fing an zu schneien. Dicke Flocken schimmerten hell vor den dunklen Wolken.

»Wie ich schon sagte.« Alma stand auf und rückte einen Stuhl neben den Klavierhocker. »Wir Menschen wünschen uns immer Antworten. Manchmal gibt es keine. Und keine Gewissheit, keine Lösung, nur die elende Wirklichkeit, die gar nicht ist, wie wir sie uns vorgestellt haben. Dann sehen wir allein diese ganze Katastrophe um uns herum. Krieg. Zerstörung. Mein Wilhelm an der Front, wie er täglich um sein Überleben kämpft. Deine Schwangerschaft. Deine verlorene Arbeit. Die wütenden Eltern. Aber bei alledem gibt es auch das, was uns hält. Das Problem ist, dass wir es oft nicht mehr erkennen können bei all den Desastern, aber es ist trotzdem da. Du hast gerade nach draußen gesehen. Guck noch einmal hin. Sieh sie dir an, die Flocken. Wie Watte. Fast schwerelos. Sie waren da, längst bevor unsere Welt zusammengebrochen ist. Und sie werden weiterhin da sein. Sie sind wunderschön. Sie sind beständig, werden in jedem Winter wiederkommen. Du hast dich selbst, Else. Du brauchst nur die Augen zu schließen, deinem eigenen Atem zu lauschen und dir im Takt dazu eine Melodie vorzustellen. Jeder Mensch ist nicht nur ein Getriebener und Ausgelieferter. Jeder Mensch hat auch von Geburt an Haltepunkte mitbekommen. Das Scheitern hat meistens seine Ursache darin, dass wir eben diese Haltepunkte aus den Augen verlieren. Plötzlich hörst du auf, die Sterne anzusehen oder auf dem Gesicht die Wärme der Sonne zu genießen. Du grübelst, anstatt jetzt, genau jetzt aufzustehen und dich ans Klavier zu setzen. Du baust dir dein eigenes Gefängnis.«

»Aber ...« Elses Stimme versagte. Alma konnte so sanft sein, die Berührung an der Schulter, das Angebot mit dem Schlüssel. Doch genauso war sie unnachgiebig, sich selbst und anderen gegenüber. Vielleicht war es diese Mischung, die ihr die Unerschütterlichkeit verlieh. Was auch geschah, Alma würde sich in völliger Dunkelheit zwingen, den Blick nach oben zu richten, ob irgendwo ein Stern auftauchte. Aber konnte sie, Else, sein wie Alma? Konnte sie sich wirklich ans Klavier setzen und das Stück spielen, das sie viel zu selten geübt hatte? Was sollte das bringen? »Unsere Stunde ist in weniger als zehn Minuten vorbei.«

»Heute vergessen wir die Zeit. Die Schülerin, die nach dir kommt, hat abgesagt.« Alma setzte sich auf den Stuhl neben dem Klavier. Sie klopfte auf den Hocker. »Jetzt fang schon an!«

Zögernd stand Else auf. Ihre Gelenke fühlten sich an wie eingerostet, als wäre sie innerhalb der letzten Tage um hundert Jahre gealtert. Ihre Finger waren steif. Ihre Gedanken flossen zäh und müde von all dem Reden. Sie hob ihre Noten vom Tisch auf, ging zum Klavier und schlug den Schumann-Band auf. Alma summte den Anfang des Stückes und nickte. Else nahm das Tempo auf und spielte. Zuerst kam es ihr widersinnig und verrückt vor. Sie hatte ihre große Liebe verloren, sie war schwanger, sie musste ihr Kind abgeben, würde es nie aufwachsen sehen, hatte keine Arbeit mehr. Es war Krieg und sie setzte sich einfach hin und machte Musik? Die Melodie klang fürchterlich. Stümperhaft. Ungeübt. Peinlich.

»Spiel einmal die rechte Hand allein, ich übernehme die linke«, sagte Alma.

Else spürte die Maßregelung in der Stimme. Nun war Alma wieder die strenge Klavierlehrerin. Nur eine Hand. Was für eine Demütigung. Else schluckte. Sie tat, was Alma verlangte. Sie spielte. Viel langsamer, als sie es eigentlich wollte. Noch mal. Und noch mal. Dann links und Alma rechts. Wieder und wieder und wieder und wieder.

Den Punkt, wann es geschah, bemerkte Else nicht, aber plötzlich war die Wende da. Anstatt auf die Noten zu starren wie ein Erstklässler auf die Buchstaben, nahm sie die Musik wahr, die durch den Raum zu schweben schien, spürte, wie Almas und ihre eigenen Bewegungen eine Einheit bildeten. Die Töne fügten sich zu einem größeren Ganzen zusammen. Es fühlte sich an wie ein Beben, das tief aus ihrem Innern kam. Es gab nichts mehr außer dem Klang, den Flocken vor dem Fenster und der Wärme des Ofens. Als hätte sich die Tür zu einer anderen Welt geöffnet.

9

Hanna wollte sich nicht vorstellen, dass Else irgendwann wieder aufbrechen würde. Zehn Nächte war ihre Urgroßmutter nun geblieben, trotz des Protestes von Marianne, die noch immer den gemeinsamen Mahlzeiten fernblieb und sich so lange wie möglich im Kindergarten aufhielt. Es gab so viel, was Hanna von Else erfahren wollte, was sie nicht wusste.

»Bitte. Bleib«, sagte Hanna. Sie sah Else beim Packen zu.

»Ich muss daheim nach dem Rechten sehen. Und hier ist es so kalt. Solch ein Schmuddelwetter, obwohl heute der erste Mai ist. Bei uns ist es schon Frühling. Mir fehlt es, auf der Terrasse zu sitzen und dort in der Sonne mein Mittagsschläfchen zu halten. Und ich möchte euch nicht zur Last fallen.«

»Du fällst mir nie zur Last. Du bist doch meine Urgroßmutter! Und Claudia: Du hättest sie früher erleben müssen, sie war richtig verbissen, was ihre Arbeit anging. Seit du da bist, ist sie so locker geworden. Zufrieden. Der ganze Druck ist raus. Man kann sogar mit ihr plaudern. Wenn du jetzt fährst ... was wird dann aus mir? Dann haben wir hier wieder nur noch das Thema Studium. Dass ich was Vernünftiges machen soll. Was das heißt, weißt du ja. Medizin studieren. Die Praxis übernehmen. Ich will das einfach nicht. Du darfst nicht gehen!«

Hanna folgte Else ins Bad. Mit einer Handbewegung schob Else Zahnbürste und Zahnpasta zusammen, ließ beides in den Stoffbeutel gleiten. Gedankenverloren blieb sie vor dem Spiegel stehen. Hanna hatte das schon öfter beobachtet: Plötzlich verharrte Else in einer Bewegung und war völlig in sich versunken, wie herausgetreten aus Raum und Zeit. Dann wurden ihre Gesichtszüge ganz weich und es sah fast aus, als würde sie lächeln.

»Else?« Hanna nahm ihr den Kulturbeutel ab.

»Es ist seltsam«, sagte Else. »Irgendwann wird es auch dir so gehen. Du siehst in den Spiegel, betrachtest die Frau, die dir gegenübersteht: die Augen, die Nase, die Lippen, die Gesichtsform. Und jedes Mal sieht sie älter aus, als du sie in Erinnerung hast, obwohl du selbst dich so viel jünger fühlst. Es ist, als würde die Zeit allein den Körper bestimmen, als wäre er nur ein Gefäß für etwas, das darin unberührt und verschlossen bleibt.« Else legte Blusen zusammen. »Es gibt Dinge, die werde ich wohl nie wirklich begreifen. Der Blick in den Spiegel gehört dazu.«

Hanna setzte sich aufs Bett. Viel zu schnell war der Koffer gepackt, hatte Else ihre Schuhe angezogen.

»Warum können mich die anderen nicht einfach so sein lassen, wie ich bin?« Hanna dachte an die üblichen Diskussionen über ihre berufliche Zukunft. Warum konnten ihre Mutter und Großmutter die Angelegenheit nicht wie Else betrachten? Warum nicht erst einmal fragen und zuhören, bevor sie sich ein Urteil bildeten? »Der Druck ist schon krass. Ich bin nicht die, die sie gern hätten.«

»Dann erklär es ihnen. Sag den beiden genau das, was du mir gesagt hast.«

»Das kann ich nicht.« Hanna stand auf und ging zum Balkonfenster. Sie lehnte ihre Stirn an die Scheibe, die sich so kalt anfühlte, als wäre es Winter. Sie zuckte bei Elses Berührung an ihrem Rücken zusammen.

»Du wirst nicht drum herumkommen«, sagte Else. »Es muss ja nicht heute sein.«

Hanna schüttelte den Kopf. »Es ist unmöglich. Ich will ihnen die Enttäuschung ersparen. Doch das Problem bleibt: Was sie von mir wollen, ist nicht mein Leben.«

»Und was ist dein Leben?«

Hanna überlegte. Manchmal war es so leicht zu wissen, was man nicht wollte, aber so schwer zu entscheiden, was man sich stattdessen wünschte.

»Du schaffst das«, sagte Else. »Du bist stärker, als du denkst.«

Hanna zuckte mit den Schultern. »Du fährst direkt wieder nach Hause?«

»Zuerst nach Berlin. Ich will vor allem Almas Wohnung noch einmal sehen.«

Hanna dachte an ihren Wagen, den alten VW Käfer, der zwar beim Anfahren ruckelte, aber trotzdem deutlich komfortabler zum Reisen war als eine Zugfahrt, die ohne Umsteigen kaum zu bewältigen war.

»Was, wenn ich mitkomme?«, fragte Hanna. Sie hörte Mariannes Stimme, obwohl ihre Oma gar nicht im Raum war. »Schnapsidee«, würde Marianne sagen. Vielleicht war es unüberlegt, aus einer Laune heraus. Doch was spielte das für eine Rolle? Von der Vernunft würde sie sich nicht abhalten lassen. »Ja! Die Idee ist toll! Wir nehmen meinen Wagen. Ich bringe dich hin, wo immer du willst.«

»Hanna ...«

»Ich weiß, was du denkst. Dass ich mit den anderen sprechen soll, dass Weglaufen keine Lösung ist, dass ich das schon oft genug getan habe. Aber hier ist es so eng, so verplant, der Alltag durchgetaktet, ich kann dabei gar nicht zu einem Ergebnis all meiner Überlegungen kommen. Lass mich mitkommen. Bitte. Ich fahre uns. Ich habe auch noch Geld von meinem letzten Job. Den Sprit zahle ich.«

»Darum geht es nicht, es ist nur …« Else stockte.

Hanna spürte Elses Blick auf sich. Er war so wach und intensiv, dass es sich wie ein Kribbeln anfühlte.

»In Ordnung«, sagte Else. »Aber nur unter einer Bedingung: Für das Benzin komme ich auf. Und du sprichst vorher mit deinen Eltern und deiner Großmutter. Wir sollten nicht im Streit aufbrechen, dann stünde die Reise unter keinem guten Stern.«

»Du bist abergläubisch?«, versuchte Hanna zu scherzen. »Okay, ich tue es. Jetzt sofort. Ich gehe runter, solange noch alle anderen am Esstisch sind.«

10

Hanna hatte sich vorgestellt, mit Else ins Auto zu steigen und nach Berlin durchzufahren. Fünfeinhalb Stunden Fahrtzeit, dazwischen vielleicht eine einstündige Pause, so hatte sie es geplant. Stattdessen hatten sie auf Elses Wunsch immer wieder angehalten, waren lange spazieren gegangen, zwischendurch in ein Restaurant eingekehrt, sodass sie bis zum Einbruch der Dunkelheit nicht einmal die halbe Strecke geschafft hatten. Dann meinte Else, sie sei müde und wolle eine Unterkunft für die Nacht suchen.

Hanna sah das Schild der Ausfahrt und setzte den Blinker. Wenn sie in sich hineinhörte, sehnte auch sie sich danach, auszusteigen und den Tag in Ruhe ausklingen zu lassen.

Am nächsten Morgen brachen sie noch vor sieben Uhr auf. Else rutschte von Anfang an unruhig auf dem Sitz hin und her. Sie lehnte sich vor und zurück, hielt sich an dem Griff über der Tür fest und ließ ihn wieder los. Ihr Atem beschleunigte sich. Hanna musste sich zur Konzentration zwingen, um sich nicht von der Aufregung anstecken zu lassen. Mal stockte der Verkehr oder lief zäh, dann konnte sie wieder kurz auf knapp hundert Stundenkilometer beschleunigen. Dieser Wechsel, der schon eine halbe Stunde lang so ging, machte das Fahren anstrengend.

»Wie die Stadt gewachsen ist! Was bin ich froh, dass du mitgekommen bist. Wer soll sich da zurechtfinden?«

»Willst du dich am Mittag hinlegen und schlafen?«, fragte Hanna.

»Es reicht, wenn wir zwischendurch nach einer Parkbank Ausschau halten.«

Hanna war von Elses Antwort nicht wirklich überzeugt. Else wirkte an diesem Tag müde, unendlich müde.

»Es macht mir nichts aus, wenn wir uns ausruhen. Ich will nicht, dass du …«

»Und ich will nicht, dass du dir Sorgen machst. Wenn ich eine Pause brauche, sage ich es. Versprochen.«

Hanna fuhr weiter in Richtung Innenstadt. Eine Dreiviertelstunde später parkte sie den Wagen in einer kleinen Seitenstraße.

Hanna half Else beim Aussteigen. »Ist es okay für dich, erst einmal durch die Stadt zu flanieren?«

Else lehnte sich an die Karosserie. Langsam nickte sie.

»Wirklich?« Hanna spürte, dass Else etwas verschwieg. Oder war sie doch viel kränker, als sie zugab zu sein?

»Gehen wir zum Kurfürstendamm. Dann …« Hanna stockte. »Aber da ist doch etwas, das dich stört.« Es war nicht zu übersehen. Else strich sich immer wieder gedankenverloren über das Kinn, sah unruhig von einer Seite zur anderen. »Du bist so nachdenklich.«

»Es ist seltsam, wieder hier zu sein. So viel ist passiert. Einerseits ist da die Sehnsucht, noch einmal die alten Eindrücke lebendig werden zu lassen. Aber auch die Furcht davor, dass alles über mich hinwegrollt und mich mitreißt. Dass ich besser das tun sollte, was jahrzehntelang gut funktioniert hat: die Erinnerungen beiseiteschieben und mich auf die Notwendigkeiten des Alltags konzentrieren.«

»Gehen wir einfach los«, schlug Hanna vor. In dieser Stadt wirkte Else ganz anders als die Frau, die Hanna zu Hause in Wiesbaden kennengelernt hatte. Else war nervöser, unentschlossener. Hanna hoffte so sehr, dass ein Stadtbummel ihrer Urgroßmutter die Unbeschwertheit zurückgab. Doch was Hanna auch initiierte, Else schien wenig begeistert. Während Hanna Bekleidungsgeschäfte durchstöberte, ruhte sich Else auf Bänken aus oder verweilte stundenlang im Hinterraum eines Cafés.

Nicht einmal zum Kauf einer Ansichtskarte oder eines Souvenirs konnte Hanna ihre Urgroßmutter bewegen.

»Ich habe alles«, betonte Else. »Was brauche ich in meinem Alter noch?«

»Haben wir noch Zeit?«, fragte Else schließlich, als Hanna sich schon darauf eingerichtet hatte, es sich bald in einem Hotelzimmer gemütlich zu machen.

Hanna sah auf die Uhr. Es war halb sechs am Abend. »Bist du nicht erschöpft?«

»Alma wohnte in der Elßholzstraße«, sagte Else. »Es müsste von hier aus mit der U-Bahn in ein paar Minuten zu erreichen sein. Dort hat sie auch unterrichtet. Jahrelang bin ich mittwochs nach der Schule dort hingegangen. All die Jahre war es meine Zuflucht.«

»Klar! Machen wir!« Hanna war froh über Elses konkreten Vorschlag.

Mit dem neuen Ziel vor Augen beschleunigten sich Elses Schritte. Sie eilte, als hätte sie Sorge, eine bestimmte Öffnungszeit zu verpassen.

»Okay, dann zur U-Bahn«, meinte Hanna. »Wobei – mit einem Taxi sind wir schneller da.« Langsam merkte Hanna immer deutlicher, wie müde sie war. Nun hatte Else mehr Kraft als sie. Hanna gab sich einen Ruck. Was auch geschah, sie würde garantiert nicht zuerst aufgeben.

Else ging auf das Taxi zu, das ein paar Meter entfernt von ihnen parkte, und nannte dem Fahrer die Adresse. Zügig setzte sich der Wagen in Bewegung.

»Stopp, hier ist es«, sagte Else bald.

Hanna stieg aus und schaute sich um. Die Wohnstraße mit den vielen Altbauten und den öffentlichen Gebäuden wirkte, als sei die Zeit stehen geblieben. Nur selten fuhr ein Auto ruckelnd über das Kopfsteinpflaster. Sie schaute an der Fassade eines gelben Mehrfamilienhauses hoch.

»Siehst du das Fenster mit den aufgeklebten Schmetterlingen?«

Hanna schaute nach oben. »Dort hat Alma gewohnt?«

Else blickte zu Boden, dann ging ein Ruck durch ihren Körper. »Lass uns gehen. Ich hätte das Taxi warten lassen sollen!«

»Wir sind doch gerade erst gekommen. Und wenn wir klingeln? Sicher kannst du die Räume von innen besichtigen. Oder wenigstens das Treppenhaus.«

»Es ist nicht das Haus, das ich gekannt habe. Die Eleganz von Almas Wohnung wird verloren sein. Ich brauche nicht hineinzugehen, nur um festzustellen, dass nichts ist wie früher. Was war, das ist vorbei. Was kommt, reine Hypothese. Was bleibt, ist die Gegenwart.«

»Das heißt, du willst die gesamte Reise abbrechen?« Manchmal verstand Hanna ihre Urgroßmutter nicht.

»Lass uns ein Hotelzimmer suchen«, sagte Else.

Hanna nickte, weil sie spürte, dass es sinnlos war zu widersprechen. Sie holte ihr Handy hervor und brauchte weniger als fünf Minuten, um eine Übernachtungsmöglichkeit zu reservieren. Mit genau der gleichen Intensität, mit der Else zu diesem Haus marschiert war, zog es sie nun wieder weg.

Hanna plauderte und versuchte vergeblich, ein Gespräch zu beginnen. Nun ging Else gebeugt. Hanna merkte, dass sie gar nicht richtig zuhörte und auch nicht auf Fragen antwortete.

Mehr als ein »Soso« oder ein »Jaja« oder »Hm« war nicht aus ihr herauszubekommen. Sie war vollständig in ihre Gedanken versunken.

»Was hast du denn erwartet?«, fragte Hanna und wiederholte ihre Worte, bis Else aufblickte.

»Ich weiß nicht.« Else blieb stehen. Sie lehnte sich gegen einen geparkten Transporter. »Etwas von Alma zu spüren. Ihre Gegenwart. Dass sie einmal hier gewesen ist. Dass irgendetwas von damals übrig geblieben ist, mehr als die Mauern des Gebäudes.«

»Aber du bist ja nicht mal reingegangen. Vielleicht wohnt dort noch jemand, den du kennst?«

»Wiedererkennen und Vertrautheit lassen sich nicht erzwingen. Es ist wie mit einem verlorenen Ehering, den man plötzlich findet, wenn der Partner längst gestorben ist. Dieses Gefühl von Nähe, das sich einstellen kann, das hat nichts mit einem Gegenstand wie einem Ring zu tun. Ach, ich weiß auch nicht, was ich mir erhofft habe.«

Hanna überlegte. Es klang so resigniert. So kannte sie Else gar nicht. Wo war nur die ganze Aufbruchsstimmung geblieben? Die Entdeckerfreude?

»Was nun?«, fragte Hanna. Sie spürte nichts als Ratlosigkeit. Deswegen waren sie nach Berlin gefahren? Für diese Erkenntnis? »Das kann es doch nicht gewesen sein.«

Else zeigte auf die Eingangstreppe eines Hauses. »Am besten setze ich mich dort hin und ruhe mich aus. Kommst du mit dem Auto und holst mich ab? Dann fahren wir zusammen ins Hotel.«

Hanna zuckte mit den Schultern. »Okay.« Sie sah ihrer Urgroßmutter noch zu, wie sie sich auf die Treppe setzte, dann ging Hanna mit zügigen Schritten weiter. Sie fluchte laut.

Zwanzig Minuten später parkte sie den Wagen in zweiter Reihe und half Else beim Einsteigen.

»Ich hatte mir den Tag anders vorgestellt«, sagte Hanna. Sie wollte nicht mosern. Trotzdem war sie enttäuscht, dass Else von keiner Aktivität und für keine Besichtigung zu begeistern gewesen war, dass sie sich das Haus, in dem Alma gewohnt hatte, gar nicht richtig angeschaut hatten. Waren sie nicht extra dafür gekommen?

Hanna erkannte beim Abbiegen im Rückspiegel das Fenster mit den aufgeklebten Schmetterlingen. Wieder wirkte Else abwesend.

»An was denkst du?«, fragte Hanna. Sie rechnete mit einem Brummen als Antwort oder etwas in der Art. Doch Elses Blick wurde klarer, immer mehr, je weiter sie sich von dem Haus entfernten, in dem Alma gewohnt hatte.

»Ich kann mich noch genau an den Tag erinnern«, begann Else. »Es war ein Donnerstag, ein paar Wochen, nachdem ich von der Schwangerschaft erfahren hatte und aus der Klinik entlassen worden war …«

11

Donnerstag, 18. März 1943

Else schlug die Klaviernoten auf. Alma saß mit konzentriertem Gesicht auf der Couch, um dem Vortrag der *Träumerei* aus Schumanns *Kinderszenen* wie in einem Konzertsaal zu lauschen. An diesem Tag durfte Else auf dem teuren Flügel spielen, den Alma zumeist nur selbst nutzte, um ihn vor der Beanspruchung durch Unterrichtsstunden zu schützen. Für Schüler gab es das Übungsklavier.

Elses Finger waren feucht, ihr Atem und ihr Herzschlag gingen schneller, obwohl ihr niemand außer ihrer Klavierlehrerin zuhören würde. Aber die Situation am Flügel, die Simulation eines Auftrittes wirkte so echt, dass Elses Selbstberuhigungsversuche versagten. Sie wischte sich die Hände an ihrem Rock ab, stellte sich das Tempo vor, mit dem sie starten wollte, zwischen Andante und Moderato. Sie hörte in Gedanken den F-Dur-Akkord des Anfangs genau, während ihre Finger über den Tasten schwebten.

Wochenlang hatte sie das Stück geübt. In der letzten Zeit war diese Musik der einzige Halt gewesen, der ihr noch geblieben war. Alfred war weg und sie durfte noch nicht einmal zeigen, wie sehr sie ihn vermisste. Wenn sie an ihn dachte, zog es ihr den Hals zusammen, die Luft wurde wie eine zähe Flüssigkeit. Es tat weh, jeden Tag, fast jede Minute, besonders, wenn sie zur Ruhe kam. Dann der Dauerstreit mit den Eltern über den Namen des Kindsvaters, der offiziell eingetragen werden sollte. Die geplante Geburt weit weg von zu Hause. Die Abgabe des Kindes in ein Heim. Der Verlust ihrer Ausbildung. Nichts, gar nichts war ihr geblieben außer der einen Stunde mit Alma jede Woche. Hier konnte Else frei aussprechen, was sie dachte.

Alma nickte ihr zu und Else setzte zum Spiel an. Das Klingeln an der Haustür kam gerade in dem Moment, in dem Elses Finger die Tasten berührten, die Spannung aus den Armen floss. Das Geräusch war eine Mischung aus Rattern und lautem Rasseln, das Else zusammenzucken und ihre Hände von den Tasten rutschen ließ.

»Es tut mir leid«, sagte Alma. Sie stand auf. »Wir fangen gleich noch mal an. Seltsam. Eigentlich erwarte ich heute überhaupt niemanden.«

Else versuchte, sich zu sammeln, sich auf ihren Atem zu konzentrieren: Die Schultern sinken lassen. Die Finger noch einmal ausschütteln. Sich das Tempo vorstellen. Die Lautstärke.

Die Stimmen, die aus dem Flur zu ihr herüberdrangen, ließen ihre Gedanken wieder von der Musik abschweifen. Es waren Männerstimmen, mindestens zwei, wenn nicht drei. Sie sprachen leise und gedämpft. Eine sonderbare Anspannung lag in der Luft, wie ein Flirren, wie die Hitze im Hochsommer kurz vor einem Gewitter.

Else überlegte, aufzustehen und von der Wohnzimmertür aus nachzusehen, wer gekommen war. Doch sie blieb sitzen und wartete.

»Nein.« Almas Stimme war nicht wie sonst ein kräftiger Mezzosopran, sondern tiefer und fast nur ein Hauchen.

Else lauschte noch angestrengter. Sie konnte die Männer, die durcheinanderredeten, nicht verstehen.

»Wann?«, fragte Alma. »Wie ist es möglich ... Wie soll es denn weitergehen ...«

Kurze Zeit später erklangen Schritte auf der Treppe, schwere, kräftige Schritte in Stiefeln, die leiser wurden. Absätze krachten bei jedem Auftreten.

Else verharrte. Bald war es so ruhig, dass sie ihren eigenen Herzschlag hörte.

Draußen startete der Dieselmotor eines Lkw, dann war vor dem Fenster kein Laut mehr zu hören. Das Feuer im Ofen glomm noch, doch auch dort knackte und knisterte nichts, als würde die gesamte Umgebung den Atem anhalten.

»Frau Wulbrand?«, fragte Else vorsichtig.

Alma antwortete nicht.

Else wartete. Die Stille ließ sie frieren. Sie stellte sich vor, dass sie allein auf der Welt existierte. Alles andere hätte sich aufgelöst: die Menschen, die Autos, die ganze Stadt. Die Situation hatte etwas seltsam Traumhaftes.

Um sich nicht weiter in ihren Grübeleien zu verlieren, stand Else auf. Das Quietschen des Hockers und ihre Schritte kamen ihr überlaut vor. Sie sah durch das Fenster nach draußen. Die Straße war fast menschenleer, nur ein paar dick vermummte Gestalten eilten kurz vor Einbruch der Dunkelheit geduckt und in Mäntel und Mützen eingehüllt wie Geister über den Bürgersteig. Es waren im Dunst des Nieselregens verwischte Schatten, die auftauchten und wieder verschwanden.

»Frau Wulbrand?«, fragte Else noch einmal.

Langsam ging sie auf die Wohnzimmertür zu, dann weiter in den Flur, bis sie Alma entdeckte. Ihre Klavierlehrerin saß auf dem Boden eingezwängt zwischen Haustür, Garderobe und Schuhschrank. In den Händen hielt sie einen Brief und eine schwarze, ovale Erkennungsmarke. Ihr Körper zuckte vom geräuschlosen Weinen.

»Was ist passiert?« Else hatte Mühe, sich Alma zu nähern, zu eng war die Ecke, zu dick ihr Bauch.

»Er ist gefallen.«

»Wer?« Im gleichen Moment wünschte sich Else, die Frage zurücknehmen zu können, und stammelte: »Es tut mir so leid!«

»Dabei habe ich erst gestern einen Brief von ihm bekommen. Er hat mir geschrieben, wie sehr er mich liebt. Wie sehr er sich gemeinsame Kinder ersehnt, für die er kämpfen kann. Wie müde er ist von all dem Unterwegssein und den Entbehrungen, dem wenigen Schlaf und den kargen Rationen. Ich habe ihm noch geantwortet. Dass auch ich mir von ganzem Herzen ein Kind mit ihm wünsche. Auf den nächsten Fronturlaub habe ich ihn vertröstet, ohne ihm zu sagen, dass die Ärzte längst festgestellt haben, dass ich wohl niemals schwanger werden kann.«

Else versuchte, den Kloß in ihrem Hals wegzuschlucken.

»Ich mache Ihnen einen Kaffee. Kommen Sie. Stehen Sie auf. Gehen wir in die Küche. Ich helfe Ihnen.« Else stützte Alma. Das Gewicht wog schwer auf ihren Schultern. Nie hatte sie die Schwangerschaft so verflucht. Wie ungelenkig sie sich fühlte! Else atmete angestrengt gegen das Stechen im Rücken an. Nur mit allergrößter Mühe gelang es ihr, Alma in die Küche, zum Tisch und weiter auf den Stuhl zu wuchten. Else tupfte sich mit ihrem Ärmel den Schweiß von der Stirn ab.

»Kaffee oder Wasser?«, fragte Else.

Als Alma nicht antwortete, goss Else Wasser aus dem Hahn in ein Glas und stellte es auf den Küchentisch.

Almas Gesicht war grauweiß. Ihre Lider flatterten. Die Pupillen waren vergrößert, sodass ihre Augen wie zwei schwarze Sterne wirkten, aus denen alles Leben gewichen war.

Else führte das Glas zu Almas Mund und war erleichtert über jeden Schluck, den Alma trank.

Mit einem Ruck straffte Alma ihren Körper.

»Mehr?«, fragte Else.

»Danke. Nein. Es ändert nichts.«

Else versuchte erst gar nicht, etwas Tröstliches zu sagen. Sie wusste, dass es nur wie Hohn wirken konnte, dass es manchmal einfach nichts anderes gab, als füreinander da zu sein und anzuerkennen, dass das Handeln und Reden Grenzen hatte. Das würde sie jetzt tun, für Alma da sein. Auch wenn das Donnerwetter, dass sie wegen ihrer Verspätung zu Hause erwartete, gewaltig sein würde.

Draußen war es inzwischen vollständig dunkel. Weder Else noch Alma schalteten das Licht an. Sie saßen sich weiter gegenüber und starrten aneinander vorbei in die Schwärze.

»Ich kann Ihnen Essen machen«, bot Else irgendwann an.

»Danke. Nein. Und hör mit dem blöden Siezen auf. Sag Alma zu mir.«

»Gut.«

Langsam schliefen Else auf dem harten Stuhl die Füße und Beine ein. Sie setzte sich auf die Vorderkannte. Ihr Rücken drückte und zog. Wie sollte es erst werden, wenn das Kind in ihr weiterwuchs?

»Es ist verrückt«, sagte Alma. »Wir haben uns so sehr ein Kind gewünscht. Es ist Wilhelms größte Sehnsucht gewesen. Und du bekommst eins.«

»Du kannst es gern haben.« Else meinte es im Scherz. Doch als es einmal ausgesprochen war, merkte sie, wie es nicht nur in ihr arbeitete, sondern genauso in Alma.

»Ich könnte es nicht annehmen. Es ist das Wichtigste, was du hast«, sagte Alma.

»Sie werden es mir nie lassen. Niemals. Eher töten sie mich.«

»Und wie …« Alma sprach den Gedanken nicht aus, doch Else wusste, was Alma dachte. Es war der gleiche, der auch in ihrer Vorstellung Gestalt annahm.

»Ich kann mich noch genau daran erinnern, dass dein Mann Anfang September auf Heimaturlaub bei dir war. Ein Kissen, mit einem Gürtel vor den Bauch gebunden …«, überlegte Else. »Es ist spät, aber nicht zu spät dafür. Keiner wird es in Zweifel ziehen. Bekommst du als Witwe nicht zusätzliche Unterstützung?«

»Die brauche ich gar nicht. Nur das Risiko …«

»Das gesamte Leben ist risikoreich. Weißt du, was Alfred immer gesagt hat? Das Leben ist lebensgefährlich.« Else musste laut auflachen. Sie lachte, bis sich ihr Bauch zusammenkrampfte. Schließlich stimmte auch Alma in das Lachen ein.

Else schämte sich. »Nimm es mir nicht übel.«

»Was denn?«

»Dass ich lache, obwohl Wilhelm gestorben ist.«

»Ist der, der nicht mehr lacht, nicht schon innerlich tot? Wenn wir nur noch weinen, helfen wir damit niemandem.«

12

Hannas Blick ging zu Else. Ihr Gesicht wirkte gelöst, die Augen leuchteten wach durch die Falten wie Sonnen. Hanna war erleichtert über die Entspannung, die zwischen ihr und Else im Hotelrestaurant eintrat, trotz des schwermütigen Themas am Tisch.

Mit geschlossenen Lidern nippte Else am Weinglas, dann sah sie Hanna an.

»Ich bin froh, dass du da bist.« Else streckte einen Arm über den Tisch. Ihre Haut war gebräunt und voller Flecken, wie lauter große Sommersprossen. Die Hand war schlank, die Finger lang. Bei aller Zierlichkeit war der Griff unerwartet kräftig.

»Zum ersten Mal habe ich jemanden, dem ich einen Teil meines Lebens weitergebe«, sagte Else. »Der die Erfahrungen weitertragen kann in die Zukunft.«

Hanna spürte einen Kloß im Hals. Es klang so melancholisch. »Wir wollen doch noch so viele Orte gemeinsam sehen. Etwas erleben. Und ich lasse dich gewiss nicht gehen, bevor du mir nicht gezeigt hast, wie du in Italien lebst. Oder bleibt dir nicht mehr viel Zeit? Wirst du sterben?«

»Jeder Mensch muss sterben, Kindchen. Und jetzt lass uns in unsere Betten gehen.«

Beide schoben ihre leeren Teller beiseite und standen wie auf eine stumme Verabredung zeitgleich auf. Hanna drückte Else an sich und hielt sie fest, bis Else sich aus der Umarmung wand.

»Genug mit den Sentimentalitäten«, sagte Else. »Und morgen zeige ich dir, wo ich mich mit Alfred am liebsten getroffen habe. Wer Berlin hört, der denkt in erster Linie an all die Sehenswürdigkeiten: die Reste der Berliner Mauer, das Brandenburger Tor, das Reichstagsgebäude. Aber das wird der Stadt nicht gerecht. Für mich wird Berlin immer die Stadt der Seen bleiben. Alfred liebte das Wasser. Und ich auch, besonders die Ruhe, die wir beide dort genossen haben.«

Am nächsten Vormittag parkte Hanna den Käfer auf dem alten Waldparkplatz am Grunewaldsee.

Else schüttelte den Kopf. »So viele Stellplätze und Ticketautomaten. Ich weiß nicht«, sagte sie. »Vielleicht sollten wir gar nicht aussteigen.«

»Jetzt, wo wir schon einmal da sind? Es ist doch kaum was los. Wenn wir einige Schritte gehen, ist es, als hätten wir den See für uns.« Hanna stieg aus.

Else zögerte, dann schulterte sie ihren Rucksack.

Es war kühl für einen Tag Anfang Mai. Außer ihnen waren nur ein paar Hundebesitzer unterwegs, um ihre Tiere auszuführen. Nachdem sie ein Stück gegangen waren, tauchten sie in völlige Einsamkeit ein. Selbst das Rauschen der Stadt mit all ihrem Verkehr wurde vom Wind übertönt, der durch die Wipfel strich.

Else wickelte den Schal fester um ihren Hals. Der Himmel strahlte azurblau, nur ein paar Schäfchenwolken spiegelten sich auf der ruhigen Wasseroberfläche. Silberne Lichtreflexionen sprangen auf dem Wasser hin und her.

»Schade, dass es noch zu kalt zum Schwimmen ist«, sagte Else. »Egal ob das Wetter gut ist oder schlecht, das Wasser klar oder trüb, blau, bräunlich oder grün. Wenn es warm genug ist und du schwimmen kannst, wenn du tief ins Wasser eintauchst, beginnst du jeden See zu lieben.«

Hanna blieb neben ihrer Urgroßmutter stehen. Auch sie ließ ihren Blick über die Wellen schweifen, die durch den zunehmenden Wind in Bewegung gerieten. Die Spiegelungen der Bäume und des Himmels verschwammen ineinander, wurden unscharf.

»Alfred ist immer geschwommen, ich bin gern getaucht«, sagte Else.

Hanna schüttelte es allein bei dem Gedanken. Sie glaubte nicht, dass das Wasser sehr warm wurde, auch im Sommer nicht. Sie bevorzugte Thermalbäder, vor allem die Becken, in denen die Wassertemperatur um die vierzig Grad lag. Selbst die Schwimmbäder waren ihr zu kalt und das Schulschwimmen war für sie der reinste Horror gewesen. Sie fror einfach schnell.

»Brrr. Das wäre nichts für mich.« Hanna ging ein paar Schritte vom Ufer weg und setzte sich auf einen Baumstamm. Sie lauschte dem Plätschern der Wellen, die nun regelmäßig heranschwappten.

»Wenn du einmal im Wasser bist, spürst du die Kälte nicht mehr. Und unter Wasser ist es so still. An der Oberfläche kann es schäumen, am Tag mag so manches passiert sein, aber wenn du tauchst, ist alles ganz ruhig. Das Wasser steht. Das Licht blendet tief unten nicht, sondern ist wie gedimmt. Die Geräusche von draußen erreichen dich gar nicht mehr. Nur das Gluckern deiner eigenen Schwimmbewegungen ist noch da. Dann kann kommen, was will, die Ruhe bleibt. Beim Auftauchen ist es, als käme man aus einer anderen Welt zurück. Manchmal bin ich so lange unten geblieben, dass Alfred schon dachte, ich wäre ertrunken.« Else lachte. »Berlin, das ist nicht allein der Wannsee! Wenn du hier wohnst, brauchst du nur dein Rad zu nehmen und bist bald an Seen, die so versteckt sind, dass dich niemand findet. Es ist verrückt.« Else hielt inne. Sie schlenderte zum Wasser und streckte eine Hand hinein. »Es hat zwischen zwölf und fünfzehn Grad. Gar nicht so eisig, wie ich dachte.«

»Nein!« Hanna richtete sich auf und wich ein paar Schritte zurück. »Das ist doch nicht dein Ernst!« Else war anders als andere. Aber das? Hanna ging auf sie zu. Jeden Moment rechnete Hanna damit, dass Else ihr Vorhaben abbrach. Doch sie zog sich die Jacke und den Schal aus, die Schuhe, dann die Strümpfe, die Hose, den Rollkragenpullover. Ihre Kette legte sie sorgfältig zusammengerollt auf den Kleiderhaufen. In T-Shirt und Unterhose stand Else jetzt da, mit den weißen Haaren –geisterhaft unwirklich. Hanna blieb der Mund offen stehen, als Else aus ihrem Rucksack einen Neoprenanzug herausholte und überzog.

»Ein Geschenk von meinem Antonio«, sagte sie. »Er wusste das Leben zu genießen.«

»Tu es nicht!« Hanna stockte der Atem. Sie überlegte, ihre Urgroßmutter festzuhalten. Doch Else war kein Kind mehr und konnte tun und lassen, was sie wollte, war es noch so verrückt.

»Bitte. Bleib. Für mich!«, versuchte es Hanna ein zweites Mal. »Ich mache mir sonst Sorgen.«

Else lachte. »Du klingst wie meine Mutter.« Sie ging langsam bis zu den Knien ins Wasser. »In Italien bin ich dieses Jahr schon oft geschwommen. Das ist das Einzige, was ich niemals aufgegeben habe: das Schwimmen.«

Es gab ein lautes Platschen und Else war untergetaucht. Hanna beobachtete die Blasen, die aufstiegen. Dann beruhigte sich die Wasseroberfläche.

»Else!« Hanna rannte ans Ufer. Sie watete bis zu den Oberschenkeln ins Wasser. Es war eisig. Garantiert nicht über zehn Grad, hätte sie gewettet. Sie blickte sich um. Nirgends war etwas von Else zu sehen. Hanna schnappte nach Luft. Sie hatte jedes Zeitgefühl verloren. Waren es Sekunden, Minuten oder eine Viertelstunde, seit ihre Urgroßmutter verschwunden war?

13

Else tauchte rund zwanzig bis dreißig Meter entfernt von der Stelle auf, an der sie ins Wasser gegangen war. Sie umklammerte einen Steg und atmete schwer.

»All das Sitzen auf der Reise ist mir auf die Konstitution geschlagen«, rief sie. »Ich schwimme zurück.«

Hanna spürte ihre Hose kalt an ihren Beinen kleben. Sie fror. Langsam ging sie rückwärts zum Ufer und versuchte bei jedem Schritt, das Wasser um sich herum so wenig wie möglich in Bewegung zu versetzen, um nicht noch nasser zu werden. Sie hob Elses Kleidung auf und half ihrer Urgroßmutter beim Umziehen, dabei nutzten sie Elses Pullover als Handtuch, während der Wind Hannas Haut unter der tropfenden Hose auskühlen ließ. Hanna hielt Elses triefende Kleidungsstücke in der Hand.

»Was mache ich jetzt damit?«, fragte sie immer noch völlig perplex. Else konnte wie ein Tornado sein, der aus allen Richtungen gleichzeitig über ihr Leben fegte. Aber ihre Urgroßmutter war nicht mehr zwanzig und selbst in Hannas Freundeskreis aus Schulzeiten würde niemand eine solche Extremaktion wagen. Es war gerade einmal Anfang Mai, keine Badesaison.

»Auswringen natürlich«, sagte Else.

»Du hättest ertrinken können. Einen Herzschlag kriegen. Ich hatte schon gedacht …« Hanna wollte es nicht aussprechen.

»Ach Kindchen, was du dir für Sorgen machst. Meinst du, Schwimmen verlernt man? Es ist für meine müden Gelenke angenehmer als das Laufen. Noch vor fünfzehn Jahren wäre ich ohne diesen Anzug geschwommen. Solange du dich bewegst, bleibst du warm. Ich verstehe dich nicht. Es bereitet dir Unbehagen, wenn ich bade, es stört dich aber nicht, wenn du im Dunkeln mit einer Tankanzeige weiterfährst, die längst im roten Bereich ist? Oder wenn du dich nach einer Party im Morgengrauen allein auf den Heimweg begibst?«

Hanna schnaubte. Else konnte einem die Worte im Mund verdrehen! Obwohl Hanna die Heizung im Käfer voll aufgedreht hatte und den Luftzug aus dem Fußraum kommen ließ, wurden ihre Beine nicht richtig warm. Währenddessen sah Else aus dem Fenster, in Gedanken versunken.

»Wer hätte dir helfen sollen, wenn du in Gefahr gerätst? Ich kann nicht wirklich gut schwimmen, tauchen schon gar nicht.« Hanna umklammerte das Lenkrad fester. Warum stimmte ihr Else nicht einmal zu, wenn sie recht hatte? Merkte sie denn nicht, wie sehr sie Hanna in Panik versetzt hatte?

»Jetzt sag schon was!« Hanna bemerkte das Aufleuchten der Tankanzeige. Normalerweise wäre sie an der Tankstelle vorbeigefahren, weil die Preise woanders garantiert billiger waren. Nun setzte sie den Blinker.

»Das Vertrauen in die Menschen, das du hast, hatte ich auch. Früher.« Else sprach so leise, dass sie kaum zu verstehen war. »Du denkst, in der Nähe von anderen bist du am sichersten? Es ist eines der seltsamsten Dinge, dass wir uns unwohl fühlen, wenn wir allein sind. Dabei widerspricht es allen Wahrscheinlichkeiten. Abgesehen von Krankheiten und Hungersnöten sterben die meisten Menschen durch andere

Menschen. Der größte Feind des Menschen ist er selbst mit seiner Gedankenlosigkeit, der Aggression und dem Spaß am Quälen. Glaube mir, ich weiß, wovon ich spreche.«

»Stopp.« Hanna ertrug es nicht. Sie wollte nichts mehr hören und gar nicht wissen, was hinter Elses Resignation steckte. »So ist die Welt nicht. Du hättest mit mir in Irland und in Südamerika sein sollen. Die Herzlichkeit. Die Unbeschwertheit. Siehst du in jedem, der dir begegnet, eine mögliche Gefahr?«

»Zumindest ist der Feind nicht ein See, der einfach nur daliegt und dessen Wasser nach den Maßstäben der Stadtbevölkerung etwas kalt ist.«

»Das ist nicht witzig.«

»Nein, das ist es nicht.« Else setzte sich aufrecht hin. »Aber keine Sorge, ich höre schon auf.« Sie reichte Hanna einen Fünfziger. »Ich verstehe dich ja. Hätten damals meine Eltern so mit mir geredet, ich hätte es auch nicht gewollt.«

Hanna stieg aus. Sie war froh, der Enge des Wagens zu entkommen. Ihre Hose war zwar noch immer nicht vollständig getrocknet und der Wind ließ sie innerhalb weniger Sekunden wieder frieren, trotzdem tat es gut, draußen zu sein. Während das Benzin einlief, holte Hanna ihr Handy heraus, um ihre Nachrichten durchzusehen. Beim Blick auf das Verbotsschild an der Zapfsäule schob sie das Gerät wieder in ihre Jackentasche. Langsam verstand sie sich selbst nicht mehr. Warum ließ sie sich von solch einem lächerlichen Schild beeindrucken? Nie hatte sie jemand angesprochen oder sich daran gestört, wenn sie an Tankstellen an ihrem Handy gespielt hatte, nie war irgendetwas passiert. Außerdem konnte sie sich nicht vorstellen, dass überhaupt die Möglichkeit einer Gefahr bestand. Trotzdem zog sie es nicht mehr hervor.

Fünf Minuten später stieg Hanna wieder in den Wagen ein.

»Wegen dir werde ich noch zur Sicherheitsfanatikerin«, sagte Hanna. Es sollte ein Scherz sein, doch keine von ihnen lachte. »Auf jeden Fall bin ich froh, dass dir beim Schwimmen nichts passiert ist.«

Elses Husten ließ Hanna innehalten. Zuerst war es nur ein Räuspern, steigerte sich aber schnell zu einem bellenden Keuchen, das bald in ein brummendes Pfeifen überging.

Hanna lenkte den Wagen an die Seite, zuckte bei dem Rumpeln zusammen, als die beiden rechten Räder auf den Fahrradweg sprangen.

»Else!« Hanna klopfte ihr auf den Rücken. Sie drehte sich nach hinten um und war heilfroh, als sie noch eine unangebrochene Wasserflasche auf dem Rücksitz fand. Mit einem Zischen ging die Flasche auf. Hanna hielt sie an Elses Mund, die in kleinen Schlucken trank. Langsam beruhigte sich Elses Husten. Hanna suchte ein Taschentuch und tupfte damit die Schweißperlen von Elses Stirn, dabei fühlte sie, dass das Gesicht ihrer Urgroßmutter glühte. Hanna nahm Elses Hand, die sich ganz kalt anfühlte, doch als Hanna Elses Nacken berührte, war die gerade aufkommende Erleichterung sofort wieder verschwunden.

»Du hast Fieber! Vom Schwimmen!« Hanna presste die Fäuste gegen ihre Schläfen. Sollten sie zum Arzt gehen? Wo gab es hier überhaupt Ärzte? Oder ins Krankenhaus fahren?

»So schnell wird niemand krank, selbst dann nicht, wenn er ohne Gewöhnung in einem Eisbecken schwimmt. Das funktioniert medizinisch gar nicht. Glaube mir, ich war einmal Krankenschwester – na ja, fast jedenfalls. Eine Erkältung hängt mit Viren und Bakterien zusammen und hat nichts mit Kälte zu tun.« Wieder hustete Else. »Es kommt vom Sprechen. Ich sollte schweigen.« Sie trank noch etwas Wasser.

Ein Radfahrer schlug auf das Autodach und schimpfte.

»Ja, ja!« Hanna fluchte und startete den Wagen. »Okay, fahren wir.« Elses Sturheit kam ihr bekannt vor, war sie doch selbst auch mit einer akuten Nasennebenhöhlenentzündung in den Flieger nach Salvador gestiegen, weil sie das Ticket nicht hatte verfallen lassen wollen. Die Warnungen ihrer Eltern hatten sie nicht interessiert, obwohl beide Ärzte waren. Das Fieber sei nicht so hoch und mit etwas Nasenspray würde das Problem doch zu lösen sein, hatte sie verkündet. Trotzdem waren die Kopfschmerzen bei Start und Landung unerträglich gewesen, sodass sie sich auf die Zunge gebissen hatte, um nicht laut aufzuschreien. Nach ihrer Ankunft hatte sie drei Wochen fiebernd im Bett verbracht, natürlich ohne ihren Eltern davon zu erzählen. Ja, sie kannte genau diese Sturheit von sich selbst. Und gerade deshalb kam Hanna damit überhaupt nicht klar. Sie schwieg, weil sie wusste, dass auch bei ihrer Urgroßmutter alle Argumente oder Widersprüche zwecklos waren.

»Vielleicht lege ich mich gleich etwas hin.«

Hanna verbot sich, ein »Siehst du!« zu antworten oder ein »Habe ich es nicht gesagt?« oder ein »Die Idee mit dem Baden im See war einfach daneben«.

Stattdessen fragte Hanna: »Warum werden wir eigentlich zu den Menschen, die wir nie sein wollten?« Sie dachte an ihre Sturheit ihrer Mutter gegenüber. »Ich glaube, nur Kinder sind anders. Sehr kleine Kinder.« Sie hasste das, was sie in Gedanken mit *philosophischen Anwandlungen* deklarierte. Sie wollte nicht grübeln, nicht so melancholisch sein.

»Gerade deswegen schwimme ich zu Hause noch immer regelmäßig. Egal ob in Seen oder im Meer. Ich versuche, auf Berge zu steigen, auch wenn ich die geplanten Touren nicht einmal zur Hälfte schaffe. Seen, Berge, Wiesen, Bäume, Blumen, der Himmel, die Sonne und die Sterne, sie wollen nichts von uns. Sie konstruieren kein Bild von uns, haben keine Erwartungen. Du bist keine Wasserratte, oder?«

Hanna schwieg.

»Du solltest es probieren. Wenn du schwimmst, bist du frei. Das Wasser umschließt dich, trägt dich und birgt dich in sich. Oder wenn du nicht baden möchtest, geh wandern. In den Wald. Oder über Felder. Nur schließe dich bloß keiner Gruppe an, die lediglich einen Ausflug machen will. Du musst allein sein. Einfach hören. Und dich bewegen. Fühlen. Dann spürst du, dass du lebst. Niemand will etwas von dir, es gibt nichts, was du erledigen musst. Du hast das Gefühl, dass es gar nichts zu tun gibt, weil alles längst getan ist.«

»Ich bin nicht so der Naturfreak«, sagte Hanna. Sie fuhr in die Hoteleinfahrt. »Wobei – vielleicht können wir es ja mal zusammen probieren. Schwimmen nicht unbedingt. Aber in einen Wald gehen oder so.«

»Habe ich dir schon erzählt, dass die Geburt deiner Oma auch in einem See begonnen hat?«, fragte Else.

14

Donnerstag, 27. Mai 1943

Es passierte mitten im Kleinen Müggelsee. Zuerst dachte Else, sie wäre beim Schwimmen mit dem Bauch gegen etwas gestoßen, eine Holzplanke unter Wasser oder Ähnliches. Dann merkte sie, dass der Schmerz aus ihr selbst herauskam. Sie drehte sich auf den Rücken, ließ sich treiben. Der Bauch wölbte sich wie eine Boje aus den Wellen. Wenn er sich zusammenzog, ragte er noch weiter nach oben. Es war wie ein Krampf, der schnell nachließ, aber bald wieder auftauchte. Else hatte keine Angst, das Druckgefühl war längst nicht so stark, dass sie nicht stundenlang hätte weiterschwimmen können. Trotzdem kraulte sie so zügig wie möglich ans Ufer. Bald würde sie im Krankenhaus sein, um kontrollieren zu lassen, ob mit dem Kind alles in Ordnung war.

Das seien keine Wehen, wurde ihr dort mitgeteilt. Sie habe möglicherweise etwas Falsches gegessen oder es seien Vorwehen gewesen. Bei der schroffen Untersuchung war das Zusammenziehen verschwunden. Nichts regte sich mehr. Nichts tat weh. Das Kind im Innern hielt ganz still, fast als wollte es seine Anwesenheit leugnen. Sie könne nach Hause gehen, sagte der Arzt.

Else trat ins Freie. Es roch süß nach Hortensien. Sie genoss die Frühlingswärme, setzte sich auf die Stufen vor dem Krankenhaus und dachte an Alma. Die hatte sich für heute vorgenommen, ihre Gartenhütte herzurichten, obwohl es diesmal ein Sommer ohne ihren Mann werden würde. Eigentlich war der Schrebergarten Wilhelms Leidenschaft gewesen, nicht Almas. Ein Tritt in ihrem Innern ließ Else aufmerken. Der Druck war direkt unter dem linken Rippenbogen zu spüren, wo Else durch ihr Kleid hindurch nun auch die Ausbuchtung eines Fußes tasten konnte. Das kleine Wesen hatte Kraft, ohne Zweifel. Ein paar Sekunden später setzten die Kontraktionen der Gebärmutter erneut ein. Der Bauch wurde hart, wölbte sich wie ein Fußball, in den jemand zu viel Luft hineinpumpte. Dieser Zustand der Anspannung hielt kurz an, dann ließ er nach. Es war kein Schmerz und sicher nicht mit dem vergleichbar, was Else von ihrer Mutter gehört und im Krankenhaus mitbekommen hatte. Es war mehr ein Druck, wie ein Aufblasen von innen. Ein Wadenkrampf war viel heftiger.

Else wartete. Sie hatte keine Uhr dabei, um die Abstände zwischen den Kontraktionen zu messen. Sie schätzte, dass immer fünf oder zehn Minuten vergingen, bis neue auftraten.

Zur Sicherheit stand sie auf und trat noch einmal in den Eingangsbereich der Klinik, aber als hätte das Kind gespürt, was Else vorhatte, oder als würde ihr Körper seinen eigenen Plan verfolgen, war das, was sie für Wehen hielt, verschwunden, bevor sie den Treppenaufgang erreicht hatte.

Möglich, dass die Hebamme recht gehabt hatte: Es war nichts, jedenfalls nichts Ungewöhnliches. Und Else wollte nicht als eine der hysterischen Erstgebärenden erscheinen, die alle in Aufruhr versetzten, obwohl gar nichts Außergewöhnliches geschah. Zum zweiten Mal weggeschickt zu werden, darauf konnte Else verzichten.

Sobald sie sich vom Klinikgebäude entfernt hatte, kam noch eine Kontraktion. In diesem Zustand Fahrrad zu fahren, traute sie sich nicht zu. So ging sie zur nächsten Bushaltestelle. Im Bus auf der Fahrt zu Almas Hütte blieb der Bauch weich, ruhig und entspannt, sodass Else aufatmete.

Beim Aussteigen begann es wieder. Diesmal war es eine wirkliche Wehe. Es schmerzte so sehr, dass sie sich auf einen Mauervorsprung setzte und die Augen schloss, bis es vorbei war. Danach geschah eine Weile gar nichts.

»Schön, dass du vorbeikommst«, sagte Alma und bot Else Tee und einen Liegestuhl an. »Ich kümmere mich nur noch um diese morschen Äste, dann bin ich ganz bei dir.«

Else versuchte, eine angenehme Körperposition zu finden. Dabei sah sie Alma zu, wie sie die Apfelbäume beschnitt.

»Macht man das nicht viel eher?«, fragte Else. »Im Winter?«

»Damit habe ich mich nie beschäftigt. Aber ich denke, es spielt keine Rolle. Das alte Holz muss raus, so viel weiß ich.«

Alma klammerte sich mit einem Arm an den Stamm, während sie auf der Holzleiter stand und abgestorbene Äste absägte.

»Ich glaube, da gehört noch zwischendrin etwas weg, sonst bekommen die einzelnen Äste nicht genug Licht. Abgesehen davon solltest du aufhören: Wie wirkt es denn, wenn du mit deinem ausgestopften Bauch so hoch in den Bäumen herumkletterst? Was, wenn jemand vorbeikommt oder von den Nachbargärten hereinsieht?«

»Verdammt, daran habe ich nicht gedacht.« Alma stieg von der Leiter. Sie legte die Säge beiseite und wischte sich die Hände an der bemoosten Hose ab.

»Das Grundstück ist zwar vollkommen abgelegen. Aber es stimmt. Ich sollte zumindest an meine Finger denken und jemanden mit den Gartenarbeiten beauftragen.« Sie schenkte

Else und sich Tee nach. »Jetzt erzähl, was du heute unternommen hast. So erschöpft, wie du aussiehst. Du sollst dich doch schonen. Nicht, dass das Kind zu früh kommt und unser gesamter Plan zunichtegemacht wird.«

»Ich bin mir nicht sicher, ob es realistisch …« Else hielt inne. Sie ballte die Hände zu Fäusten und wartete, bis der Druck in ihrem Unterleib nachließ. Nun war es bis in den Rücken, bis in die Oberschenkel hinein zu spüren gewesen. Sie rollte von der Liege und kniete sich ins Gras. So war es angenehmer zu ertragen.

»Du willst einen Rückzieher machen?«, fragte Alma.

»Ich weiß nicht. Ich weiß gar nichts. Ich habe einfach Angst. So ein Kind ist groß. Und mein Becken ist nicht breit. Wie soll das denn da durchgehen?«

»Pscht. Komm mal her.« Alma hockte sich hinter Else und umarmte sie.

Else lehnte sich nach hinten, mit ihrem Kopf und Rücken gegen Almas Oberkörper, gegen das weiche Kissen, das Alma unter ihrer Bluse verbarg.

»Halt mich. Lass mich nicht mehr los«, flüsterte Else. Schon begann eine neue Wehe, obwohl die letzte gerade erst vorbei gewesen war. »Ich muss in die Klinik. Es kommt. Dabei ist noch gar nicht die Zeit dafür.«

»Kinder wissen am besten, wann der richtige Zeitpunkt ist«, sagte Alma.

Else schüttelte den Kopf. Sie wusste, dass das nicht stimmte. »Was soll ich nur tun? Ich will einen Arzt an der Seite haben. Ich will Hilfe. Aber ich will nicht ins Krankenhaus. Nicht wieder zu dem ruppigen Arzt, der Dienst hat. Ich will dir das Kind ja geben. Es soll nicht in ein Heim. Aber wie soll das alles gehen?« Else hielt die Luft bei der Wehe an. Dadurch wurde der Schmerz noch stärker.

»Du musst atmen. Atme!« Alma umfasste vorsichtig von hinten Elses Bauch.

Die Wärme von Almas Fingern tat gut, auch der Halt, den Alma ihr damit gab. Es war beruhigend, Almas Atem im Rücken zu spüren. Else ließ den Kopf weiter in den Nacken sinken, auf Almas Schulter.

»Atme!«, befahl Alma erneut.

Else versuchte, Almas Atemrhythmus aufzunehmen, der langsam und gleichmäßig war. Dazu begann Alma, ein Lied zu summen.

»Hilf mir, dich aufzurichten!«, sagte Alma.

Else wuchtete sich hoch. Jede Bewegung war mit einer übermäßigen Anstrengung verbunden. »Ich will nicht hier draußen bleiben. Ich will in die Hütte. Wo das Bett steht.«

Sie hatte es sich so einfach vorgestellt, wenn sie erst im Bett wäre, wie sie es im Krankenhaus immer gesehen hatte. Doch die Liegeposition war eine Qual für sie. Alma holte alle Kissen und Decken, die sich auftreiben ließen, und platzierte sie vor das Bettgestell, sodass Else sich dort weich hinknien konnte. Sie lehnte nur den Oberkörper aufs Bett. Nun rollten die Wehen so heftig über sie hinweg, dass sie kaum dazu kam, zwischendurch Kraft zu sammeln. Else stöhnte laut. Sie wollte es nicht, aber es ging nicht anders. Dann hörte sie ein Knacksen zwischen den Beinen. Wasser lief durch ihre Unterhose die Oberschenkel entlang, durchnässte ihr Kleid, die Unterlage. Dass es so viel Wasser war! Else rutschte zur Seite, wo die Kissen trockener waren. Ein paar Atemzüge lang passierte nichts. Ihr Körper wurde nicht von Schmerzen und Kontraktionen durchgeschüttelt, sie brauchte keine Mühe aufzuwenden, um sich auf ihren Atem zu konzentrieren. Die Pause war wunderschön.

Alma half Else dabei, sich bis auf ihr Hemdchen zu entkleiden. Als Else aus dem Kleid gestiegen war, rollte die nächste

Wehe heran, wie eine Unwetterfront, die alles um sich herum verschlang. Else schrie.

»Leiser! Nicht so laut! Die Häuser in der Nähe!«, rief Alma.

Doch Else war es egal. Es zerriss sie von innen heraus. Sie starb. Was spielte es da für eine Rolle, wenn jemand kam? Sie wollte nur, dass es aufhörte. Es tat so weh! Kurz wurde der Schmerz weniger, dann wieder so heftig, dass sie befürchtete, ohnmächtig zu werden, was aber nicht geschah.

»Ich sehe den Kopf!« Alma küsste Else.

Else keuchte, hechelte und schrie. Es war, als würde sie sich auflösen.

Plötzlich war es vorbei. Else hörte ihr Herz schlagen, ihren rasselnden Atem und ihr Keuchen. Sonst war alles still. Langsam drehte sie sich um. Alma hielt das Kind. Die Haut war bläulich und so weiß verschmiert, als hätte es jemand in Farbe getunkt.

»Es atmet«, sagte Alma. Sie rieb den schlaffen Körper mit Elses Kleid ab, bis er rötlicher wurde. Else sah, dass es ein Mädchen war.

»Was jetzt?« Else war müde. Einfach nur müde. Sie wusste, dass etwas nicht stimmte. »Du musst es schlagen, es zum Schreien bringen.«

»Nein!« Alma presste das Bündel an sich. »Es ist so zart. Ich kann ihm doch nicht wehtun.« Sie weinte.

Fast unmerklich blinzelte das Kleine, aber Else war sich nicht sicher, ob es wirklich guckte oder ob es nur ein Zucken des Lids war.

Alma band die Nabelschnur mit ihren Schnürsenkeln ab und durchtrennte sie in der Mitte zwischen den beiden Abklemmungen mit einem Messer. Sie wickelte den Säugling in ihre Jacke und wiegte ihn hin und her.

Noch einmal krampfte sich Elses Bauch zusammen. Die Nachgeburt glitt heraus. Anschließend kam das Blut, erst wenig, dann immer mehr.

Alma legte das Neugeborene auf den Tisch. Sie half Else, sich auf das alte Metallbett zu legen, und deckte sie zu.

Die Kleine sah aus wie eine Puppe, die Augen unwirklich blau und groß, die Haut so hell.

»Sie soll Marianne heißen«, entschied Else. »Marianne, die Nationalfigur der Französischen Revolution. Das hätte auch Alfred gewollt. Freiheit. Gleichheit. Brüderlichkeit. Das wünsche ich ihr vor allem: dass sie frei sein werde, das zu tun, was mir verwehrt blieb, nämlich dem eigenen Herzen zu folgen. Es ist mir wichtig. Wenn ich ihr von mir sonst nichts hinterlassen kann, möge es wenigstens dieser Name sein.«

»So nennen wir sie. Marianne«, stimmte Alma ihr zu.

Else gab sich Mühe, die wirren Gedanken, die ihr durch den Kopf gingen, zu zentrieren, sich die Notwendigkeiten vor Augen zu führen. Ihr Oberkörper war schweißnass. Weil die Anstrengung nachließ, fror sie. Ihre Zähne schlugen aufeinander, der Unterkiefer zitterte. Ihr Bauch krampfte sich weiter zusammen, nicht so heftig wie zuvor, nicht mehr so häufig, aber intensiv genug, dass Else immer wieder für ein paar Sekunden die Augen schloss und wartete, bis es vorbei war.

»Geh!«, sagte Else. Noch einmal schaute sie Mariannes Gesichtszüge genau an. Sie wirkte wie aus der Zeit gefallen, alt und jung zugleich, weise und zerbrechlich. Dann drehte Else sich auf die Seite mit dem Blick zur Hüttenwand. Innen blätterte die Farbe vom Holz, das dadurch gescheckt aussah. Zwischen den Holzbalken waren Ritzen, durch die der Wind hereinwehte und Elses Gesicht kühlte.

»Ich kann dich doch hier nicht zurücklassen!« Almas Stimme zitterte.

Else wünschte sich nichts sehnlicher, als den Säugling in ihrem Arm zu halten und ihn zu stillen, ihn an sich zu drücken, den süßlichen Geruch zu atmen, der von ihm ausging, und ihn nie wieder loszulassen. Marianne quengelte, als hätte sie Elses Gedanken gelesen, sie zog die Lippen etwas ein und schmatzte.

»Du musst.« Else hielt sich vor Augen, dass bereits alles organisiert war: Die Ziege stand in Almas Hof und wartete darauf, für die Kleine Milch zu geben. Die Hebamme war bezahlt – sie hatte mehr als ein Monatsgehalt für die Ausstellung der falschen Geburtspapiere von Alma bekommen. »Nimm das Kissen unter deiner Bluse heraus. Du kannst nicht gleichzeitig schwanger sein und mit einem Kind auftauchen.«

»Kommst du denn zurecht?«, fragte Alma.

»Ich werde erklären, dass ich das Kind verloren habe, dass es bei einer meiner langen Waldwanderungen tot auf die Welt gekommen ist. Dass ich zu schwach war, es mitzunehmen, mich nur mit Mühe habe nach Hause schleppen können. Sollen sie ruhig den Leichnam suchen. Wenn er nicht zu finden ist, ist es plausibel, dass die Tiere ihn geholt haben. Es ist einen Monat zu früh, deswegen wird niemand die Geschichte anzweifeln. Und jetzt geh schon!« Else zog sich die Decke über den Kopf. Sie lauschte auf die Geräusche, das leise Schmatzen der Kleinen, Almas ungleichmäßigen Atem. *Es ist besser so, es ist besser so, es ist besser so.* Sie hatten es längst abgesprochen, alles war geplant gewesen. Trotzdem hatte sie nicht damit gerechnet, dass ihr der Abschied so schwerfallen würde. Doch die Trennung war unaufhaltsam. Wenn sie nicht sofort geschah, brachte ihr Vater das Kind ins Heim.

»Versprich, dass du Marianne und mich so schnell wie möglich besuchen kommst«, sagte Alma. »Wenn es Schwierigkeiten gibt: der erste Weihnachtstag nach Kriegsende, zwölf Uhr mittags auf der Jungfernbrücke. Was immer passiert, da treffen wir uns.«

»Es ist nun deine Tochter. Nicht meine.«

»Aber du kommst.«

»Ja. Ich werde da sein. Obwohl ich am liebsten vergessen würde.« Else konnte nur noch flüstern. »Warum müssen wir manchmal genau das tun, was am meisten schmerzt? Warum müssen wir uns wieder und wieder das ansehen, was uns zerreißt?«

Alma weinte. »Wir können mit den Händen loslassen, etwas von uns stoßen, es aber nicht aus unserem Herzen reißen.«

Else rührte sich nicht, als sie Almas Streicheln auf ihrem Rücken spürte, sondern hielt den Atem an.

»Lass hier alles so liegen. Aufräumen und sauber machen erledige ich später. Ich gehe«, sagte Alma und tat es auch.

Else merkte am Lichtschein, der hereindrang, dass die Hüttentür geöffnet wurde. Sie hörte, wie Alma eine Melodie summte, die immer leiser wurde, je weiter sie sich entfernte. Bald war nur noch das Zwitschern der Amseln zu hören, das Tschilpen der Spatzen. Irgendwo bellte ein Hund, doch das Bellen und das Singen der Vögel verschwand bald hinter dem lauten Schlagen ihres eigenen Herzens. Sie hörte ihr Blut rauschen, merkte, wie die Umwelt hinter einem dumpfen Schleier verschwand. Else zwang sich, ihren Atem zu beruhigen. Inzwischen kannte sie die Panik, wie es sich anfühlte, wenn sie sich ausbreitete und alles zu verschlingen drohte. Diesmal gelang es ihr, zügig gegenzusteuern. Was sie getan hatte, war geschehen. Jetzt, genau jetzt, drohte nirgends Gefahr. Es gab nichts, was zu entscheiden, was zu tun war. Nach und nach kamen die Außengeräusche wieder hinter den Innengeräuschen ihres Körpers hervor. Else massierte sich die Stirn und rappelte sich hoch. Sie überlegte, eins der Handtücher zu nehmen und es sich zwischen die Beine zu klemmen. Doch dann wurde ihr klar, dass damit ihre Geschichte vom gestorbenen Kind unglaubwürdig wäre. Wo hätte sie im Wald ein Handtuch herbekommen sollen? So kleidete sie sich wieder vollständig an, band die Schuhe und ging los. Ihr Bauch war auf den ersten Blick genauso dick wie vorher, nur zog er sie, schlaff und ausgehöhlt, wie er sich anfühlte, nun nach vorn. Es fiel ihr schwer, das Gleichgewicht zu halten. Sie presste beide Hände gegen den Unterleib, was das Gefühl, innerlich auseinanderzufallen, etwas minderte. Vorsichtig setzte sie einen Schritt vor den anderen, während ihr das Blut die Beine hinunterrann.

Sie öffnete das Gartentor. Draußen dämmerte es. Niemand war zu sehen. Else wankte in Richtung der Häuser.

Nach wenigen Minuten sah sie zwei Polizisten auf sich zukommen. Die Stiefel schlugen hart auf die Straße auf. Die beiden blickten mürrisch, die Mützen tief in die Stirn gezogen, am linken Arm eine Binde mit dem Hakenkreuzabzeichen. Else wusste nicht, ob es Erleichterung war, Angst oder Aufregung, was den Drehschwindel verstärkte. Doch es war geschafft. Sie brauchte nicht mehr zu kämpfen. Wie aus der Ferne spürte Else, wie ihre Beine einknickten. Sie hatte genug gekämpft, wenigstens vorerst. Mochten sich nun andere kümmern – und selbst wenn sie es nicht taten, war es Else egal. Marianne ging es gut bei Alma. Das war alles, was für Else zählte.

15

Hanna konnte es kaum glauben. »Ihr habt das Baby zu zweit in der Gartenhütte bekommen?« Sie sah zu ihrer Urgroßmutter, die wie eine Getriebene im Hotelzimmer auf und ab lief, dann die Schuhe von den Füßen streifte und sich aufs Bett legte.

»Im Nachhinein betrachtet, war es wirklich verrückt. Damals habe ich einfach beiseitegeschoben, was alles hätte schiefgehen können.«

»Du hast so viel von Alma und dir erzählt. Was war mit den anderen Menschen in deiner Nähe? Freunde. Verwandte. Nachbarn. Hast du nie überlegt, irgendjemanden davon wiederzutreffen? Ich meine, wenn du schon hier bist.«

Else strich sich eine Strähne aus der Stirn. Noch immer waren ihre Haare vom Schwimmen nicht vollständig getrocknet. Sie wirkte nachdenklich. Hanna ging zum Fenster, blickte hinaus auf die stark befahrene Straße und beobachtete, wie sich ein Fahrradfahrer zwischen den Wagen durch den Stau schlängelte. Trotz des Trubels draußen war im Zimmer nur das Rauschen der Klimaanlage zu hören.

Else hatte nun die Augen geschlossen, doch Hanna war sich sicher, dass ihre Urgroßmutter nicht schlief, weil sie die Hände abwechselnd zu Fäusten ballte und wieder öffnete.

»Es muss doch noch jemanden geben von damals«, sagte Hanna.

»Da ist niemand.«

»Das glaube ich nicht.«

Else atmete einmal tief ein und aus und richtete sich dann auf. Sie holte einen Zettel aus der Hosentasche.

»Was hat es mit dem Zettel auf sich?« Hanna wartete, aber Else antwortete nicht. »Was steht dadrauf?«

Hanna nahm das Papier vorsichtig aus Elses Hand. Else ließ es geschehen.

»Hertha Wulbrand«, las Hanna. Dabei stand eine Telefonnummer mit einer Adresse. Hanna gab die Straße und die Hausnummer in die Navigations-App ihres Handys ein. Es dauerte eine Weile, bis sich die Karte vollständig aufgebaut hatte. »Das ist ja ganz in der Nähe vom Savignyplatz, gar nicht so weit von uns. Wer ist Hertha Wulbrand?«

Else bückte sich und zog ihre Schuhe wieder an. »Der Privatdetektiv, der geholfen hat, euch zu finden, hat mit Hertha gesprochen. Sie ist Almas Nichte, fünf Jahre jünger als ich. Als sie klein war, habe ich ihr oft bei den Hausaufgaben geholfen. Sie wohnte im Haus gegenüber, von meinem Zimmer aus konnte ich in ihr Kinderzimmer sehen, besonders, wenn es draußen dunkel war und sie das Licht angeschaltet hatte. Ich erinnere mich noch, wie sie in ihren ersten Schuljahren ihre zwei Puppen für die Nacht hergerichtet hat, bevor sie selbst schlafen ging. Sie hatte sogar richtige Nachthemden für die Puppen, die ihre Mutter nähte. Mit weißer Spitze als Abschluss an den Saumunterkanten.«

»Du willst sie doch treffen!« Hanna zweifelte nicht daran, denn sonst hätte Else den Zettel ja nicht mit sich in der Hosentasche herumgetragen. Wenn ihr Hertha unwichtig wäre, hätte Else dann nicht all die Details wie die Beschaffenheit der Puppenkleider längst vergessen?

Else massierte sich die Stirn.

»Was hält dich davon ab?«, fragte Hanna und setzte sich auf die Bettkante.

»Sie hätte mich gebraucht. Ihre Eltern mussten den ganzen Tag arbeiten. Sie hat Probleme in der Schule bekommen. Wenn ich bei ihr saß während der Hausaufgaben und sie immer wieder aus ihren Gedanken rüttelte, ging es. Wenn man sie ließ, waren es in einer Minute mindestens hundert Dinge, von denen sie sich ablenken ließ. Ein Wagen auf der Straße. Ein Jucken an der Hand. Ein Kribbeln am Rücken. Angst vor dem nächsten Gedichtaufsagen. Die Sorge, ob sie nachts schlafen könnte. Ob eine Bombe ihr Haus träfe. Ein Geräusch im Flur. Das Surren einer Fliege. Sie war wie eine Antenne, die alle Sender zugleich empfing, ohne selbst einen bestimmten einstellen zu können. Ich hatte ihr geschworen, dass ich immer für sie da wäre, wenn sie mich braucht. Als ich schwanger wurde, habe ich mich nicht mehr um sie gekümmert. Wenn sie vorbeischaute, habe ich sie weggeschickt, so oft, dass sie es schließlich aufgegeben hat.«

Hanna lehnte sich zurück. Sie wollte etwas sagen wie »Du hattest keine andere Wahl« oder »Es war eben die Situation, der Krieg. Du hattest nicht die Verantwortung für ein fremdes Kind!«. Doch sie schwieg, weil sie merkte, dass es komplizierter war. Hanna rückte näher an Else heran und legte ihr den Arm um die Schultern. Else verharrte starr, als würde sie die Berührung nicht bemerken. Ihr Atem ging so flach, dass er kaum wahrzunehmen war. Nur die Tatsache, dass Else aufrecht saß, die Hitze, die Hanna durch die Kleidung spürte, und die Tränen, die über Elses Wangen liefen, zeigten, dass Else lebte. Ansonsten war sie wie erstarrt.

Hanna wusste nicht, was sie tun oder sagen konnte. So blieb sie einfach bei ihrer Urgroßmutter sitzen, bis Else sich die Tränen mit dem Handrücken abwischte und ihren Körper straffte.

»Ich glaube nicht, dass sie nach so vielen Jahren noch enttäuscht von dir ist«, sagte Hanna.

»Ich kann mir selbst nicht vergeben. Wie ich sie weggeschickt habe, obwohl ich sah, dass es ihr wirklich schlecht ging.«

Hanna fasste Elses Hand. »Ich habe keine Ahnung, was zwischen euch passiert ist. Aber eins weiß ich. Manchmal ist es das Beste, nicht zu überlegen, sondern das, wovor man sich fürchtet, einfach zu tun.«

Else stand auf. Sie strich ihre Bluse glatt und auch das Tuch, das sie über den Schultern trug. »Würdest du den Weg zu der Adresse finden?«

»Ich nicht, aber das Navigationsgerät«, versuchte Hanna zu scherzen.

Else lachte. Und nie zuvor war Hanna so erleichtert gewesen, ein Lachen zu hören.

Eine halbe Stunde später hielten sie vor einer Villa. Ein großes schmiedeeisernes Tor versperrte die Einfahrt, doch direkt daneben war ein Parkplatz unter einer Platane frei. Das Haus war eingewachsen von Efeu und Wildem Wein, umgeben von alten Birken, deren Blätter im Wind rauschten. Verwunschen wirkte das Gebäude, wie ein Relikt aus längst vergangener Zeit.

Else drückte die Klingel. Nichts regte sich.

»Lass uns umkehren«, sagte Else.

»Hast du nicht gesehen, wie sich im ersten Stockwerk die Gardine bewegt hat? Rechts vom Balkon.«

Hanna läutete ein zweites Mal. Wieder blieb alles still.

»Aber wenn jemand nicht öffnen möchte, können wir doch nichts machen.«

»Quatsch!« Hanna drehte den Knauf des Tores, das mit einem Quietschen aufschwang. »Jetzt komm schon.«

Nebeneinander gingen sie über den Schotterweg die Stufen zum überdachten Eingang hoch. Nun bemerkte Hanna, dass das

Haus unter dem Bewuchs einen gelben Anstrich hatte. Anstelle einer Klingel gab es an der Eingangstür nur einen Türklopfer. Hanna zuckte von dem lauten Geräusch zusammen.

Nach einer Weile waren Schritte im Innern zu hören. Langsam wurde die Tür geöffnet. Eine alte Frau stand auf der Schwelle und starrte sie ungläubig an.

»Else!«, brachte Hertha schließlich heraus, umarmte ihre Freundin aus Kindertagen und fing an zu weinen. »Dass du gekommen bist! Ich konnte es schon kaum glauben, als dieser Privatdetektiv Fragen gestellt und mir gesagt hat, dass du noch lebst.«

Hanna blieb unschlüssig ein paar Schritte hinter den beiden Freundinnen stehen. Die Begrüßung war so herzlich, dass auch Hannas Augen zu brennen begannen.

»Dürfen wir reinkommen?«, fragte Else nach einer Weile und löste sich aus der Umarmung.

»Natürlich.« Hertha ging einen Schritt zur Seite und zog die Tür weiter auf.

»Das ist meine Urenkelin Hanna. Hanna, das ist Hertha«, sagte Else.

Hanna folgte den beiden Frauen die Treppe hoch, dann auf eine große Terrasse im ersten Stock, die zum hinteren Teil des Gartens führte. Das Vogelzwitschern war durch den alten, hohen Baumbestand so laut wie in einer Voliere.

»Ich hole euch Sitzkissen und etwas zu trinken«, sagte Hertha.

»Ich helfe.« Hanna widerstand dem Impuls, Hertha beim Gehen zu stützen. Fünf Jahre jünger, hatte Else gesagt, doch es war kaum zu glauben. Hanna wusste nicht, ob es an dem gebeugten Gang lag, den kurzen Dauerwellen, die viel altmodischer wirkten als Elses zeitloser Zopf, oder an der Langsamkeit, mit der Hertha jede Bewegung ausführte. Aber Hanna hätte Hertha älter geschätzt als ihre Urgroßmutter.

Hanna half Hertha, weitere Sitzkissen aus dem Schrank zu holen, trug Tassen und eine gefüllte Kaffeekanne nach draußen. Sie holte Streichhölzer von drinnen, suchte und fand die Zuckerdose. Als sie endlich saß, versuchte sie, den Blick von Herthas auf der Lehne trommelnden Fingern und deren wippenden Füßen wegzulenken. Else ließ sich von der Unruhe nicht anstecken. Sie trank von dem Kaffee und schloss immer wieder genüsslich die Augen, wenn die Sonne warm hervorkam.

Die beiden Frauen erzählten von so vielen Menschen, von Geschehnissen in Schule und Freundeskreis – alltägliche Plaudereien, als wären nicht Jahrzehnte vergangen, sondern nur wenige Tage. Anfangs versuchte Hanna, in das Gespräch einzusteigen. Dann lehnte sie sich zurück und beobachtete, wie sich in Elses Gegenwart auch Herthas Gesicht aufklarte, wie die Mimik und Gestik immer lebendiger wurden, wie sie zusammen lachten und eine die Sätze der anderen zu Ende führte.

»Weißt du, dass Alma alles drangesetzt hat, dich zu finden?«, fragte Hertha.

Else knetete ihre Finger und ließ die Gelenke knacken. Das Lächeln verschwand aus ihrem Gesicht.

»Kannst du dich noch an Irmgard erinnern, die große Lange aus meiner Klasse, die gestottert hat und nach dem Luftangriff der Royal Air Force im August 1940 mit ihrer gesamten Familie einfach verschwunden war?«

Hertha nickte.

»Ich habe ihren Namen angenommen. Sogar auf dem Amt in Italien haben sie mir anstandslos neue Papiere ausgestellt. Unter dem Namen habe ich auch geheiratet. Anfangs wollte ich nach dem Krieg die Sache aufklären, aber dann …«

Vorsichtig schob Hertha ihre Hand zu Else und umfasste deren Arm. Ein Zittern ging durch Elses Körper, dann schüttelte sie sich und wirkte wieder vollkommen gefasst und ruhig.

»Das Kind von Alma …«, begann Hertha und schwieg.

»Ja«, sagte Else.

Inzwischen brauchte Hanna keine Erklärungen mehr, auch wenn die Sätze unvollständig blieben. Es war, als würde die Vergangenheit mit der Gegenwart verschmelzen oder als wäre die Zeit nur eine Illusion. Sie alle saßen hier und wussten, was geschehen war, Else, weil sie es erlebt hatte, Hanna, weil das, was sie von ihrer Urgroßmutter erfahren hatte, reichte, um sich ein Bild zu machen. Und Hertha war Else so nah gewesen, dass es kaum möglich gewesen war, ein Geheimnis für sich zu behalten.

»Ich habe es immer gewusst. Aber natürlich nichts gesagt«, flüsterte Hertha. Sie umklammerte ihre Arme und rieb daran, bis die Gänsehaut verschwand. »Es gab von Anfang an Zweifel und Gerede in der Nachbarschaft, weil deine Einlieferung ins Krankenhaus und Almas Auftauchen mit dem Kind gleichzeitig stattfanden. Alma war wie eine Löwenmutter. Wie sie gekämpft hat, dass die Ziege auf dem Hof bleiben durfte, mitten in der Stadt. Was hat es für Beschwerden gegeben! Alma hat sich durchgesetzt. Obwohl regelmäßig die Hebamme kam, war Alma keinerlei Erschöpfung anzumerken, wie man es bei einer Wöchnerin erwartet. Irgendwann haben die Leute dann aufgehört zu reden, weil es langweilig wurde, weil Alma zu alledem konsequent geschwiegen hat. Ein paar Jahre später habe ich geheiratet und bin weggezogen. Hierher.« Hertha sprach langsamer, ihre Worte wurden leiser. Die Müdigkeit war ihr anzusehen, ihre Bewegungen wurden schwerfälliger.

»Ich wollte weg. Einfach nur noch weg«, sagte Else. »Es war egoistisch. Trotzdem wäre es gelogen, wenn ich behaupten würde, heute anders zu handeln. Das ist immer schnell dahergesagt. Ändern lässt es sich sowieso nicht mehr.«

Hertha lehnte sich zurück. Das Trommeln ihrer Finger und Wippen ihrer Füße stoppte, ihre Lider senkten sich. Hanna dachte, Hertha sei eingenickt, doch dann öffnete sie die Augen.

»Es tut mir leid«, sagte Hertha. »Ich bin müde. Das Reden. All die Erinnerungen.«

Else stand auf und umarmte Hertha. »Es war so schön, dass wir uns getroffen haben. Ich schreibe dir meine Telefonnummer auf und meine Adresse in Italien. Wenn ich noch einmal nach Berlin komme, besuche ich dich natürlich wieder. Du bist bei mir auch jederzeit herzlich eingeladen. Besonders im Frühling ist es traumhaft, wenn es hier noch kalt ist und bei uns schon sommerlich warm.«

16

»Du hast gesagt, du wolltest einfach nur weg damals«, sagte Hanna. Es waren genau diese Worte, die Hanna immer wieder durch den Kopf gingen. Wie gut konnte sie das nachvollziehen! »Ich wünschte, ich könnte es auch.«

»Wohin würdest du wollen?« Else faltete ihre Strickjacke und legte sie in den Schrank. Inzwischen war es so warm geworden, dass sie sogar nach dem Frühstück ohne Jacke nach draußen gehen konnten.

»Mit dir nach Italien.« Hanna atmete auf. Nun war es heraus. All die Tage hatte sie gehofft, Else würde von sich aus eine Einladung aussprechen, aber das war nicht geschehen. Die Vorstellung, dass Else bald allein weiterreiste, war für Hanna unerträglich. Sie wollte nicht, dass Else wegfuhr und sie nach Hause zurückkehren musste zu ihren Eltern und zu ihrer Großmutter. Es hatte sich so viel verändert. Selbst die Telefonate mit Marianne waren inzwischen verkrampft und angespannt. Hanna verstand nicht, warum. Ihre Großmutter war immer Hannas nächste Vertraute gewesen, es hatte keine Geheimnisse gegeben, keine Verstimmungen. Was auch geschah, immer hatte Hanna sicher sein können, dass ihre Großmutter hinter ihr stand. So war es jedenfalls gewesen, bevor Else aufgetaucht war. Sie dachte an das Telefonat vom Vortag zurück.

»Ich bin allein durch die Stadt gezogen«, hatte Hanna Marianne erzählt. »Und dann waren die Zweifel, was ich machen sollte, das Grübeln, der Frust, alles war plötzlich weg. Wie ein totaler Flash: das Leben in Berlin, die Straßencafés, die Geräusche und Gerüche.«

»Schön«, hatte Marianne gemeint.

»Ja, es ist wirklich schön gewesen.«

»Klar war es schön, weil ich nicht dabei war.«

Hanna hatte das Thema gewechselt, hatte nicht gewusst, was sie darauf hätte antworten sollen.

Bei der Erinnerung fror Hanna, ein Schauer lief über ihren Rücken. Die Hände waren warm, die Kälte kam tief aus ihrem Innern. Was ging da nur schief? Sie hatte keine Lust, weiter darüber nachzudenken, weil sie wusste, dass sie sowieso zu keinem Ergebnis kommen würde. Daher sah sie zu Else, die mit zwei Sommerkleidern vor dem Spiegel stand und sich immer abwechselnd eins vor den Körper hielt.

»Nimm das schwarze. Und darüber ein Seidentuch. Das andere wirkt zu omahaft«, sagte Hanna.

»Ich bin eine Oma, schlimmer sogar. Deine Urgroßmutter. Aber unterstehe dich, mich in nächster Zeit zur Ururgroßmutter zu machen.«

Beide lachten. Dann zog Else das schwarze knielange Kleid an und band sich eines ihrer bunten Tücher um die Schultern.

»Im Ernst.« Hanna beschloss, erst damit aufzuhören, wenn sie eine Antwort bekommen hatte, die sie zufriedenstellte. »Lass mich mitkommen, lass uns zusammen aufbrechen. Nach Italien.«

Else ging zum Fenster und schaute hinaus.

»Bitte.« Hanna verstand nicht, wo das Problem lag. »Warum denn nicht? Ich kann dir helfen aufzuräumen. Das wolltest du doch tun. Wir können die Räume gemeinsam ganz neu gestalten, da brauchst du jemanden, der anpacken kann. Und das kann ich, selbst wenn ich nicht unbedingt so aussehe.«

»Hanna.« Else ging zu Hanna und legte ihren Arm um Hannas Hüfte. »Du weißt, wie viel du mir bedeutest. Nichts würde ich lieber tun, als dich mitzunehmen, dich bei mir zu haben. Aber Italien mit mir, das ist kein pausenloser Urlaub. Nicht nur ich bin in die Jahre gekommen. Das Bauernhaus ist auch nicht mehr das, was es einmal war. Ich möchte nicht, dass du voller falscher Hoffnungen mitkommst. Du brauchst nicht zu glauben, dass sich dort deine Probleme einfach in Luft auflösen, dass etwas geschieht, das alles ändert. Die Wahrheit wird sein, dass sich nichts ändert, nichts löst und in der Abgelegenheit der Berge gar nichts passiert. Dann wirst du enttäuscht sein, von der Reise und von mir. Das ist die Schwierigkeit bei der Sache: Wenn wir unterwegs sind, haben wir in erster Linie uns selbst im Gepäck.«

»Ein blöder Spruch. Unter dem Gesichtspunkt könnten wir ja gleich zu Hause hocken bleiben und die Wände anstarren. Das ist mir zu fatalistisch.«

»Ich kann nicht die Verantwortung für dich übernehmen, nicht auf dich aufpassen.«

»Wer sagt denn so was? Das will ich doch gar nicht. Wir sind Partner. Freundinnen. Ich bin alt genug, um auf mich selbst aufzupassen. Ich will selbst entscheiden, was ich tue und lasse, und meine eigenen Fehler machen.«

Else nickte.

Hannas Blick fiel auf all die Kleidungsstücke, die vor ihrem Bett verteilt herumlagen, und sie begann, die schmutzige Wäsche von der sauberen zu trennen.

»Was ist jetzt?«, fragte Hanna.

»In Ordnung. Wenn du es wirklich möchtest, freue ich mich, wenn du mitkommst. Und du hast recht, ich nehme dich beim Wort. Es ist wichtig, dass du deine eigenen Entscheidungen triffst und das tust, was du für richtig hältst.«

Hanna beobachtete Else. Es war, als würde ein übergroßes *Aber* im Raum schweben, das unausgesprochen blieb. Elses Mund war leicht geöffnet, die Zunge lag hinter ihrer oberen Zahnreihe. Hanna sah bewusst weg und konzentrierte sich wieder auf das Sortieren der Kleidungsstücke.

»Eine Bedingung habe ich«, sagte Else.

Hanna stöhnte. Sie hatte es kommen sehen.

»Lass uns gleich packen und nach dem Abendessen aufbrechen.« Else zog ihren Koffer hervor. »Wenn die Sonne tiefer steht, ist es angenehmer zu reisen. Vier Stunden Fahrt schaffen wir heute noch. Aber vorher rufst du bei deinen Eltern an und sagst Bescheid, damit sie sich keine Sorgen machen.«

Hanna dachte nach. Ihr graute es schon bei der Vorstellung, sich zu Hause zu melden. Was sollte sie sagen? Marianne und Claudia würden ihr vorhalten, dass mit der Reise das nächste Semester gelaufen war, alle Einschreibefristen verpasst.

Sie packte in Windeseile ihre Habseligkeiten zusammen. Es half nicht, Zeit zu schinden, davon wurde es auch nicht besser. »Ich erledige das jetzt sofort.« Sie nahm ihr Handy vom Nachttisch und verließ den Raum. Beim Wählen hinterließ ihr Finger feuchte Abdrücke auf dem Display.

»Schubert-Seidel«, meldete sich Claudia.

»Ach, du bist es.« Hanna atmete auf.

»Habe mir einen grippalen Infekt eingefangen, nichts Schlimmes, aber unangenehm.«

»Das tut mir leid.« Hanna beschloss, ohne Umschweife zum Punkt zu kommen. »Ich möchte mit Else nach Italien fahren.«

»Wann denn?«

»Heute.«

Das Schweigen am anderen Ende der Leitung kam Hanna endlos vor.

114

»Hanna …«, begann Claudia und brach ab.

»Sag jetzt nichts. Bitte. Lass mich einfach.«

»Hanna …« Hanna hörte ein trockenes Schlucken am anderen Ende der Leitung. »So funktioniert das Leben nicht. Du hast das Abitur, noch dazu mit guten Noten. Irgendwann musst du dich dazu zwingen, eine Entscheidung für die Zukunft zu treffen. Und damit meine ich langfristig. Südamerika, Irland, jetzt Italien, hier ein Job, dort ein Job – wohin soll das alles führen? Auch Oma macht sich Sorgen. So kann es doch nicht noch jahrelang weitergehen.«

»Hör auf. Ich bin erwachsen. Ich weiß, was ich tue. Und die Chance, mit Else zusammen etwas zu erleben, die wird wahrscheinlich nie mehr kommen.«

Wieder hörte Hanna ihre Mutter schlucken. Claudia hustete. Dann trat Stille ein, bis Claudia sich räusperte. »Aber versprich mir, dass du auf dich aufpasst. Du meldest dich zwischendurch mal?«

»Klar! Und grüß Oma von mir.« Hanna war erleichtert.

»Und Hanna …«

Hanna hielt den Atem an. »Ja.«

»Irgendwo kann ich dich auch verstehen und ich wünsche dir von Herzen, dass du eine schöne Zeit hast. Am liebsten würde ich mich euch anschließen. Wenn da nicht die Praxis wäre.«

»Danke.« Hanna spürte einen Kloß im Hals. Wie gern hätte sie jetzt ihre Mutter umarmt und gleichzeitig geschüttelt. Stattdessen verabschiedete sie sich zügig und kehrte zurück in das Hotelzimmer.

Zwei Stunden später, nach dem Abendessen im Hotelrestaurant, half Hanna ihrer Urgroßmutter, den Koffer in den Wagen zu wuchten.

»Stört es dich, wenn wir Musik hören?«, fragte Hanna.

»Musik stört mich nie.«

»Sag das lieber nicht.« Hanna zwinkerte Else zu. Sie suchte einen Sender, der Oldies spielte, eine Mischung aus Pop und Rock 'n' Roll, durch den gleichmäßigen Rhythmus ideal zum Fahren und Bekämpfen der ersten auftauchenden Müdigkeit.

Lange hingen beide ihren eigenen Gedanken nach. Hanna ging das Gespräch mit Claudia nicht aus dem Kopf.

»Meine Mutter kann es einfach nicht lassen«, begann Hanna. Noch immer spürte sie den Kloß im Hals. »Studium. Entscheidungen treffen. Langfristig denken. Sie hört einfach nicht damit auf.«

»Sie ist deine Mutter.«

»Aber ich bin erwachsen!«

»Manchmal sind wir einfach überfordert. Mit allem«, sagte Else. »Ich verstehe dich.«

Hanna spürte, dass es keine leeren Worte waren, nichts, das Else nur sagte, um nett zu sein, sondern dass Else von sich selbst erzählte.

»Dann sehen wir keinen Ausweg«, fuhr Else fort. »Ja, wir sollten aufhören wegzulaufen, nachgeben, das wissen wir. Wir sollten. Und doch können wir nicht. Denn der Mensch besteht nicht allein aus Wissen und Verstand.«

17

»Wo ist das Kind?«

Sie standen zu acht um Elses Bett herum. Stimmen prasselten auf sie ein, eine anklagender als die andere. Else wiederholte noch einmal das, was sie bestimmt schon zehn Mal erklärt hatte. Die Wehen im Wald. Die Geburt, die ganz schnell gegangen war. Wie sie sich kaum mehr hatte aufrecht halten können, den leblosen Körper auf Moos gelegt hatte und nach Hause gehen wollte, um das Kind später zu holen und zu beerdigen.

»Wo genau befindet sich die Stelle, an der die Geburt angeblich passiert sein soll?«

Das *Angeblich* ließ sie zusammenzucken. Auch das hatte Else schon mehrmals beschrieben, wie sie querfeldein gelaufen war, abseits von den Wegen.

»Was ich aber nicht verstehe …« Nun war es einer der Polizisten, der sich einmischte. »Die Schnürsenkel, von denen du erzählt hast, mit denen du die Nabelschnur abgebunden hast und dann in der Mitte durchgebissen. Die gehen mir nicht aus dem Kopf. Deine Schuhe hatten doch noch beide Schnürsenkel.«

Else schwitzte. Ihr Nachthemd klebte feucht und kalt am Rücken.

»Alles war wie ein Traum«, sagte Else. Sie zwang sich, direkt in die Gesichter zu sehen. Sie blickte auf gerunzelte Stirnen, zusammengepresste Lippen, Ärzte, die vielsagende Blicke wechselten, die Augen eng zusammengezogen.

»Ich bin ohnmächtig geworden und kann mich an das, was passiert ist, nicht mehr so genau erinnern.« Else bekam schwer Luft. Bei jedem Husten floss unten ein Blutschwall aus ihr heraus. Sie wollte nichts als weg, aus dem Krankenzimmer, der gesamten Klinik. Weg von den Ärzten, den beiden Polizisten. Ihren Eltern nie wieder begegnen. Doch an eine Flucht war nicht zu denken, solange es ihr bereits schwindelig wurde, wenn sie sich von einer Seite auf die andere drehte. Nicht einmal saubere Kleidung hatte sie zum Anziehen.

»Die Patientin braucht Ruhe. Sehen Sie nicht, wie erschöpft sie ist?«, unterbrach einer der Ärzte die Befragung.

Die Polizisten flüsterten sich etwas zu. Else befürchtete schon, sie würden nicht lockerlassen, doch es dauerte nur wenige Minuten, dann blieb sie mit dem Arzt allein im Raum zurück. Er umfasste ihr Handgelenk und zählte den Puls.

»Was jetzt?« Elses Stimme hörte sich kläglich an. Sie hatte keine Kraft mehr, sich zusammenzunehmen und zu verbergen, wie es ihr ging.

»Sie müssen erst einmal zur Ruhe kommen. Wenn Sie sich immer wieder aufregen, schaffen wir Ärzte es auch nicht, die übermäßige Nachblutung unter Kontrolle zu bekommen. Ich sorge dafür, dass Sie wenigstens in den nächsten Stunden ungestört bleiben.«

Else fühlte sich verloren in dem großen Krankenzimmer. Sie sehnte sich nach irgendeinem Geräusch, nach Gesprächen, nach Gerüchen, nach irgendetwas, was sie von ihren Gedanken an das ablenkte, was geschehen war und was noch auf sie zukommen würde.

»Die anderen Betten im Zimmer?«, fragte Else. »Warum sind die leer?« Sie standen frisch bezogen im Raum.

»Sie wissen ja, dass vor der Tür ein Polizeibeamter platziert worden ist und niemand ohne besondere Gestattung das Krankenzimmer verlassen oder betreten darf. Deshalb mussten wir die anderen Wöchnerinnen verlegen.«

Elses Husten steigerte sich zu einem Keuchen. Sie glaubte zu ersticken. »Nein, das wusste ich nicht.«

»Es ist auf jeden Fall eine Anweisung von oben. Daran kann ich nichts ändern.« Der Arzt brachte Else ein Glas Wasser und blieb bei ihr, bis sie wieder ruhig atmete. Doch erleichtert war sie überhaupt nicht, im Gegenteil.

Else sah dem Arzt nach, der nun zur Tür ging. »Warten Sie. Bitte.«

Sie hatte den Namen des Arztes vergessen, auch trug er kein Namensschild. Er war noch jung und er mochte sie, das erkannte sie an der Art, wie er sie anblickte. Wenn er mit ihr sprach, war seine Stimme weich und leise. Ihr war klar, dass sie mit ihrem Schweigen und den offensichtlichen Lügen nur alle gegen sich aufbrachte. Vielleicht sollte sie wenigstens versuchen, die Wahrheit zu sagen, einen offiziellen Weg zu finden, damit Marianne bei Alma bleiben konnte. Eine Adoption. Ganz amtlich. Doch sie wusste, dass ihre Eltern dem nie zustimmen würden. Das Kind so nah, dass sie es immer wieder sahen, die Verfehlung ihrer Tochter direkt vor ihren Augen? Sie würden wollen, dass das Kind fortkam, so weit weg es nur ging. Ihr Vater würde die Abgabe ins Heim als Wiederherstellung des Familienfriedens betrachten, als eine Zurückerlangung der Kontrolle. Er wollte zumindest über das Kind verfügen können, wenn es ihm schon nicht gelungen war, eine Schwangerschaft zu verhindern und die Tochter nach seinen Vorstellungen von Moral, Demut und Gehorsam zu erziehen.

Und – bei allen Abwägungen blieb die Frage, wer ihr jetzt, nach so vielen Lügen, noch die Wahrheit abnehmen würde.

»Ja?« Der Arzt hielt inne mit der Türklinke in der Hand.

»Danke, dass Sie sich Zeit für mich nehmen.«

Es waren unzählige Überlegungen, die ihr durch den Kopf gingen, doch ein Gedanke tauchte immer wieder auf: Es war dieses Gefühl von Genugtuung, trotz allem, was sie erwartete. Sie spürte, wie sie ihre Eltern mit ihrem Schweigen strafen konnte, mit der Tatsache, dass das Kind einfach weg war. Nun waren sie die Machtlosen, weil sie einsehen mussten, dass sie mit ihrem Druck nichts, aber auch gar nichts erreichten. Es war dieser Trotz, der sie durchhalten ließ. Den Triumph, über ihr Kind zu verfügen und ihr damit das Letzte zu nehmen, was ihr von Alfred geblieben war, konnte sie ihren Eltern nicht gönnen.

Else legte die Hand auf ihren Bauch, dorthin, wo es sich noch immer zusammenzog, wenn auch nicht mehr so häufig und so heftig wie kurz nach der Geburt. Wenn sie an das dachte, was ihr Vater nach ihrer Heimkehr mit ihr anstellen würde, um sie zu strafen und seine Kontrolle und Macht wiederherzustellen, wurde ihr übel. Als Fünfjährige hatte sie einmal eine Lungenentzündung gehabt. Sie erinnerte sich genau, wie schwer ihr das Atmen damals gefallen war: Es war, als würde die Luft irgendwo zwischen Hals und Lunge stecken bleiben, als hätte sie Wasser eingeatmet. Nun war es genauso. Sie meinte, an ihrer Angst zu ersticken. Else tastete zwischen ihren Rippen. Das Herz stolperte. Obwohl die Mischung aus innerem und äußerem Schmerz sie fast zerriss und ihr die Tränen die Wangen hinunterliefen, spürte sie auch etwas anderes, das sie in der Form vorher nie erlebt hatte. Trotz der Schmerzen war dort Frieden. Die Gewissheit, etwas geschafft zu haben, was ihr niemand nehmen konnte. Marianne würde eine Mutter haben und nicht in einem Heim aufwachsen. Sie würde das kennenlernen, was für sie selbst das Wichtigste war: die Musik, das Träumen, das Wissen, dass Leben mehr war als Kampf, Überleben und der Sieg der Stärkeren. Auch wenn Alma Musikerin war, liebte sie es wie Else, sich in Geschichten und Erzählungen hineinzuträumen. In Marianne würde ihre Liebe zu Alfred weiterleben. Else spürte die gleiche Ruhe, die sie beim Schwimmen erfasste, wenn sich die Wasseroberfläche kurz vor einem Regenguss aufbäumte, das Wasser seine Farbe ins Grünlich-Braune wechselte und sich die Spiegelungen von Bäumen und Himmel zwischen den Wellen auflösten. Der Frieden, wenn sie dann abtauchte, die Bewegungslosigkeit des Wassers registrierte, die in nur rund einem Meter Tiefe in einem solchen Kontrast zur Oberfläche stand. Mochte ihr Bauch sich weiter zusammenziehen, ihr das Atmen schwerfallen, ihre Brüste heiß werden und schmerzen, mochten sie alle ins Zimmer kommen und auf sie einreden, es spielte keine Rolle mehr. Else sah das Bild deutlich vor sich, wie sie schwamm. Sie ganz allein im Kleinen Müggelsee. Drum herum die Bäume, deren Blätter im Wind rauschten. Die Wellen und sie selbst, wie sie einfach abtauchte. Wie sich die Wellen über ihr wieder zu einer geschlossenen Decke vereinten und sie, die Taucherin, vollständig verbargen.

18

Nach der Tunneldurchfahrt ließ die Helligkeit Hanna im ersten Moment die Augen zusammenkneifen. Die Sonne strahlte durch die Autoscheiben. Die Berge und die Seen, Zitronen- und Orangenbäume, Zypressen, Mandel- und Olivenbäume – sofort war es, als wäre Hanna in einer anderen Welt angekommen. Die Luft war klar und leicht. Italien! Hanna verlangsamte die Fahrt und kurbelte die Seitenscheibe herunter, was den Blütenduft im Auto noch intensivierte. Else begann zu husten. Hanna sah zu ihrer Urgroßmutter. Else war blass geworden. Oder lag der Eindruck nur an dem hellen Licht, das den Wagen erfüllte?

»Soll ich anhalten? Die Scheiben hochmachen?«, fragte Hanna.

»Ist nicht so schlimm.« Else hustete in den Ärmel. Nun war beim Einatmen das gleiche pfeifende Geräusch zu hören wie nach dem Schwimmen im See. In den letzten Tagen war Else erschöpfter als sonst gewesen, was sich nicht verbergen ließ, obwohl sie versucht hatte, sich nichts anmerken zu lassen. Hanna hatte gedacht, Else hätte sich wieder vollständig erholt, doch inzwischen war sie sich nicht mehr sicher.

»Wir sollten einen Arzt aufsuchen.« Hanna fuhr an der Ausfahrt ab und parkte am Straßenrand unter einer Pinie. Sie öffnete die Türen, stieg aus und half Else aus dem Wagen. Ein paar Schritte zu gehen nach dem stundenlangen Sitzen, das würde ihr bestimmt guttun.

»Ach.« Else machte eine Handbewegung, als wollte sie ein lästiges Insekt verscheuchen. »Ärzte. Der Körper weiß schon selbst am besten, wie er genesen kann. Seit dem Krankenhausaufenthalt nach der Geburt und meiner Zeit in den Heilstätten habe ich keinen Quacksalber mehr aufgesucht.«

»Was für Heilstätten?«

»Schau mal, da hinten die Korkeichen. Im Sonnenlicht schimmert der untere, geschälte Teil der Bäume wie mit rotbrauner Farbe angestrichen. Die Forsythien, so gelb – ich rieche sie bis hierhin.«

Hannas Blick folgte Elses Hand. Es stimmte. Es war, als wäre es mit dem Durchqueren des Tunnels mit einem Mal Sommer geworden. Die Blätter strahlten in den unterschiedlichsten Grüntönen, sie entdeckte, versteckt im Gras, Krokusse und violett-blaue Veilchen. Hanna zog ihre Jacke aus. Sie wollte noch einmal fragen, was Else mit den Heilstätten meinte, aber dann schwieg sie, weil Elses Husten sich so sehr steigerte, dass sie sich nach vorne beugen musste, um überhaupt noch Luft zu bekommen.

»Tu es für mich«, sagte Hanna. »Lass uns zusammen zum Arzt gehen. Du bist mir doch wichtig!«

»Ich bin zäh. Glaub mir. Wir halten an einer Farmacia und kaufen etwas gegen die Erkältung. Das reicht. Und jetzt lass uns weiterfahren. Die weiß gestrichenen Mauern, die im Sommer die Hitze so gut abhalten. Der See direkt neben dem Wohngebäude, der Blick über die Berge und bei klarem Wetter die Sicht auf das Meer, das manchmal kaum vom Himmel zu unterscheiden ist. Mein Garten, die Beete, die Bank unter der Birke. Wie habe ich das alles vermisst!«

»In Ordnung.« Hanna sagte sich, dass es leichter wäre, nach ihrer Ankunft einen Arzt zu sich zu rufen, als Else dazu zu bewegen, in eine Praxis zu gehen. Ihre Urgroßmutter konnte so stur sein – genauso stur wie sie selbst. »Du wirst sowieso nicht nachgeben, wie ich dich kenne.«

»Ich bin, wie ich bin.«

Hanna stieg ein und wartete, bis Else wieder Platz genommen und sich angeschnallt hatte. Dann startete sie den Motor. Else legte vorsichtig ihre Hand auf Hannas Oberschenkel.

»Und dein Mann?« Hanna versuchte, sich an den Namen zu erinnern. »Antonio, oder? Wie ist er mit deiner Sturheit zurechtgekommen?«

Else schwieg. Ihr Kopf war gegen die Lehne gesunken, die Augen hatte sie geschlossen. Hanna dachte schon, Else sei eingeschlafen und hätte die Frage gar nicht mehr gehört. Doch nach einer Weile öffnete sie die Augen.

»Ich habe mich Antonio ein Stück weit angepasst«, sagte Else. »Jeden Tag habe ich deswegen einen inneren Kampf mit mir ausgefochten, mich auf den Alltag konzentriert mit all seinen Notwendigkeiten, um mich von den Gedanken abzulenken, zur Abendschule zu gehen, zu studieren, Schriftstellerin zu werden. Auch Antonio ist viele Kompromisse für mich eingegangen. Ihn habe ich mir als Vorbild genommen. Er wollte Historiker werden, hat Archäologie studiert und sich vorgestellt, in Ägypten Ausgrabungen zu leiten. Stattdessen ist er an meiner Seite geblieben. Wir hatten das Gasthaus. Wir hatten uns. Und wir hatten beide unsere kleinen Fluchten. Bei mir war es der Garten. Dann meine Geschichten, die ich aufgeschrieben habe. Das war meine Welt. Antonios Bereich war seine Bibliothek mit all den Romanen und Biografien über Entdecker: Vasco da Gama, Nikolaus Kopernikus, James Cook. Das bringen die Jahre mit sich: die Erkenntnis, dass nicht nur man selbst Kompromisse eingeht, sich anpasst, die Unabhängigkeit aufgibt, sondern dass der andere das Gleiche tut. Das mit Dankbarkeit zu schätzen zu wissen, ist wichtig.«

»Das klingt nicht sehr romantisch.«

»Ich glaube nicht an Romantik. Essen bei Kerzenschein, rote Rosen in der Vase, Liebesbriefe, ins Ohr geflüsterte Worte, Leidenschaft, das ist das eine. Es vergeht irgendwann. Doch in all den Jahrzehnten unserer Ehe ist Antonio immer, wenn er aus der Bibliothek zurück war, zuerst zu mir in den Garten gekommen. Er hat gewartet, bis ich meinen Block beiseitegelegt habe. Ich wusste, er war da, ganz da, bei mir. Ich konnte sagen, was ich wollte, er hat mir zugehört. Und er wusste genauso, dass auch ich immer da sein würde, bei ihm. Das hört sich wenig an. Aber niemand hat mir je ein größeres Geschenk gemacht, selbst Alfred nicht. Antonio war da. Das ist sehr viel. Und er ist der Grund, weswegen ich auch nicht mehr weggehen konnte, als der Krieg dann wirklich zu Ende war.« Else kippte die Rückenlehne nach hinten und schloss erneut die Augen. Bald wurde ihr Atem ruhiger. Sie war eingeschlafen.

Hanna dachte über Elses Worte nach, während die flache Landschaft rund um Mailand langsam immer hügeliger wurde.

Das Navigationsgerät lotste Hanna von der Hauptstraße weg. Zuerst glaubte sie, dass das unmöglich richtig sein konnte: Sollte sie wirklich auf die Schotterpiste abbiegen, die rechts in den Wald hineinführte? Durch das Geruckel des Wagens, der durch die Schlaglöcher hochgeschleudert wurde und unsanft aufprallte, wachte ihre Urgroßmutter auf.

Else rieb sich die Augen. »Gleich sind wir da.«

»Falls der Käfer es überlebt. Hier bräuchte man ein Geländefahrzeug!« Hanna schaute sich um. An beiden Seiten des Weges war nichts außer Laubbäumen zu sehen. Die feuchte Kühle der Blätter, die nun durch das geöffnete Fenster zu spüren war, in Verbindung mit der Einsamkeit um sie herum hatte etwas Märchenhaftes.

»Jetzt fehlt nur noch, dass Hänsel und Gretel und der Wolf um die Ecke kommen«, sagte Hanna. Doch auch der Scherz vertrieb die Unruhe nicht, die sich in ihr ausbreitete. Dass es so menschenleer war, damit hatte sie nicht gerechnet. Sie fragte sich, was sie eigentlich erwartet hatte, und ärgerte sich, dass sie sich bei Else im Vorhinein nicht genauer erkundigt hatte.

»Einen Wolf hatten wir hier im letzten Jahr wirklich. Er hat bei unseren Nachbarn, den Bruzzones, immer wieder Schafe gerissen. Die haben sich dann Schutzhunde gekauft, zwei massige Golden Retriever, die man aus der Distanz unter all den Schafen gar nicht erkennen kann. Seitdem ist der Wolf von niemandem mehr gesehen worden. Möglicherweise haben die Hunde ihn vertrieben. Vielleicht ist er auch einfach weitergezogen.«

Schließlich gaben die Bäume den Blick auf die Bergkuppen frei. Vor ihnen lag eine Lichtung, in deren Mitte sich auf einer leichten Anhöhe ein dreistöckiges Bauernhaus befand. Es war nicht zu übersehen.

»Wir sind da!«, sagte Else.

Hanna ließ das Auto in die Einfahrt rollen. Sie wusste nicht, wohin sie zuerst schauen sollte: Da waren die Pinien, die den Weg zum Haus säumten, das weiß gestrichene, verwinkelte Gebäude, die Berge im Hintergrund. Doch am besten gefiel ihr die hohe, ausladende Birke mit der Bank darunter, umrankt von Rosenstöcken und umgeben von Blumenbeeten, so dicht bepflanzt, dass es für Unkraut gar keine Chance gab, sich dazwischen auszubreiten.

Hanna parkte den Wagen und stieg aus. Sie atmete tief durch. Es roch nach Wald, nach Blüten und wenn sie die Augen schloss, konnte sie die salzige Meeresluft wahrnehmen.

»Wie weit entfernt ist der Strand?«, fragte Hanna.

»Eine halbe Stunde mit dem Auto. Vom obersten Stockwerk aus kannst du ihn bei klarem Wetter erkennen.«

Die Sonne war über den Bergen zu sehen, doch sie hatte schon an Kraft verloren. Der aufkommende Wind ließ Hanna frieren, aber sie hatte noch keine Lust, ins Haus zu gehen.

»Du hattest von Nachbarn mit Schafen erzählt«, sagte Hanna. Sie setzte sich auf die Bank unter der Birke und blickte sich um. »Hier wohnt doch sonst niemand.«

»Sie leben nur einen halben Kilometer entfernt, hinter der Anhöhe.« Else zeigte in die Richtung, die vom Meer wegführte.

»Sie würden dich nicht hören, wenn du schreist. Gar nicht bemerken, wenn dir etwas passiert. Wenn ein Einbrecher kommt. Unter Nachbarn stelle ich mir etwas anderes vor.«

»Was soll denn passieren? Hier gibt es nichts zu holen. Abgesehen davon haben wir ein Telefon.«

Es war wunderschön, wie ein Paradies, perfekt, um bei einer Wanderung eine Rast einzulegen oder ein paar Tage in Ruhe abzuschalten. Aber dauerhaft hier zu leben? Das konnte sich Hanna nicht vorstellen. Wie es Else wohl ergangen war, als sie sich nach ihrer Ankunft aus Berlin hier einfinden musste?

»Hast du hier nie etwas vermisst?«, fragte Hanna. »Geschäfte? Gesellschaft? Ausgehen?«

»Wie gesagt, ich habe hier meinen Garten und das Schreiben. Antonio hatte seine Bibliothek. Und wir hatten uns. Anfangs sind wir regelmäßig ausgegangen, es ist ja nur eine halbe Stunde Fahrtzeit in südliche Richtung bis nach Sanremo. Aber sehr bald erschienen das Leben am Strand mit den Touristen, die Stadt, die Ausflüge dorthin bedeutungslos. Der Lärm, all die Stimmen, die durcheinandergehen: Ich brauche das nicht, um glücklich zu sein.«

Hanna genoss die letzten Sonnenstrahlen. Dann verschwand die Sonne hinter den Bergen. Die Temperatur sank so schnell, dass es Hanna ins Haus trieb.

Bevor Hanna das Gepäck auslud, zeigte Else ihr das Zimmer, in dem sie wohnen würde. Es lag unter dem Dach. Das Bett war frisch bezogen, als hätte Else mit einem Gast gerechnet. Hanna öffnete die Dachluke und lehnte sich hinaus. Es stimmte, hinter den bewaldeten Bergkuppen konnte sie das Meer erkennen.

»Ich schlafe direkt gegenüber, auf der Hinterseite. Von dort aus kann man den See und den Hof der Bruzzones sehen«, sagte Else. »Demnächst will ich mich durchringen, nach unten neben das Wohnzimmer zu ziehen, um nicht mehr so oft die Treppen gehen zu müssen. Bisher habe ich es hinausgezögert. Hier ist es so schön!«

Die untergehende Sonne war hier oben noch zu sehen. Sie tauchte das Zimmer in einen rot-orangen Schein. Am Horizont stand ein Containerschiff wie ein unbewegliches, schwarzes Viereck.

Nun begann sie zu ahnen, warum Else all die Jahre hiergeblieben war: Hier war es nicht einsam. Mit dem Rauschen des Windes, dem Gesang der Singvögel und dem Plätschern des Baches, den bunten Farben des Meeres, des Himmels und der Berge war das Leben absolut vollständig. Wie sollte man an so einem Ort darüber nachdenken, was man leisten oder erreichen sollte und ob man gut genug war?

19

Sechs Tage hatte sie nun schon bei Else in Italien verbracht. Hanna konnte es kaum glauben. Die Zeit war so schnell vergangen! Inzwischen hatte sich eine Routine herausgebildet, ohne dass Hanna und Else sich abgesprochen hätten. Sie trafen sich morgens am See. Hanna watete bis zu den Knien ins Wasser und sah Else zu, die täglich einmal in ihrem Neoprenanzug bis zur Sonnenplattform in der Mitte des Sees schwamm und wieder zurück. Anschließend frühstückten sie, arbeiteten gemeinsam im Garten, kochten zu Mittag. Dann las Hanna und Else schlief zwei Stunden. Nachmittags saßen sie draußen unter der Birke auf der Bank und plauderten, bis die Sonne unterging. Auch wenn das Haus von außen perfekt aussah, klemmten innen Wasserhähne, die Sicherungen sprangen heraus, wenn Hanna Waschmaschine und Trockner gleichzeitig betrieb. An der Treppe lösten sich Bretter. Obwohl es mehr als genug Arbeit gab, störten sich weder Else noch Hanna daran, sondern lebten unbeschwert wie Urlauber. Wenn nur nicht die regelmäßigen Anrufe von Claudia gewesen wären. Sie mache sich Sorgen. Wann Hanna denn nun zurückkomme. Was mit den Bewerbungen sei. Die Zeit in Italien ließe sich doch gut nutzen, um zumindest Adressen herauszusuchen und ein paar Anrufe zu tätigen. Jedes Mal war es Hanna gelungen, Claudia mit einer fadenscheinigen Begründung abzuwimmeln, aber sie ahnte, dass das nicht mehr lange funktionieren würde. Beim letzten Telefonat hatte Claudia damit gedroht vorbeizukommen, um gemeinsam einen Weg zu finden, eine definitive Entscheidung zu treffen, »die im Sinne aller ist«, wie sie betonte. Außerdem hätte sie dann die Chance, Else richtig kennenzulernen. Anfangs hatte sich Hanna gesagt, dass ihre Mutter diese Ankündigung sowieso nicht in die Tat umsetzen würde, nun war sie sich nicht mehr sicher.

Zuerst dachte Hanna, sie hätte geträumt. Die Stimmen waren leise, doch sie wurden immer deutlicher. Hanna benutzte einen kleinen Ast als Lesezeichen, legte den Roman von Charlotte Brontë, den sie in der Bibliothek gefunden hatte, auf die Bank und richtete sich auf.

Zwischen den Bäumen tauchten zwei Wanderer auf. Sie kamen auf Hanna zu und fragten etwas auf Spanisch. Hanna verstand kein einziges Wort.

»One moment, please«, sagte Hanna und bedeutete den beiden, sich zu setzen, während sie Else aus dem Mittagsschlaf wecken ging. Doch das war gar nicht notwendig, denn die junge Frau wechselte ins Englische. Es waren zwei Spanier, die in ihrem wohl schon etwas älteren Reiseführer einen Hinweis auf diese Herberge gefunden hatten und für ein paar Nächte eine Schlafmöglichkeit suchten.

Von dem kurzen Wortwechsel aufgewacht, kam Else hinzu. Vergeblich versuchte sie, die beiden abzuwimmeln. Sie waren verschwitzt, Schuhe und Hosen bis zu den Knien mit Staub bedeckt.

»Wir können sie nicht wegschicken«, sagte Hanna. »Wenn du ins Erdgeschoss ziehen willst, brauchen wir Geld. Renovieren ist nicht billig.«

»Wir nehmen schon lange keine Gäste mehr auf.« Else verabschiedete sich und begann, die Rosenknospen zu untersuchen. Für sie schien das Thema damit erledigt zu sein.

»Ich kann mich um die beiden kümmern.« Hanna verstand ihre Großmutter nicht. Das war doch die perfekte Chance, um Geld zu verdienen, vor allem wenn Hanna daran dachte, was am Haus alles getan werden musste.

»Das ist verrückt. Eine absolute Schnapsidee. Aber tu, was du willst, schaden wird es niemandem.«

Hanna überlegte kurz. Im ersten Stock gab es zwei Gästezimmer, die noch richtig gut aussahen, die Betten und die Matratzen waren fast neu. Dort funktionierten auch die Toiletten und Wasserhähne. Saubere Bettwäsche lag in den Schränken. Im Keller befanden sich Getränke aller Art. Der Kühlschrank war nicht mehr gut gefüllt, aber wenn sie für das Frühstück frisches Brot backte und dazu eine Aufschnittplatte herrichtete … Auch reichten das Gemüse, das Fleisch und der Käse, um mindestens zwei vollständige Mahlzeiten für vier Personen zu zaubern. Hanna gab sich einen Ruck und erklärte den beiden ihr Angebot.

Die zwei waren so erschöpft, dass es ihnen gleichgültig war, dass Hanna nur eine sehr beschränkte Essensauswahl bieten konnte. Sie waren froh, eine Pause einzulegen und versorgt zu werden.

Wie viel eine Übernachtung koste?

Hanna dachte über die Frage nach. Sie hatte keine Ahnung, was sie verlangen sollte. Hundertzwanzig Euro und dafür bekämen sie etwas zum Abendessen und morgen ein Frühstück, sagte sie. Die beiden nahmen das Angebot ohne zu überlegen an.

Hanna brachte Gläser, Saft und Wasser und bat die Wanderer zu warten, bis sie das Zimmer hergerichtet hatte.

Beim Zubereiten der Abendmahlzeit kämpfte Hanna mit der Temperaturregulierung am Gasherd. Entweder wurde das Gemüse innerhalb kürzester Zeit schwarz oder es garte nicht durch. Nach einer halben Stunde und zwei Fehlversuchen entschied sie sich, einen Auflauf zuzubereiten, denn beim Ofen war es leichter, die richtige Temperatur einzustellen. Dennoch schaffte Hanna es, das Essen nur leicht verspätet zu servieren. Dafür rückte sie einen Klapptisch neben die Bank unter der Birke, wo sie den Schatten der Blätter genießen konnten und gleichzeitig durch das Gebäude vom Wind abgeschirmt waren. Doch zum Essen kam Hanna nicht, immer wieder stand sie auf, um Getränke zu holen und nachzuschenken, Servietten aufzutreiben und andere Kleinigkeiten zu richten.

Erschöpft ließ sie sich eine Stunde später Else gegenüber in der Küche auf einen Stuhl sinken. Ihr Nacken schmerzte vom Durchwischen der Zimmer, die auf den zweiten Blick doch nicht so sauber gewesen waren wie auf den ersten. Am linken Daumen hatte sie eine Brandblase vom Herausholen der Auflaufform aus dem Ofen. Sie war so oft die Treppen hoch- und runtergelaufen, dass es in ihren Waden zog. Hanna spießte eine Nudel auf und schob sie sich in den Mund. Ihre Finger zitterten vor Erschöpfung. Die drei Stunden, die sie gearbeitet hatte, waren anstrengender als jedes Fitness-Work-out gewesen und nicht vergleichbar mit den Schichten im Café, in dem sie aushilfsweise serviert hatte.

»Es war deine Entscheidung«, sagte Else, als könne sie Gedanken lesen.

»Ich bereue nichts.« Das war gelogen, aber Hanna wollte nicht aufgeben. Sie wusste, dass sie Else mit der Bewirtung der beiden Spanier kaum beeindrucken konnte, hatte es hier doch früher bestimmt zehnmal so viele Gäste gegeben, und auch Else hatte keinerlei Erfahrung im Hotelfach gehabt, als sie hier angekommen war. »Es erinnert mich ein Stück weit an Südamerika. Gucken, probieren und irgendwie wird es schon.«

Else lachte.

»Nein, wirklich. Ich mag das und wenn es noch so chaotisch ist. Niemand sagt mir, was ich tun oder lassen soll. Gleichzeitig habe ich überhaupt keine Ahnung. Nach meiner Landung in Brasilien wusste ich auch nicht, wie ich die nächsten Wochen organisieren sollte, woher Geld bekommen, wo übernachten. Es ist, wie wenn dir jemand eine riesige, weiße Leinwand zum Malen hinstellt. Bei diesem Gästehaus ist es das Gleiche. Es ruft einem buchstäblich zu, etwas daraus zu machen.«

»Mit zwei Gästen, die ein paar Nächte bleiben, ist nicht viel gewonnen.«

»Dann stellen wir an der Hauptstraße ein Schild auf, entwerfen eine Webseite und bieten ein paar Gerichte an, die ich gut kochen kann. Es gibt im Internet so tolle Kochanleitungen, die kann jedes Kind nachmachen. Natürlich putze ich erst einmal gründlich durch im ganzen Haus. Ach ja, ein Elektriker müsste dringend kommen. Und von dem Geld, das wir jetzt einnehmen, kaufen wir zuerst eine richtige Kaffeemaschine.«

Hanna nahm Elses Hand. Auch wenn Else nicht widersprach, registrierte Hanna doch ihre hochgezogenen Augenbrauen.

»Du bist skeptisch, okay, aber lass es mich probieren«, sagte Hanna. »Diesen Sommer. Einen Versuch. Was haben wir schon zu verlieren?«

Else nickte, doch sie schien noch immer nicht sehr überzeugt.

Erst beim Essen merkte Hanna, was für einen Hunger sie hatte. Sie nahm sich einen zweiten, dann einen dritten Nachschlag. Anschließend stand sie auf, um den Abwasch zu erledigen.

»Wie habt ihr all die Leute denn bewirtet ohne Spülmaschine?«, fragte Hanna.

»Es gab hier nur Frühstück, kein Mittag- und kein Abendessen.«

Hanna überlegte. Zuerst mit einem Frühstücksangebot zu beginnen, war bestimmt keine schlechte Idee, andererseits kochte sie sowieso am Abend. Es war keine Mühe, für die Gäste die Portion etwas zu vergrößern.

»Wenn ich zwei oder drei Gerichte zur Auswahl anbiete? Das geht doch«, sagte Hanna.

»Es ist dein Projekt. Ich halte mich raus. Sei mir nicht böse, ich bin müde und möchte heute früh ins Bett.« Else hustete. Ihre Wangen waren geröteter als sonst, die Gesichtshaut blasser.

»Hast du ein Fieberthermometer?« Hanna legte ihre Hand auf Elses Stirn und drückte ihre Urgroßmutter an sich.

»Lass mal. Ich muss mich nur ausschlafen. Es ist nichts.«

Hanna sah Else nach, wie sie die Treppe hochging und nach ein paar Stufen immer wieder innehielt. So zügig wie möglich würde sie den Umzug von Elses Zimmer nach unten angehen, beschloss Hanna. Dann richtete sie ihre Aufmerksamkeit auf den Abwasch. Durch die Fehlversuche bei der Gemüsezubereitung hatte sie einiges zu tun, die angebrannten Pfannen vollständig sauber zu bekommen. Obwohl es erst kurz vor acht war, schaltete Hanna das Licht an. Draußen zog es sich zu. Bald war die Wolkendecke so dicht, dass es dunkel war wie mitten in der Nacht. Hanna lauschte beim Spülen der Musik, die das junge Pärchen in ihrem Zimmer abspielte. Sie genoss die entspannte Atmosphäre, die sich im Haus ausbreitete. Dann registrierte sie Schritte auf den Holzstufen, wie die Eingangstür geöffnet und wieder geschlossen wurde. Es wurde so leise, dass sie die Wanduhr ticken hörte.

Um kurz vor zehn ging sie die Treppe hoch. Sie lugte durch das Schlüsselloch in Elses Zimmer. Kein Licht brannte, nichts als Schwärze war zu sehen. Hanna wollte Else nicht mehr stören und so verzichtete sie darauf, Gute Nacht zu sagen.

In dem Moment, in dem Hanna in ihrem Raum den Lichtschalter drückte, vernahm sie einen Knall. Sie zuckte zusammen und schrie auf. Else, die in ihrem weißen Nachthemd im Flur auftauchte, sah aus wie ein Gespenst. Sie war noch blasser als ein paar Stunden zuvor. Dann ertönte ein zweiter Schlag, der nun einwandfrei als Donner erkennbar war, gleichzeitig wurde für Sekundenbruchteile der Himmel von Blitzen so hell erleuchtet, als würde jemand direkt vor den Fenstern Bauscheinwerfer ein- und wieder ausschalten.

Vergeblich versuchte Hanna, das Flurlicht zu betätigen. »Da tut sich nichts. Hat ein Blitz eingeschlagen?«

»Ein Kurzschluss, denke ich.«

In einem Moment war es totenstill, im nächsten begann das laute Prasseln auf dem Dach und an den Fensterscheiben.

»Weißt du, wo der Sicherungskasten ist?«, fragte Else.

»Die Sicherungen sind in den letzten Tagen so oft rausgeflogen, dass ich den Weg zur Kammer im Keller blind finde.« Hanna tastete sich treppab.

Es dauerte nur wenige Minuten, bis sie es geschafft hatte. Mit einem Klacken ging das Licht über ihr an.

Auf der Treppe stutzte Hanna. Zuerst bemerkte sie die Feuchtigkeit unter ihren Socken und überlegte, ob sie etwas von den Getränken verschüttet hatte. Doch im ersten Stock trat sie mit einem Platschen in eine Pfütze. Sie sah auf die Stufe, wo sich in der Kuhle eine Lache gebildet hatte, die schon überlief. Beim Blick nach oben spürte sie Nässe im Gesicht. Hanna stöhnte laut. Das meiste Wasser tropfte nicht vom Dach, sondern rann an der Wand entlang über die Treppe im ersten Stock, dann weiter über die darunterliegende Wand zur Kellertreppe. Es war wie ein Bach, der sich vom Himmel bis zur Erde ausbreitete, der an ihr vorbei und über sie drüber durchs

Haus lief. Hanna drückte sich die Fäuste gegen die Schläfen, hinter denen es pochte. Sie ging zwei Treppenstufen tiefer, um kein Regenwasser mehr abzubekommen und das Desaster besser betrachten zu können.

»Das Dach ist ja vollkommen undicht!« Hanna überlegte. Da half es nicht einmal, einen Eimer darunterzustellen, weil das, was direkt vom Dach auf der Treppe landete, nur ein Bruchteil des Wassers war, das sich über die Wände verbreitete.

»So stark regnet es selten.« Else klang unaufgeregt.

»Was soll ich jetzt tun?« Hanna dachte an die Handtücher im Schrank, die auch nicht ausreichten, um das Problem zu lösen. »Was hat Antonio denn in so einem Fall gemacht?«

»Der Regen versickert im Keller, der Boden ist ja nicht zementiert. An den Wänden trocknet es von selbst. Übermorgen ist alles wieder in Ordnung. Du musst gar nichts tun, morgen vielleicht einmal über die Treppe wischen.«

Nun entdeckte Hanna die Verfärbungen am Putz, die sie vorher nicht gesehen hatte. Im Laufe der Jahre hatte sich das Wasser unterschiedliche Wege gebahnt. Wie ein dunkler Blitz verlief die Spur des Regenwassers an der Wand entlang.

»Aber da muss jemand vorbeikommen! Wen soll ich anrufen?«, fragte Hanna.

Else setzte sich auf die oberste Treppenstufe. »Darum hat sich Antonio immer gekümmert.«

»Beziehungsweise nicht gekümmert«, ärgerte sich Hanna. Sie schlug mit der Faust gegen die Wand und ließ so das Wasser spritzen. »Das darf alles nicht wahr sein.«

»Wir sollten das Haus verkaufen. Es ist alt. Inzwischen mehr als renovierungsbedürftig. Vielleicht kannst du mir beim Verkauf helfen. Es ist sowieso viel zu groß für mich allein. Einen Teil des Geldes wirst du gut gebrauchen können, um dir dein eigenes Leben aufbauen und eine Wohnung einrichten zu können.«

Hanna schüttelte den Kopf. »Es muss doch hier jemanden geben, der die Reparaturkosten einschätzen kann.«

»Die Bruzzones erledigen solche Arbeiten zwar immer selbst, aber sie kennen jeden in der Umgebung und jeder kennt sie.«

»Die mit den Schafen? Die das Haus hinter dem See haben?« Hanna erinnerte sich.

»Am See entlang verläuft ein Weg. Wenn man dem folgt, kommt man automatisch zu ihnen. Aber ich rate dir ab, denn …«

»Ich mache das. Sofort morgen früh.«

Hanna hielt inne. Mit einem Knallen fiel die Haustür ins Schloss. Sie hörte ein Stöhnen, dann die Stimmen des Pärchens, eine Mischung aus Kichern und Klagen. Hanna wollte sich gar nicht vorstellen, wie viel Nässe die beiden mit in den Flur brachten. Obwohl, tröstete sie sich, darauf kam es nun auch nicht mehr an. Putzen würde sie sowieso müssen, bevor das Holz der Treppe aufquoll und diese in eine Rutschbahn verwandelte. An Schlaf war diese Nacht eh nicht mehr zu denken, aber Hannas Müdigkeit war nach all der Aufregung auch längst verschwunden.

20

»Jetzt spiel hier nicht die Schlafende, Mädchen!«

Die Stimme klang so fern und dumpf wie aus einer Grotte. Im Traum schwamm sie weiter, konnte gar keine Höhle oder Grotte entdecken. Unter ihr war nichts als ein Fischschwarm, der Grund so tief, dass er unsichtbar blieb.

»Anziehen!«

Die Berührung an der Schulter ließ Else zusammenzucken. Sie schnappte nach Luft. Es fühlte sich an, als hätte sie jemand wie einen Fisch an der Angel aus ihrem Lebensraum gezogen. Sie blinzelte. Die Helligkeit der Sonne, die durch das Fenster auf ihr Gesicht schien, blendete sie. Zuerst erkannte sie keine Einzelheiten. Die zwei Männer, die um sie herumstanden, wirkten wie schwarze Scherenschnitte. Sie rochen nach Rauch und Schweiß. Viel zu schnell klarte sich das Bild. Das Erste, was sie erfasste, waren die feldgrauen Uniformen. Sie dachte an Soldaten. Ihr Blick wanderte aufwärts und sie bemerkte die braun-grünen Tschakos mit Hakenkreuz und Hoheitsadler auf den Köpfen. Polizisten.

Dann blickte sie auf die zusammengepressten Lippen, die Augen, die durch sie hindurchsahen, sie gar nicht richtig wahrnahmen, sondern betrachteten, wie man ein Bett oder einen Teppich anschaut.

»Aufstehen! Anziehen! Mitkommen!«

»Wohin denn?« Else versuchte zu verstehen, was geschah. Wegen der starken Nachblutungen müsse sie mindestens zwei Wochen in der Klinik bleiben, hatten die Ärzte gesagt. Nun waren gerade einmal zehn Tage vergangen. Obwohl die Blutung nachgelassen hatte, ging es ihr nicht besser. Es war diese Müdigkeit, die tief aus ihrem Innern kam und sich mit Schlaf nicht mildern ließ. Und wenn sie daran dachte, zu ihren Eltern zurückzukehren, sich eine neue Ausbildungsstelle oder eine Arbeit zu suchen, wurde sie noch müder.

Der Arzt, der ihr gut zugeredet und sie aufgemuntert hatte, wenn er allein ins Zimmer gekommen war, stand nun in der Ecke an der Tür. Er starrte auf den Boden, als wünschte er, gar nicht da zu sein. Sie formte mit ihren Lippen ein »Bitte« in seine Richtung, damit er ihr half, erklärte, was vor sich ging. Er schaute nicht einmal auf.

»Anziehen!« Einer der Polizisten nahm ihre Kleidung aus dem Schrank und warf sie auf das Fußende des Bettes.

Else sah sich um. »Aber wo ...« Sie wollte sich nicht vor den drei Männern umkleiden, doch keiner machte Anstalten, den Raum zu verlassen oder sich zumindest umzudrehen. Langsam richtete sich Else auf. Ihre Zunge pappte am Gaumen fest, die Lippen waren trocken und brannten. Der Schwindel hatte sich nicht gebessert. Sobald sie die Lage veränderte, schwankte die Umgebung wie ein Schiff auf hoher See. Mit ihrem Atem versuchte sie, die aufsteigende Übelkeit zu bekämpfen. Ihr Körper fühlte sich an wie eine zähe, tonartige Masse, die kaum zu koordinieren war, als wäre mit der Geburt ihres Kindes alles, was sie je zusammengehalten hatte, aus ihr verschwunden. Mühsam ordnete sie die Kleidungsstücke auf dem Bett und begann sich umzuziehen. Dabei wandte sie den Männern den Rücken zu.

»Los. Schneller!«

»Wohin bringen Sie mich?«, fragte Else. Sie rechnete nicht mit einer Antwort.

»Es gab eine Verhandlung«, sagte der Arzt. »Wegen des Kindes und Ihres Zustandes.« Seine Worte waren ein Flüstern, so leise, dass Else zuerst glaubte, sie hätte sich verhört, weil die Aussage keinen Sinn ergab.

»Aber das hätte ich doch wissen müssen. Ich war bei keiner Verhandlung. Worum ging es überhaupt?«

»Ihre Eltern waren dort. Sie haben einen Anwalt mitgebracht.«

»Warum …« Elses Gedanken überschlugen sich. Seit vier Tagen hatte sie keinen Besuch mehr bekommen. Wann sollte denn diese seltsame Verhandlung stattgefunden haben?

»Ihr Vater wollte alle folgenden Schritte mit Ihnen besprechen. Dann wurde sein Fronturlaub vorzeitig beendet.«

Else hielt sich am Bettrahmen fest. Die ganze Angelegenheit erschien ihr immer dubioser. Warum war ihre Mutter nicht gekommen, um ihr Bescheid zu geben? Wie hatte der Arzt, der anscheinend bei dieser Verhandlung dabei gewesen war, sie im Unklaren lassen können?

»Wohin bringen Sie mich?« Else wünschte sich, das Anziehen weiter hinauszögern zu können. Sie überlegte, eine Ohnmacht vorzutäuschen. Doch selbst eine wirkliche Bewusstlosigkeit würde sie wahrscheinlich nicht retten, sondern es den beiden Polizisten nur erleichtern, sie ohne Gegenwehr abzutransportieren. Else setzte sich aufs Bett und lehnte sich an das Fußteil, um nicht zusammenzusacken.

Einer der Polizisten packte ihren Arm. Seine Stimme war so laut, dass Else die Schwingungen seiner Worte am Vibrieren des Metallgestells im Rücken spürte. »Gegen Sie wird weiterhin wegen des Verdachts auf Kindsmord ermittelt. Mit der Diagnose des zirkulären Irreseins können Sie auf dieser Station nicht weiterbehandelt werden.«

»Wohin bringen Sie mich?« Wieder begann die Umgebung zu schwanken, obwohl sie sich immer noch anlehnte.

»In die Wittenauer Heilstätten.«

Else sah verschwommen. Anhand der Geräusche erkannte sie, wie der Verschluss ihres Koffers geöffnet, die restlichen Kleidungsstücke dort verstaut und der Koffer mit einem Klacken geschlossen wurde.

Else wurde aufgerichtet. An jedem Oberarm spürte sie einen festen Griff. Es war gleichgültig, ob sie die Beine mitbewegte oder nicht, ob sie sich fallen ließ oder aufrecht blieb. Sie wurde aus dem Krankenzimmer durch den Flur geschleift, weiter das Treppenhaus hinab. Else blickte nicht auf. Sie wollte den Ausdruck in den Gesichtern der Mitpatienten und Schwestern nicht sehen, die auf sie gerichtet waren, während sie abtransportiert wurde wie eine Schwerverbrecherin. So registrierte sie nur die beschuhten Füße und die Beine, die rechts und links von ihr auftauchten und wieder verschwanden. Sie wurde in ein Auto geschoben, das direkt vor dem Eingang geparkt war. Der eine Polizist setzte sich auf den Fahrersitz, der andere nahm neben ihr auf dem Rücksitz Platz. Der Wagen wurde gestartet. Damals, als Alfred verhaftet worden war, hatte Else gedacht, ihre innere Einsamkeit könne sich nicht steigern. Nun merkte sie, dass sie sich geirrt hatte. Sie war mehr als mutterseelenallein. Sie war sich nicht sicher, ob es überhaupt jemanden kümmerte, was mit ihr geschah. Und Alma? Was, wenn Alma längst auch im Gefängnis saß? Else verbat sich, diese Überlegung weiterzuführen. Sie wünschte sich, eine der Pistolen, die die Polizisten bei sich trugen, an sich zu nehmen und ihrem Leben ein Ende zu bereiten. Doch selbst dazu hatte sie keine Möglichkeit. So weit würden es die Beamten nicht kommen lassen. Was, wenn sie versuchte zu fliehen? Die Idee löste sich auf, bevor Else den Plan genauer überdenken konnte. Ihre Gedanken waren löchrig geworden. Sie begannen und brachen ab, ohne dass etwas Sinnvolles dabei herauskam. Marianne. Alma. Ihre Eltern. Alfred. Fetzen aus Erinnerungen, Hoffnungen und Ängsten vermischten sich zu einem einzigen Wirrwarr. Sie fragte sich, ob die anderen möglicherweise richtiglagen. Vielleicht war sie verrückt und ihr war nicht mehr zu helfen.

Sie zwang sich, die Aufmerksamkeit auf das zu lenken, was real war. Die Bäume draußen: grün. Die Straße: holprig. Der Tabakgeruch im Wagen. Ihre trockenen Lippen.

»Kann ich bitte etwas zu trinken bekommen?«, bat sie.

Niemand antwortete, sodass sie kurz zweifelte, ob sie die Worte wirklich ausgesprochen oder sie sich nur vorgestellt hatte.

»Da ist ein Bach. Ich habe solchen Durst.«

Keiner der beiden Polizisten zeigte eine Reaktion.

Else lehnte sich zurück. Ihr Kopf glitt gegen die Scheibe. Jede Straßenunebenheit ließ sie zur Seite pendeln und ihre Stirn gegen das Glas schlagen.

Vor ihnen tauchte ein riesiges Gebäude auf. Mit der breiten Einfahrt, dem Park davor und den großen Rundbogenfenstern erinnerte es an einen Palast. Der Fahrer setzte sich aufrechter, blickte durch den Rückspiegel zu ihr und nickte. Daraus schloss Else, dass sie am Ziel angekommen waren. Es gab nun nichts mehr, was sie tun konnte. Nichts, was sie zu erklären brauchte, nichts, was sich ändern ließ. Sie schob die Hoffnung weit weg, dass irgendwann jemand käme, der sie rausholte, der ihr versicherte, alles würde gut werden. Denn eins hatte sie im letzten Jahr gelernt: Nichts schmerzte so sehr, wie sich Illusionen hinzugeben, um dann jeden Tag beim Aufwachen festzustellen, dass sich von all dem Wünschen und Sehnen wieder nichts erfüllt hatte.

21

Die Logik sagte ihr, dass der Plan völlig abwegig war, wenig aussichtsreich, dass sie es überhaupt nicht erst versuchen sollte. Was für Erfahrungen hatte sie schon, wenn es um den Neuaufbau und das Führen eines Gasthauses ging? Hanna wusste, wie man kellnert, kam gut mit Unbekannten ins Gespräch, konnte schwierige Situationen entspannen, wenn sich Gäste beschwerten. Ob sie damit und mit ihrem Schulabschluss hier in Italien etwas anfangen konnte? Hanna schob die Zweifel beiseite. Die Logik war das eine. Aber demnach hätte sie auch nicht nach Südamerika fahren dürfen, nicht mit Else nach Ligurien aufbrechen zu brauchen. Das Leben bestand nicht allein aus Rationalität. War es nicht dazu da, auch manchmal verrückt zu sein? Einfach deshalb, weil der Gedanke daran etwas zum Schwingen brachte, von dem man vorher nicht wusste, dass es überhaupt existierte? Hanna spürte es ganz deutlich, diese Mischung aus Sehnsucht, Kampfgeist, Träumereien und konkreten Überlegungen. Sie wusste nicht, warum es die Vorstellung von einem Gästebetrieb war, die sie nicht losließ. Nur eins war ihr ganz klar: Sie wollte es.

Die Feuchtigkeit an den Wänden war nicht wieder getrocknet, der Regen hatte das braune Muster weiter verstärkt. Doch

Hanna glaubte Else, die sagte, in zwei Tagen würde von der Nässe wegen der zunehmenden Wärme draußen nichts mehr übrig sein. Trotzdem wollte Hanna vor dem nächsten Regenguss vorgesorgt haben.

»Ich mache mich auf zu den Bruzzones!«, rief Hanna durchs Treppenhaus. Else hatte sich schon zu ihrem Mittagsschlaf hingelegt, doch Hanna wusste, dass ihre Urgroßmutter nicht schlief. »Noch vor dem Abendessen bin ich wieder da, sodass genug Zeit bleibt zum Kochen.«

»Bis dann.« Elses Stimme klang heiser. Der Husten hatte sich noch nicht gebessert, stattdessen war Else die Erkältung nun auch beim Sprechen anzumerken. Ihre Stimme hörte sich rauchig und tief an. Aber je mehr Hanna drängte, einen Arzt hinzuzuziehen, umso stärker wurde Elses Widerstand. Sie bräuchte keinen Doktor, die Leute gingen heute viel zu häufig zum Arzt. Abwarten sei die beste Medizin, sie würde heiße Milch mit Honig trinken. Hanna hatte es aufgegeben, dagegen zu argumentieren.

Sie trat ins Freie. Die Luft war schwülwarm, die Sonne fühlte sich an wie eine Infrarotlampe, die direkt auf ihre Stirn gerichtet war. Der Temperaturanstieg nach dem Regen wirkte durch die vom Boden aufsteigende Feuchtigkeit noch extremer. Hanna zog die Jeansjacke aus und warf sie über die Lehne der Bank. Dann ging sie weiter zum See und auf das Haus zu, das sich weiß vor dem dunklen Grün der Bäume im Hintergrund abhob. Der Weg schlängelte sich zwischen Felsen hindurch. Kein menschliches Geräusch war zu hören, nur das Sirren von Mücken und Fliegen, der Wind in den Baumkronen, das Singen der Vögel und immer wieder ein Knacken im Unterholz. Das Piepen einer Maus ließ Hanna innehalten. Sie entdeckte das kleine Tier, das sich zwischen dem Laub verbarg und mit seinen schwarzen Knopfaugen hervorlugte. Das Tierchen war so nah, dass Hanna sogar das Beben der Tasthaare erkennen konnte. Sie beobachtete die Maus eine Weile, bis die mit einem Rascheln vollständig unter dem Blätterhaufen verschwand.

Es dauerte nicht einmal zehn Minuten, bis Hanna das Haus ihrer Nachbarn erreichte. Vor der Tür spielte ein Mädchen mit hellblonden, kinnlangen Haaren, das Hanna auf vier oder fünf Jahre schätzte. Die Kleine redete mit zwei roten Katzenkindern. Je eins hielt sie in jedem Arm. Hanna wunderte sich über die Gutmütigkeit der Kätzchen, die sich wie Stofftiere hängen ließen und keine Gegenwehr zeigten. Im Gegenteil, ihnen schien es zu gefallen, dass das Mädchen sie so fest an sich drückte. Anders als alle Katzen, denen Hanna je begegnet war.

»Ciao.« Hanna ärgerte sich, dass sie weder ein Wörterbuch noch ihr Handy mitgenommen hatte, um wenigstens ein paar italienische Satzfetzen nachschauen zu können.

Die Kleine antwortete etwas, das Hanna nicht verstand. Sie lächelte dabei und klang freundlich.

»Hanna.« Hanna wies auf ihre Brust und nickte.

»Giulia«, sagte das Mädchen. Es ließ die Katzen los und zeigte auf sich.

»Non parlo italiano. Papa? Mama?«, fragte Hanna und hoffte, dass das Kind begriff.

Es stand auf und sprang hüpfend ins Haus. Nur wenige Sekunden später kam Giulia mit einem jungen Mann an der Hand zurück. Er war ungefähr in Hannas Alter.

»Herr Bruzzone? Ich bin Hanna Schubert«, erklärte sie auf Englisch. »Ich bin die Urenkelin von Else Ferrando, Ihrer Nachbarin.« Das Nicken des Mannes ließ sie aufatmen. »Wir haben ein Problem mit dem Dach.« Hanna wusste gar nicht, wo sie anfangen sollte. Eigentlich bräuchten sie eine Kompanie von Handwerkern.

»Ich bin Matteo. Willst du nicht reinkommen und einen Kaffee trinken? Meine Eltern kommen gleich vom Einkaufen zurück. Es ist schon gedeckt.« Er machte eine Handbewegung zur Eingangstür. Sie mochte sein Englisch mit dem rollenden R und den offenen Vokalen. Seine Sprache klang wie Musik.

Hanna wusste nicht, ob es unhöflicher war, die Einladung auszuschlagen, oder sich einfach mit an den Tisch zu setzen und möglicherweise zu stören.

»Aber nur, wenn es dir nichts ausmacht.« Hanna beobachtete seinen Gesichtsausdruck. Er war freundlich-entspannt. Ihr gefielen seine kurzen, braunen Haare, die an einer Kopfseite, wo er einen Wirbel hatte, in die Luft standen, und sein Stoppelbart um den Mund herum mit den rasierten Wangen. Giulia ergriff seine Hand, dann umklammerte sie seine Beine und sprang an ihm hoch, bis er sie auf den Arm nahm, so leicht und selbstverständlich, als hätte das Kind gar kein Eigengewicht.

»Prego«, sagte Matteo und hielt die Tür auf.

Hanna trat in den Flur. Auf der linken Seite befand sich ein offenes Schuhregal, doch die Schuhe waren nicht eingeordnet, sondern lagen in verschiedenen Häufchen um das Regal herum. Jacken hingen durcheinander an Garderobenhaken, über dem Türrahmen und an der Türklinke. Eine rosa Mädchenjacke war über die Schuhe geworfen. Hanna musste aufpassen, wo sie hintrat, um nicht zu stolpern. Das Chaos setzte sich in den nächsten Räumen fort. Hanna sah auf die Küchenanrichte, wo sich Geschirr stapelte. Der Couchtisch im Wohnzimmer war eine Ablage für Spielzeug verschiedenster Art. Nur der Esstisch war akkurat gedeckt. Matteo deckte einen weiteren Teller mit Untertasse, Tasse und Besteck auf.

»Setz dich doch«, sagte er und rückte den Stuhl ein Stück ab. »Ich hole das Gebäck und den Kaffee. Oder willst du lieber Tee? Ich wusste gar nicht, dass Else überhaupt Kinder hat. Und so eine gut aussehende Urenkelin …«

»Kaffee ist perfekt!« Hanna setzte sich. Sie wich seinem Blick aus und entdeckte eine Fotografie neben dem Telefon, die so idyllisch wirkte – fast zu schön, um die Realität abzubilden:

Matteo stand neben einer braunen, langhaarigen Schönheit mit leuchtend roten Lippen. Er und sie schauten sich so intensiv an, wie es nur Frischverliebte tun. Giulia war auf dem Bild noch ein Kleinkind, sie thronte auf Matteos Schultern und umklammerte seinen Hals. Ihre Augen und das ganze Gesicht strahlten. Hanna war so in das Foto vertieft, dass sie Matteos Rückkehr erst bemerkte, als er ihr Kaffee einschenkte.

»Milch, Zucker?«, fragte er.

»Beides. Gern viel.« Sie lachte. »Wie heißt deine Frau?« Hanna zeigte auf den Rahmen.

»Vittoria.« Er strich über die Glasscheibe und richtete den Bilderrahmen parallel zur Kante des Regalbrettes aus. »Vittoria, anima mia.«

Hanna nahm sich zwei Zuckerwürfel und rührte in ihrer Tasse. »Ich bin wegen unseres Hauses gekommen«, wechselte sie das Thema. Irgendetwas an der Atmosphäre im Raum irritierte sie. Es war, als hätte sich plötzlich eine Distanz zwischen Matteo und ihr aufgebaut, auch wenn sie sich keinen Grund dafür vorstellen konnte. »Kannst du mir Handwerker empfehlen, die zuverlässig und günstig sind und möglichst bald kommen? Es regnet rein. Vom Dach läuft das Regenwasser durch das gesamte Treppenhaus. Und bevor sich die Feuchtigkeit innen richtig einnistet …« Sie erwiderte sein Lächeln. Nun war er wieder genauso entspannt wie zu Beginn. Sie wusste nicht mehr, ob sie sich die Verstimmung vorher nur eingebildet hatte.

»Handwerker.« Er überlegte. »Das ist hier in der Region nicht einfach, vor allem, wenn es schnell gehen soll. Es tut mir leid, da muss ich passen. Zwei, drei Monate dauert es meistens schon, bis jemand Zeit hat. Nur mit viel Glück lässt sich etwas arrangieren.«

»Was macht ihr denn hier, wenn es einen wirklichen Notfall gibt?« Sie versuchte, sich damit zu beruhigen, dass es wegen der Wärme und des nahenden Sommers zu keinen größeren

Schäden im Haus kommen würde. Trotzdem warf diese Aussicht ihre gesamten Pläne über den Haufen. Die beiden Spanier waren nicht anspruchsvoll, sie waren am Tag unterwegs und wollten im Grunde nichts als ein Bett zum Übernachten. Aber für einen ausgedehnteren Gästebetrieb ... Die Vorstellung, die Gäste an den braunen Verfärbungen vorbeizuführen, war mehr als bedenklich.

»Die Frage ist, wie viel du bezahlen kannst.«

Hanna verstand. Das, was sie wollte, war anscheinend unerreichbar. »So wenig wie möglich.« Das war nicht die ganze Wahrheit. Sie besaß nur das Geld, das sie von den beiden Übernachtungsgästen bekommen hatte, und ein bisschen was von ihren Aushilfsjobs der letzten Wochen. Ihre eigenen Ersparnisse waren fast vollständig aufgebraucht durch ihre vorhergehenden Auslandsaufenthalte. Über Elses Rücklagen hatte Hanna mit ihrer Urgroßmutter nicht gesprochen, aber Hanna befürchtete, dass sie über keine verfügte.

»Es gibt immer eine Lösung«, sagte Matteo.

Hanna nickte. Sie wollte ihm gern glauben. Und sie hatte keine Lust, sich ihren Tag mit Grübeleien wegen der Handwerker zu verderben. Vielleicht fiel Else eine andere Möglichkeit ein. Sie beschloss, irgendwo eine große, dicke Plane zu kaufen, um die undichte Stelle wenigstens provisorisch abzudecken. Dazu Farbe, um die dunklen Verfärbungen an der Wand zu überstreichen, wenn die Feuchtigkeit verschwunden war. Das war eine schnelle, günstige Notlösung.

Hanna nahm sich eine Blätterteigschnecke von dem Tablett, das Matteo ihr reichte. Giulia lud sich den Teller voll, bis ihr Vater ihr Einhalt gebot und die Hälfte des Backwerks wieder zurücklegte. Giulia protestierte laut, die Worte klangen wie eine Gewehrsalve. Damit brachte sie Matteo sichtbar aus der Ruhe. Er knetete seine Hände und knackte mit den Fingern, doch er gab nicht nach, sondern trug das Tablett mit dem Gebäck zurück in die Küche.

Das Klingeln eines Handys unterbrach Giulias Quengeln. Während Matteo an den Apparat ging, begann Giulia zu essen. Innerhalb von Sekundenbruchteilen wechselte ihr Gesichtsausdruck. Sie strahlte, aß mit Leidenschaft, als hätte es den vorherigen Streit nicht gegeben.

»Meine Eltern sind aufgehalten worden. Es wird später. Tun wir es meiner Tochter nach und lassen es uns schmecken.« Matteo setzte sich. »Wo genau kommst du her?«

Hanna erzählte von Wiesbaden, von ihren beiden längeren Reisen. Als sie aufblickte, merkte sie, dass Giulia nicht mehr da war. Hanna hatte gar nicht bemerkt, wie das Mädchen aufgestanden war. Dann hörte sie ein Lachen und Plappern von draußen. Sie sah durchs Fenster, dass Giulia wieder mit den Katzen spielte. Bald darauf lief sie über die Wiese, pflückte Gras und Unkraut, gab es in einen Topf und rührte mit einem Stock darin herum. Die Katzen beobachteten die Bewegungen und schnappten nach kleinen Ästen oder Pflanzenteilen, die durch das Rühren über die Topfkante befördert wurden.

»Wird es hier auf Dauer nicht einsam?«, fragte Hanna. Sie ließ ihren Blick über die Bäume bis zu den Bergkuppen schweifen. Während man von Elses Haus aus das Meer sehen konnte und damit etwas Weite erahnen, lag dieses Gebäude eingezwängt zwischen hohen Bergen, die sich nur zu dem Weg hin öffneten, den Hanna gekommen war.

»Ich vermisse nichts«, sagte Matteo und erzählte, wie froh er sei, dass seine Tochter mit ihren Großeltern groß werden könne, von der Schafzucht, dem kleinen Laden, in dem sie Produkte aus eigener Schlachtung und Honig verkauften, von den vier Apartments, die weit im Voraus ausgebucht waren. Sie plauderten über Großmütter und Hanna sprach über die

Veränderung, die das Auftauchen von Else mit sich gebracht hatte. Bisher hatte Hanna sich für wortkarg gehalten. Sie war niemand, der in einer Gruppe das Wort ergriff, hörte eher zu, als etwas von sich preiszugeben. Doch Matteo war genau wie der große Bruder, den sie sich früher gewünscht hatte. Bei ihm hatte sie das gleiche seltsame Gefühl wie bei der ersten Begegnung mit Else: Es war, als würden sie sich schon ewig kennen, als würden sie ein Gespräch weiterführen, das vor langer Zeit begonnen hatte.

Ein Blick auf die Uhr ließ Hanna innehalten. Sie sah ein zweites Mal hin, weil sie es kaum glauben konnte, aber es stimmte: Es war bereits halb sieben! Und sie hatte versprochen, um sechs für Else, sich und die beiden Gäste ein Abendessen zu kochen. Es würde Lasagne geben, hatte sie am Vormittag angekündigt.

»Ich muss los!« Hanna stand so schnell auf, dass sie die Lehne nur knapp zu fassen bekam, bevor der Stuhl hinter ihr umkippte. »Es war schön bei euch.«

»Molte grazie. Es hat mich gefreut, dass wir uns kennengelernt haben.« Er umarmte Hanna zum Abschied. Giulia kam angelaufen, drängte sich dazwischen und sprang an ihrem Vater hoch, bis der sie auf den Arm nahm. Hanna winkte auch ihr.

»Wegen des Daches«, sagte er, »kann ich dir anbieten, morgen mal danach zu sehen. Ich bin zwar kein Handwerker, aber ich bin schwindelfrei und kann zumindest den Aufwand und die Kosten abschätzen, die auf euch zukommen.«

22

Stille empfing Hanna. Sie stand im Flur und lauschte. Weder von Else noch von den Übernachtungsgästen war etwas zu hören oder zu sehen.

»Hallo?«, rief sie. Dann registrierte sie den Essensgeruch. Hanna ging durch die Küche. Von dort aus konnte sie auf die Terrasse schauen, wo Else mit den jungen Leuten saß. Sie lachten.

Hanna öffnete die Terrassentür. »Es tut mir leid.« Ihr Blick fiel auf den vierten, unbenutzten Teller.

»Kein Problem, so alt, dass ich nicht für uns kochen kann, bin ich längst nicht.« Else nahm Lasagne aus der Auflaufform und tat etwas auf den vierten Teller.

»Ich habe die Zeit ganz aus den Augen verloren. Eigentlich passiert mir das nie. Aber Matteo …« Sie sah ihn in Gedanken vor sich, seine freundlichen, wachen Augen, seine dunklen, windzerzausten Haare. »Es gibt Menschen, wenn sie dich ansehen, hast du das Gefühl, du bist zum ersten Mal richtig lebendig. Als würdest du sie ewig kennen. Du brauchst nicht viel zu erklären, weil schon wenige Worte ausreichen.« Hanna blickte in den Himmel und beobachtete das Farbenspiel der Laubbäume über sich, wie sich die Blätter im Wind bewegten und dadurch die Sonne das Grün mal heller, dann wieder dunkler schimmern ließ. Erst jetzt registrierte sie, dass sie ihre Gedanken laut ausgesprochen hatte. Sie räusperte sich verlegen und erklärte: »Ich war bei einem Nachbarn, wegen des Daches.«

»Du bist verliebt«, sagte die junge Frau und lachte. »Liebe ist immer ein Grund, um zu spät zu kommen.«

»Nein!«, widersprach Hanna. Gleichzeitig wurde ihr klar, dass es stimmte. Ja, sie mochte ihn. Wenn sie die Augen schloss und den Kopf zur Seite drehte, nahm sie an der Schulter noch seinen Geruch wahr, an der Stelle, wo er sie berührt hatte. Es roch nach Wald und Moos und etwas salzig.

Hanna wartete, bis sie mit Else allein war. Gemeinsam kümmerten sie sich um das Aufräumen der Küche und den Abwasch.

»Schade, dass er verheiratet ist«, sagte Hanna. »Er hat ja auch eine wunderbare Tochter, sein Leben mit drei Generationen unter einem Dach ist perfekt.«

»War.« Else rieb das Spülbecken sauber.

»Wie meinst du das?«

»Ja, er war sehr glücklich verheiratet. Vittoria, seine verstorbene Frau, hat Giulia mit in die Beziehung gebracht. Matteo hat sie kurz nach der Eheschließung adoptiert. Von Anfang an war er wie ein richtiger Vater für sie. Es hat nie eine Rolle gespielt, dass Giulia eigentlich die Tochter eines anderen ist. Nur vier Monate hat das Glück der kleinen Familie gedauert. Dann ist Vittoria mit der Vespa verunglückt. Du weißt, wie schmal die Straßen hier sind, wie eng die Kurven. All die Serpentinen. Beide hatten eine zu hohe Geschwindigkeit, der Fahrer des Lkw und auch Vittoria. Sie war sofort tot. Das ist jetzt drei Jahre her.«

Hanna merkte zu spät, wie sich der Griff um das Handtuch lockerte, das ihr mitsamt der Auflaufform aus den Fingern und zu Boden glitt. Metall fiel scheppernd auf die Steine. Hanna zuckte von dem Geräusch zusammen. Sie hob die Form auf und schob sie in das Fach neben dem Ofen. Seine Worte klangen ihr wieder im Ohr: *Es gibt immer eine Lösung.* Wie er es gesagt hatte, als bezöge es sich nicht nur auf das Dach, sondern auf das Leben allgemein. Hanna wunderte sich, woher er all die Zuversicht nahm. Wie schaffte man das, den Tod der Frau zu verkraften und sich allein um ein kleines Mädchen zu kümmern, das nicht die eigene Tochter war? Ihre Probleme waren Kleinigkeiten dagegen.

»Wie alt ist er denn?«, fragte Hanna.

»Er ist 1993 geboren, ich kann mich noch genau an die Taufe erinnern. Wir haben zusammen im Garten der Bruzzones gesessen, fünfzig Gäste waren geladen. Zwei Tage haben wir gefeiert. Ich bin nur zwischendurch nach Hause gegangen, um nachts etwas zu schlafen, aber die Feier ging währenddessen weiter, so überschwänglich und laut, dass die Musik bis in mein Schlafzimmer hineinschallte.«

Hanna brauchte nicht lange zu rechnen. Er war nur zwei Jahre älter als sie? Sie schüttelte den Kopf.

In Gedanken versunken räumte sie die herumstehenden Gewürze wieder in den Schrank. Dann packte sie wie versprochen Proviantpakete für die Gäste, die am nächsten Morgen früh abreisen wollten.

Bald darauf verabschiedete sich Hanna von Else, um noch etwas zu lesen und all das zu sortieren, was sie am Tag erlebt hatte.

Bis um vier Uhr – die Vögel begannen schon zu singen – lag Hanna wach. Die ersten Sonnenstrahlen und das Geräusch vom Zuziehen der Haustür weckten sie wieder um kurz nach sechs. Sie lauschte den Stimmen, die sich entfernten, dann stand sie auf und zog sich an. Das Wetter war traumhaft. Ein leichter Wind wehte durch das gekippte Fenster. Auch in der Nacht war es draußen warm geblieben. Matteo ging ihr nicht aus dem Kopf, die Gedanken umschwirrten sie wie ein Schwarm Mücken: Giulia. Seine verstorbene Frau. Er, ein Mann mitten im Leben, und sie, die sich trotz des geringen Altersunterschiedes eher wie eine Jugendliche fühlte. Wie sich Giulia bei der Umarmung zwischen sie gedrängt hatte. Sein Geruch. Dass er kommen würde, um nach dem Dach zu sehen.

Sie fragte sich, ob er es nur aus Höflichkeit angeboten hatte. Oder aus Pflichtgefühl Else gegenüber? Oder ob es auch etwas mit ihr zu tun hatte? War es vermessen, das zu hoffen?

Hannas Blick fiel auf die Skizzen, die seit Tagen verstreut auf dem Tisch herumlagen. Noch einmal betrachtete sie die Bilder genauer, unterschiedliche Entwürfe für ein Schild, das sie an der Hauptstraße aufstellen wollte, um Gäste auf die Übernachtungsmöglichkeit hinzuweisen. Sie nahm einen Karton aus der Ecke und schob mit einer Handbewegung die Papiere hinein. Solange nicht klar war, was mit dem undichten Dach geschehen würde, machte es keinen Sinn, sich mit der Gestaltung eines Holzschildes zu beschäftigen. Außerdem hatten ihr die letzten Tage gezeigt, wie anstrengend es war, auch nur zwei Besucher zu bewirten und sich um sie zu kümmern. Es war mehr Arbeit gewesen, als sie sich vorgestellt hatte – nebenbei nicht zu schaffen. An allen Ecken und Enden merkte sie, dass der Gästebetrieb in den letzten zehn Jahren geruht hatte. Sie seufzte. Es war frustrierend. Doch noch wollte sie nicht aufgeben. Hanna nahm einen Notizblock und einen Stift, um aufzulisten, was alles getan werden musste, um das Haus wiederherzurichten. Leise, um Else nicht zu wecken, öffnete sie die Tür. Sie würde sich systematisch vom Keller bis zum Dach vorarbeiten und dann den Garten genauer inspizieren.

Nach drei Stunden knurrte Hannas Magen so laut, dass sie den Hunger nicht mehr ignorieren konnte. Sie betrachtete ihre Aufzeichnungen. Fünf Seiten des Blocks waren vollständig beschrieben. Die Besichtigung des Gewächshauses und der beiden alten Nebengebäude, die sich an der Grundstücksgrenze befanden, verschob sie auf später.

Der Geruch von frisch gebackenem Brot wehte ihr entgegen, immer intensiver, je näher sie der Küche kam. Else presste beim Bücken ihre Hände in die Seiten und stöhnte leise auf.

»Warte. Ich mache das.« Hanna umarmte Else zur Begrüßung und nahm ihr die Baumwolltücher ab, die als Topflappen dienten. Dann öffnete Hanna die Ofenklappe. Hitze ließ sie einen Schritt zurückweichen. Mit den Tüchern fächelte sie sich kühlere Luft zu.

»Wo bist du gewesen?«, fragte Else.

»Ich habe mal genau aufgeschrieben, was alles getan werden muss, wenn wir den Gästebetrieb wieder richtig aufnehmen wollen.«

»Wir?« Else lachte.

Hanna stimmte in das Lachen ein. »Okay. Ich.« Obwohl sie noch immer heiter klang, merkte sie, wie sich ihr Hals verengte. Es würde definitiv allein in ihrer Hand liegen.

»Wenn du das willst, schaffst du es«, sagte Else. »Antonio und ich waren genauso unerfahren. Ich mit meiner abgebrochenen Ausbildung zur Krankenschwester, er, der in Wien studiert hat, um Historiker zu werden. Nur mit Tieren kannte sich Antonio wirklich aus, der Umgang mit ihnen war für ihn so selbstverständlich wie das Atmen. Geld, um nach dem harten Winter 1946/47 neues Vieh zu kaufen, hatten wir nicht. So fingen wir an, Gäste aufzunehmen. Glaub mir, du brauchst nicht unbedingt zu studieren, keine Diplome zu sammeln. Die meisten Menschen haben mit ihren zwei Händen, der Schulbildung und ihrem Verstand genug, um umzusetzen, was immer sie tun wollen. Sie müssen nur aufhören, bei Rückschlägen gleich den Kopf in den Sand zu stecken.«

Hanna löste das Brot aus der Form.

»Es ist natürlich nicht der einfachste Weg, auf seine innere Stimme zu hören«, sagte Else. »Für mich wäre es bestimmt leichter gewesen, als Krankenschwester in feste Abläufe eingeschlossen zu sein, als jeden Tag aufs Neue zu überlegen, wie es weitergeht.«

»Warum hast du dann später nicht wieder im Krankenhaus gearbeitet?«

»Der einfachste Weg ist nicht unbedingt der bessere. Er kann auch sehr ermüdend sein, langweilig oder hektisch. Obwohl wir immer wenig Geld hatten, verfügten wir über einen Luxus, den die meisten Menschen nicht haben: Wir waren unabhängig und konnten in der Eigenzeit leben.«

Hanna rutschte beim Brotschneiden ab. Gerade noch konnte sie ihre linke Hand wegziehen, bevor das Messer tiefer in die Haut drang. Sie fluchte und hielt den Finger unter den Wasserhahn. Es blutete zwar, aber nicht stark. Schon als sie ein Pflaster um den Finger geklebt hatte, spürte sie die Wunde nicht mehr.

»Lass uns erst einmal frühstücken«, sagte Hanna und verdrängte die Gedanken an das, was es alles zu erledigen gab. »Der Garten«, erinnerte sich Hanna an ihren Rundgang durch Haus und Umgebung, »der ist perfekt. Die Bank unter der Birke, darüber das Lichtspiel der Sonne in den Blättern, die Rosenstöcke, die Beete.«

»Dieses Gartenstück war mir wichtiger als alles andere. Jeder Mensch braucht seine Oase. Es kann ein Zimmer sein oder nur eine Ecke. Bei mir ist es die Holzbank mit den Rosenbüschen. Der Garten bringt keine Früchte, kein Geld, keinen Ertrag. Er ist einfach da, und wenn ich dort sitze …« Elses Worte wurden leiser, ihr Blick schweifte in die Ferne. Hanna wusste, was ihre Urgroßmutter meinte, auch wenn sie nicht weitersprach. Lautes Kinderlachen riss Hanna aus ihren Gedanken. Sie ging zum Fenster und erblickte Matteo, wie er auf den Eingang zulief, Giulia neben ihm und eine der roten Katzen hintenan. Die Katze versuchte vergeblich, das Springseil zu schnappen, das Giulia hinter sich herzog.

Hanna lief zur Tür und öffnete.

»Ciao«, sagte Giulia und rannte mit der Katze im Schlepptau zu Else. Else drückte das Mädchen an sich.

»Du bist früh.« Hanna verbot sich, ihre Freude zu offen zu zeigen.

»Aber doch nicht zu früh? Dann lass uns mal auf den Dachboden gehen.« Matteo nahm die Leiter aus der kleinen Besenkammer und ging zielstrebig auf die Dachluke zu.

»Du kennst dich hier besser aus als ich.« Hanna hielt die Leiter, auch wenn Matteo meinte, es sei nicht notwendig.

»Giulia läuft so oft zu Else, dass ich an manchen Tagen im letzten Jahr hierherkommen musste, wenn ich meine Tochter sehen wollte.«

Hanna sah Matteos Füße durch die Luke verschwinden.

»Hast du eigentlich, seit sie … ich meine Vittoria … ach, egal. Entschuldige. Es geht mich nichts an.« Hanna hoffte, dass er sie vom Dach aus nicht gehört hatte.

»Nein. Da war keine andere Frau.«

»Drei Jahre sind eine lange Zeit.« Hanna stockte.

»Manchmal sind drei Jahre wie drei Tage.«

Hanna umklammerte die Leiter fester. Sie lehnte ihr Gewicht dagegen, obwohl Matteo nicht draufstand, weil es das Einzige war, was ihr zu tun blieb.

»Es tut mir leid.« Es war so offensichtlich, dass Matteo noch an Vittoria hing. Hanna ärgerte sich über sich selbst, das Thema überhaupt angesprochen zu haben. Abgesehen davon hatte er eine Tochter, war mehr als genug damit beschäftigt, sich um Giulia zu kümmern. Wonach sie sich sehnte, war in erster Linie

Unbeschwertheit, ohne zuerst an Notwendigkeiten im Alltag, Verantwortung und Verpflichtungen zu denken.

»Dir braucht nichts leidzutun.« Matteo stöhnte auf, dann erklang eine Mischung aus Rappeln und Poltern. »Es fehlen acht Dachziegel. Fragst du Else, ob sie Ersatz vorrätig hat? Oder warte, ich rede selbst mit ihr. Außerdem gibt es ein Problem mit der Plane darunter. Auch wenn ich es abdichte, wird es im besten Fall ein paar Wochen halten. Da muss ein Dachdecker ran. Noch in diesem Sommer.«

23

Freitag, 26. November 1943

Wo war nur der Sommer geblieben? Else schaute nach draußen. Sie hatte gar nicht mitbekommen, dass in diesem Jahr nach dem Frühling überhaupt ein Sommer da gewesen war. Er war irgendwo zwischen den Komplikationen nach der Operation, Fieberschüben und Medikamenteneinnahmen verschwunden. Dicke Flocken tanzten vor dem Fenster. Morgens waren die Scheiben beschlagen, an den Rändern glänzten Eiskristalle im Sonnenlicht. Doch die Luft im Schlafsaal war genauso stickig wie immer. Auch der Tagesablauf war der gleiche. Es begann mit dem leisen Stöhnen noch vor dem Morgengrauen, wenn die Frauen unruhiger wurden und sich im Bett hin und her warfen. Manche weinten im Schlaf oder murmelten.

Es fiel ihr schwer, das Gefühl für das Verstreichen der Zeit wiederzuerlangen. Sie wusste nicht, wie viele Monate seit ihrer Ankunft vergangen waren. Sie konnte sich nicht einmal erinnern, wann sie sich entschlossen hatte, die Medikamente nicht mehr zu nehmen, sondern so bald wie möglich auszuspucken und im Innern der Matratze verschwinden zu lassen. Seitdem blieb sie wach, stellte sich schlafend, während die anderen wirklich schliefen. Nur in den ersten Stunden der Nacht gelang es ihr, immer für ein paar Minuten wegzudämmern. Doch die Müdigkeit nahm sie in Kauf, weil sie merkte, wie ihre Gedanken wieder klarer flossen.

Langsam ließ sie ihre Hand zum Bauch wandern. Die Wunde von der Operation war längst verheilt. Trotzdem schmerzte es noch, tief in ihrem Innern, als befände sich dort, wo einmal ihr Kind gewachsen war, ein Stück glühende Kohle. Mehr als alles andere tat die Vorstellung weh, dass Marianne ihr einziges Kind bleiben würde. Dabei hatte sie es sich immer so gewünscht: eine eigene Familie, mit der man abends zusammensaß und plauderte. Besonders die Schönheit des Wassers hatte sie ihren Kindern zeigen wollen, wie sich beim Schwimmen und Tauchen das Tor zu einer anderen Welt auftat, hinter dem der Alltag verschwand.

Sie nahm die Hand vom Bauch und konzentrierte sich auf die Flocken vor dem Fenster, auf den rasselnden Atem ihrer Bettnachbarin. Edeltraut wimmerte im Schlaf. Sie hatte in den letzten Wochen an Gewicht verloren. Inzwischen war sie so dünn, dass an beiden Handgelenken die Knochen wie dicke Murmeln hervortraten. Edeltraut war die Einzige, mit der Else sich unterhalten konnte. Es war Else gleichgültig, was die Ärzte sagten. Edeltraut war vollständig gesund, ihr fehlte nichts. Nur die karge Kost, das dauernde Liegen und die Medikamente setzten ihr zu und verwandelten auch ihr Gesicht in eine aufgedunsene, ausdruckslose Karikatur ihrer selbst.

Vorsichtig stand Else auf. Vom Gang her war nichts zu hören. Das, was sie nun tun würde, hatte sie sich unzählige Male vorgestellt, ohne es umzusetzen. Das Risiko war hoch. Sie hatte nichts, nicht einmal richtige Kleidung. An Geld, Unterstützung oder Wegkarten war erst gar nicht zu denken. Das Einzige, was sie besaß, war das Wissen, dass es bald zu spät sein würde. Mit dem Winter würden die Rationen noch schmaler werden. Sie wollte der Schwäche und Resignation nicht die Möglichkeit geben, sie vollständig zu lähmen. Die Zeit lief ihr davon, vielleicht hatte sie schon jetzt nicht mehr so viel vor sich, wie sie brauchte, um sich selbst zu retten.

Sie setzte sich auf Edeltrauts Bettkante. Oft hatten sie darüber gesprochen, es sich in den verschiedensten Arten ausgemalt. Sie rüttelte ihre Bettnachbarin, erst sanft, dann fest. Als Else die Hoffnung aufgegeben hatte, dass Edeltraut überhaupt etwas wahrnahm, richtete die sich mit einem Ruck auf. Die Haarsträhnen hingen ihr wirr übers Gesicht.

»Was – wer …« Edeltraut schwenkte den Kopf im Halbschlaf hin und her, als wäre sie eine Marionette, der man oben die Schnur durchgeschnitten hatte. Und nun pendelte der Kopf konfus von Seite zu Seite.

Else legte ihr die Hand auf den Mund. Es war mehr als deutlich: Wieder hatte Edeltraut nicht getan, was Else ihr gesagt hatte. Dabei war es doch gar nicht schwer, die Tabletten nicht herunterzuschlucken! Auch Edeltrauts Matratze war zerschlissen genug, um dort die Tablettenbrösel hineinzudrücken, aber sie traute sich einfach nicht. Das machte die Angelegenheit schwieriger. Kurz überlegte Else, es allein zu versuchen. Doch sie verwarf den Gedanken genauso schnell, wie er aufgetaucht war. Sie brauchte jemanden zum Reden. Jemanden, um sich gegenseitig Halt zu geben. Jemanden, der da war.

»Wir tun es. Heute«, sagte Else.

»Das Essen.«

»Das können wir nicht abwarten. Jetzt ist genau der richtige Zeitpunkt. In einer Stunde wechselt die Belegschaft, dann ist es zu spät.«

Die Schwestern, die sie immer weckten, waren aufmerksam und nicht so erschöpft wie diejenigen, die die Nacht über gearbeitet hatten.

»Los!« Else half Edeltraut beim Aufstehen. Edeltraut schwankte. Sie ging ein paar Schritte, hielt sich am Bettrahmen fest, stützte sich dort breitbeinig ab und taumelte. Else schüttelte sie. »Reiß dich zusammen. Komm!«

»Trinken. Ich brauche Wasser.«

»Wir müssen raus hier.«

Das, was sie taten, mussten sie nicht mehr absprechen. Es war der einzige Plan, der von unzähligen anderen übrig geblieben war. Else packte Edeltrauts Hand und schob sie in Richtung des Wäscheraums. Gestern waren neue Frauen angekommen. Die Kleidung der Neuankömmlinge und alles, was sie dabeigehabt hatten, wurde für ein paar Tage im Wäscheraum zwischengelagert. Das war das Positive an der Station: Die Abläufe wiederholten sich mit einer solchen Regelmäßigkeit, dass problemlos vorauszusehen war, was geschehen würde. Else zog den Schlüssel, den sie aus Holz angefertigt hatte, unter ihrer Achsel hervor. Achtundfünfzig Mal hatte sie nacharbeiten müssen, bevor der Schlüssel passte und sich im Schloss drehen ließ. Es war ein einfacher Zimmerschlüssel, der so banal aussah, aber so schwer zu schnitzen war, wenn man als einzigen Anhaltspunkt die Form des Schlüssellochs hatte und rund zweimal in der Woche einen Blick auf den Originalschlüssel werfen konnte, wenn eine der Schwestern ihren Schlüsselbund offen trug.

Die Tür glitt lautlos auf. Else drückte Edeltraut in die Kammer, dann schloss sie von innen ab.

»Ich mache Licht an«, sagte Else. Die Helligkeit ließ sie im ersten Moment zusammenzucken. Doch schnell registrierte sie, dass alles so war, wie sie es angenommen hatte. Sie zog drei Koffer aus dem Schrank. Kleidungsstücke lagen ordentlich gefaltet vor ihnen: Kleider, Blusen, Pullover, Hosen. Sogar Schuhe waren vorhanden. Das hatte Else nicht zu hoffen gewagt und sich schon darauf eingerichtet, die blutbeschmierte Kleidung der Schwestern und Ärzte anziehen zu müssen, die sich in einem der rollbaren Metallbehältnisse befand.

»Ziehen wir uns um.« Else stieß Edeltraut an, die sich mit geöffnetem Mund umblickte. Edeltrauts Zustand war schlechter, als Else gedacht hatte. Benommenheit und verlangsamtes Denken erschwerten die Ausführung dessen, was vor ihnen lag. Andererseits hatte es auch einen Vorteil, versuchte sich Else zu beruhigen: Edeltraut kämpfte nicht wie sie gegen die Angst. Sie tat einfach, was man ihr sagte.

Else brauchte nur ein paar Sekunden. Das Kleid war ihr viel zu weit, obendrüber zog sie zwei Pullover als Ersatz für einen Mantel. Die Schuhe drückten an den Zehen, aber das war ihr gleichgültig. Anschließend suchte sie Kleidung für Edeltraut heraus. Während Edeltraut sich langsam umzog, versteckte Else die Nachthemden zwischen alten Bettlaken. Sie schloss die Koffer wieder und stellte sie in den Schrank zurück. Dann half sie Edeltraut noch beim Umziehen, verbarg ihre Bettnachbarin in einem Rollwagen zwischen verschmutzter Bettwäsche. Sie selbst kroch zwischen Handtücher und Decken, die nach Erbrochenem rochen.

»Jetzt keinen Laut mehr. Keinen einzigen Ton. Egal, was passiert«, flüsterte Else.

Es kam keine Antwort. Um sie herum war es so ruhig, dass Else Edeltrauts Atem hörte. Er ging langsam, tief und so gleichmäßig, dass es auch Else beruhigte. Zwischen dem Ausatmen und dem erneuten Einatmen lag eine Pause, die immer länger zu werden schien, wie die Brandung am Fluss, wenn ein Schiff vorbeigefahren war und die Wellen nach und nach verebbten.

Diese Entspannung ließ Else nach einiger Zeit aufmerken. Was war mit Edeltraut los? Bekam sie nicht genug Luft? Else überlegte nachzusehen, doch dann entschied sie sich dagegen. Sie würden kommen, jede Minute konnte es so weit sein.

Schritte erklangen auf dem Flur. Stimmen. Das Geräusch von Schuhsohlen, als würde jemand mit Kochlöffeln aneinanderschlagen. Der Schlüssel im Schloss.

»Ach nee! Ne, ne, ne. Der Gestank. Bei den Frauen noch schlimmer als bei den Männern!«

Else hielt den Atem an. Sie nahm das, was die Männer vom Wäschedienst aufregte, längst nicht mehr wahr.

Mit einem Ruck setzten sich die Rollen unter ihr in Bewegung. Obwohl sie vollständig von Stoff bedeckt war, bemerkte sie einen kalten Luftzug. Zwischen den Geräuschen der rollenden Wagen und der Schritte rasten ihre Gedanken. Erinnerungen an die Geburt ihrer Tochter. An Alma. An ihre Eltern. An Alfred. Sie vermischten sich mit Ängsten und Hoffnungen, die auf die Zukunft gerichtet waren.

Sie wurden auf einen Lastwagen verladen. Else roch beim Starten des Motors Ruß und Benzin. Sie unterdrückte ein Husten. Der Laster bewegte sich. Mit einem Krachen wurde Elses Rollwagen in jeder Kurve gegen andere Wagen geschleudert.

»Los jetzt!«, flüsterte Else.

Nun begann der gefährlichere Teil. Else verbot sich, die Erleichterung, die sich in ihr ausbreitete, zu genießen. Noch längst war es nicht geschafft. Was nun geschah, konnte sie nicht mehr voraussehen und hatte sie auch nicht planen können. Sie wusste nicht, wohin sie gebracht wurden. Sie hatte keine Ahnung, wie viel Zeit ihr bis zum nächsten Stopp blieb. Else wuchtete sich aus dem Versteck.

»Edeltraut?«

Niemand antwortete. Zuerst befürchtete sie, dass Edeltraut gar nicht da war, dann hörte sie ein Seufzen. Sie griff dorthin, wo sie Edeltraut vermutete, und tastete Haare. Else wühlte zwischen der Wäsche, bis sie den warmen Körper ertastete. Else konnte es nicht glauben, aber es war so: Edeltraut schlief.

Unsanft rüttelte Else Edeltraut wach, zog sie auf die Ladefläche. Bevor sie über die Geschwindigkeit des Lasters nachdenken konnte oder über mögliche Verletzungen, versicherte sich Else kurz, dass hinter ihnen kein weiterer Wagen fuhr. Dann packte sie Edeltrauts Arm. Else presste die Zähne zusammen, um beim Springen nicht aufzuschreien. Edeltraut war anscheinend noch zu benommen, um zu begreifen, was auf sie zukam.

Der Aufprall hörte sich an, als würden Knochen brechen. Else blieb reglos liegen. Ihr rechtes Bein schmerzte, als würde jemand ein Messer, das darin steckte, immer wieder im Fleisch herumdrehen. Edeltraut kroch auf Knien und Händen in den Straßengraben. Else tat es ihr nach. Die Mischung aus Kälte, Schnee und frischer Luft, aus Erschöpfung, Hunger, Angst und Erleichterung machte es ihr unmöglich, sich aufzurichten.

»Da hinten. Der Wald«, rief Else.

Wie sehnte sie sich danach, eine Pause einzulegen, doch das durften sie nicht.

»Bist du verletzt?«, fragte Edeltraut. Ihre Stimme klang viel heller, als Else sie je gehört hatte.

»Nein. Die Schneedecke hat den Aufprall gedämpft. Das ist gut. Trotzdem ist der Schnee gefährlich. Sie könnten unsere Fußabdrücke entdecken. Wir müssen weg, so schnell und so weit weg wie möglich. Suchen wir einen Bach. Ich habe gelesen, dass man im Wasser die Spuren mit Hunden nicht mehr verfolgen kann.« Else war überwältigt von dem, was geschehen war. Die Landschaft! Die Helligkeit! Die Luft! Die aufgehende Sonne war noch nicht sichtbar, aber sie färbte den Horizont bereits rötlich. Sie zwang sich, die nächsten Schritte noch einmal genau zu durchdenken.

»Nein. Wir dürfen nicht nass werden«, entschied Else. Sie fuhr sich mit den Fingern durch die Haare und glättete anschließend Edeltrauts Frisur, so gut es ging. »Wir sehen erschöpft aus, nicht wie Klinikinsassinnen. Wir gehen zu einer Ortschaft. Denken uns eine Geschichte aus. Suchen eine Unterkunft für eine Nacht und ziehen dann weiter.«

»Wir haben kein Geld.«

Else zuckte mit den Schultern. Ja, das war ein Problem. Sie wusste keine Lösung, aber sie glaubte fest daran, dass es eine gab.

24

Matteo ging Hanna nicht aus dem Kopf. Zwei Tage hatte sie ihn nicht mehr gesehen. Doch die Erinnerung an ihn war so deutlich, als wären seit ihrem Abschied erst Minuten vergangen. Der weiche Klang seiner Stimme, selbst wenn er über die Anzahl von Dachziegeln sprach. Die Ruhe und Zufriedenheit, die er ausstrahlte. Seine Bartstoppeln, die sie am Arm gekitzelt hatten, als sie die Leiter gehalten hatte und er vom Dach wieder ins Innere gestiegen war. Seine buschigen Augenbrauen. Seine Haare, wie sie sich kringelten, wenn er schwitzte. Sein Jackenkragen, an der linken Seite hochgeschlagen, an der rechten Seite unten anliegend. Wenn sie die Augen schloss, tauchte sein Bild so lebendig vor ihr auf, dass es war, als bräuchte sie nur die Hände auszustrecken, um ihn zu berühren.

Hanna dachte nach. Wenn sie Matteo vor seiner Beziehung mit Vittoria begegnet wäre, wenn es in seinem Leben keine Ehe, keinen Tod, kein Kind gäbe, wäre es anders gewesen. Wie sie es auch drehte und wendete, am Ende blieb zu viel, das zerstörte, was Verliebtheit ausmachte: sich fallen lassen, nicht denken, nur fühlen.

»Hanna?«

Hanna sah auf. Sie wusste nicht, wie lange sie aus dem Fenster gesehen und dabei in ihrer Kaffeetasse gerührt hatte. Sie trank einen Schluck. Der Kaffee war inzwischen kalt geworden.

Sie zwang sich, ihre Gedanken zurückzuholen. »Ich habe mir etwas überlegt.« Hanna holte tief Luft. »Antonios Wagen funktioniert. Wir können ihn anmelden, er erfüllt seinen Zweck. Wenn wir meinen VW verkaufen, reicht das Geld genau für den Dachdecker.«

Else schüttelte den Kopf. »Tu das nicht.«

»Du hast gesagt, dass du mir das Haus und das Grundstück vererbst.«

»Damit du es verkaufst. Du solltest das Geld nehmen und es in deine Ausbildung investieren, in etwas, das dir Sicherheit gibt. Oder dir eine eigene Wohnung kaufen.«

Hanna nahm Elses Hand. Die Haut fühlte sich heiß an, wie die letzten Tage auch. »Ich will nichts von Sicherheit hören. Zum ersten Mal habe ich mir allein ein Ziel gesteckt.« Es war keine spontane Entscheidung. Sooft Hanna ihren Plan auch hinterfragte, sooft kam sie zu demselben Ergebnis: Sie wollte dieses Gästehaus wiedereröffnen. Die Nähe zum Meer und zu den Bergen, die Lage am See, die Ruhe, die Erwartungen der Familie so weit weg – es war mehr als alles, was sie sich je gewünscht hatte.

»Möchtest du immer hier in der Einsiedelei leben?«, fragte Else.

»Es ist nicht einsam. Es werden Gäste kommen. Dann sind die Bruzzones in der Nachbarschaft. Wenn ich will, kann ich in die Stadt fahren. Außerdem – was heißt *immer*? Wer kann schon sagen, was in fünf Jahren ist?«

Else zog ihre Hand zurück und knetete ihre Finger. »In der Hinsicht sind wir uns ähnlich. Ich habe nie langfristig geplant. Ein Monat hängte sich an den anderen, ein Jahr folgte dem vergangenen. Ich war schwimmen in den Seen, habe die Rosen gegossen, gedüngt und beschnitten. Planen wollte ich nicht mehr, weil ich gelernt hatte, dass sowieso alle unsere Absichten von einer Sekunde auf die andere über den Haufen geworfen werden können. Du denkst wie ich. Genau das macht mir Angst. Ich will nicht, dass du es später bereust. Ein Vorbild bin ich nicht. Nimm dir gar niemanden zum Vorbild, denn Bilder sind etwas Festes, in Stein gemeißelt. Nichts ist schmerzhafter, als irgendwann zu begreifen, dass du selbst erstarrt bist, um eben dem Bild gerecht zu werden.«

Hanna dachte über Elses Worte nach. Es stimmte: Sie bewunderte ihre Urgroßmutter, deren Lebendigkeit, dieses Ruhen in sich, die Zuversicht, die innere Wachheit, die Art, wie sie aufmerksam zuhörte. Und trotzdem – Hanna sah noch einmal nach draußen und dann wieder zu Else. »Ich will es nicht deinetwegen. Ich will es meinetwegen.«

Das Geräusch von knirschendem Kies ließ sie innehalten. Hanna stand auf, um aus dem Küchenfenster zu sehen. Ein blauer Kombi mit Wiesbadener Kennzeichen fuhr vor. Hanna stöhnte. Das durfte doch nicht wahr sein!

»Wer kommt? So früh am Morgen?«, fragte Else.

Hanna trat einen Schritt zurück und lehnte sich an den Kühlschrank. »Claudia. Und Oma. Sie sind wohl die Nacht durchgefahren.« Ob ihr Vater auch dabei war und auf dem Rücksitz saß, konnte sie von ihrem Blickwinkel aus nicht erkennen. Der Wagen parkte direkt vor der Eingangstür. Zuerst stieg Claudia auf der Fahrerseite aus, dann Marianne auf der Beifahrerseite. Marianne ging voran auf die Haustür zu. Hanna wusste nicht, ob es ein gutes oder schlechtes Zeichen war, dass ihr Vater nicht mitgekommen war.

Obwohl sie mit dem Türläuten gerechnet hatte, ließ die Glocke sie zusammenfahren. Hanna blieb stehen – auch als Else an ihr vorbeiging. Ihre Beine fühlten sich an wie gelähmt, ihr

Atem stockte. Sie wünschte, sie könnte sich in Luft auflösen.
Hanna hörte auf die Stimmen im Flur.

»Was für eine Überraschung, dass ihr gekommen seid«,
sagte Else.

»Ganz schön einsam hier oben.« Marianne schüttelte den
Kopf.

»Wollt ihr etwas trinken? Habt ihr schon gefrühstückt?«,
fragte Else.

»Lass ruhig, wir haben unterwegs Tee und Teilchen gekauft.
Wo ist Hanna?«, fragte Claudia.

»Hinsetzen und ein Kaffee wären nett«, sagte Marianne.

Hanna hörte Schritte auf sich zukommen.

»Da bist du ja! Kommst du uns denn gar nicht begrüßen?«,
fragte Marianne.

Hanna umarmte ihre Oma, dann ihre Mutter. Unruhig trat
sie von einem Bein auf das andere. Sie sah die Lippen der beiden, die angespannt und leicht zusammengepresst waren, die
Mundwinkel zu starr nach oben gezogen, als dass die gespielte
gute Laune überzeugen könnte.

»Warum seid ihr gekommen?«, fragte Hanna.

»Setzen wir uns doch erst einmal«, sagte Marianne.

Hanna bewegte sich mechanisch. Sie zwang sich zu einem
Lächeln. Am liebsten hätte sie die beiden sofort wieder weggeschickt, aber das ging nicht. So half sie Else, den Tisch noch
für zwei weitere Personen zu decken. Warum konnte sie nicht
einfach frei sein, wenigstens für ein paar Wochen oder Monate?
Musste man sich dafür ans andere Ende der Welt begeben, sich
in Südamerika von Funkloch zu Funkloch hangeln oder in
einem Iglu am Nordpol verstecken? Sie setzte sich und sah aus
dem Fenster. Das Bergmassiv wirkte, als wäre es näher ans Haus
herangerückt, dunkel und riesig, erdrückend. Wie gern wäre
Hanna aufgestanden und hätte sich draußen auf die Bank unter

der Birke gesetzt, um ihre Ruhe zu haben. Stattdessen schenkte sie allen aus der Kanne Kaffee ein.

»Nett habt ihr es hier«, sagte Marianne, ohne von ihrer Tasse aufzublicken.

»Wie lange könnt ihr denn bleiben?«, fragte Else.

Claudia räusperte sich. »Ich will nicht um den heißen Brei herumreden. Viel Zeit haben wir nicht, es ist für Andreas schon jetzt nicht einfach, meine Abwesenheit in der Praxis abzufedern. Wir sind gekommen, um Hanna nach Hause zu holen.«

»Gibt es hier eine Hanna?«, fragte Hanna. Sie ärgerte sich, dass Claudia sie nicht direkt ansprach, sondern redete, als wäre sie gar nicht da oder ein Baby, das nicht verstand, worum es ging.

»Wir haben uns die Entscheidung herzukommen nicht leicht gemacht. Vor allem ist so eine Nachtfahrt anstrengend, auch als Beifahrerin. Schlafen konnte ich nur minutenweise.« Marianne setzte sich auf die Stuhlkante. »Wir haben es nicht für uns getan. Aber was blieb uns übrig, nachdem du, Hanna, entweder nicht ans Telefon gegangen bist oder Claudia nach kurzer Zeit abgewimmelt hast?«

»Ach.« Hanna gab sich keine Mühe, den Spott aus ihrer Stimme zu nehmen.

»Du hattest versprochen, dass du mit dem Beginn des Wintersemesters …«

»Ich glaube es nicht«, unterbrach Hanna ihre Mutter. Es stimmte, sie hatte zugesagt, zum Herbst ein Studium anzufangen, weil sie wusste, dass sie ohne diese Zusage zu Hause keine einzige ruhige Minute haben würde, dass das Drängen und Gängeln nie aufhören würde. Sie stieß geräuschvoll die Luft aus. Das hatte sie nun davon. Hanna ärgerte sich über sich, weil sie sich die Situation im Grunde selbst zuzuschreiben hatte. Warum schaffte sie es nicht zu sagen, was gesagt werden

171

musste? Sie wollte niemanden verletzen. Aber manchmal war wohl der Widerspruch zwischen den eigenen Interessen und den Wünschen anderer nicht ohne Schmerzen aufzulösen. Sie gab sich einen Ruck. *Tu es*, sagte sie sich. *Tu es! Mach den Mund auf.* Sie öffnete die Lippen und schloss sie wieder.

»So hatten wir uns geeinigt.« Marianne nickte in Richtung Claudia. »Du warst in Irland. In Südamerika. Jetzt ist es drei Jahre her, seit du die Schule beendet hast. So kann es doch nicht weitergehen. Jeder Mensch auf der Welt muss irgendwann Entscheidungen für sich und sein Leben treffen. Die Berufswahl gehört dazu.«

Hanna schob ihre Tasse von sich weg. Nun war ihr nicht nur der Appetit vergangen, sondern auch die Lust, überhaupt etwas zu sich zu nehmen. Sie dachte daran, wie Else vom Schwimmen und Tauchen gesprochen hatte, wie wunderbar es war, unter der Wasseroberfläche die Ruhe zu genießen.

»Das heißt, nur wer studiert hat, ist ein vollständiger Mensch?«, fragte Hanna. »Was, wenn ich die Praxis gar nicht übernehmen will? Wenn mich Medizin nicht interessiert?« Sie atmete auf. Endlich war es ausgesprochen.

»Das denkst du jetzt, weil dir die Umstellung zu einem geregelten Tagesablauf schwerfällt«, sagte Claudia.

»Wenn du nicht Medizin studieren willst, wenn du überhaupt nicht studieren willst …« Marianne stockte. Hanna sah die Enttäuschung im Blick ihrer Oma, die sich in ihrem Innern anfühlte wie ein verschluckter Stein, der noch im Hals steckte.

»Das habe ich nicht gesagt!« Hanna biss sich auf die Zunge. Nichts hatte sich geändert. Sie war Tausende von Kilometern gereist, hatte sich jahrelang aus dem Alltag ausgeklinkt, nur um jetzt genauso zu reagieren, wie sie vor drei Jahren reagiert hatte: Sie relativierte ihre Aussagen, bis von dem, was sie meinte, nichts mehr übrig war.

»Dann fang eine Ausbildung an.« In Mariannes Stimme klang Trotz. »Mach doch, was du willst.«

»Ich muss mal.« Hanna ging zur Toilette, schloss sich ein und setzte sich auf den geschlossenen Klodeckel. Nach einer Weile betätigte sie die Spülung. Sie drehte den Wasserhahn auf, hielt einen Finger darunter.

Langsam kehrte sie wieder ins Esszimmer zurück.

»Da fällt mir ein, dass ich losmuss«, sagte Hanna. Ihre Wangen wurden heiß, das Blut pulsierte in der Stirn. Mit beiden Händen umklammerte sie die Tasche. Es war so offensichtlich, dass sie log, aber niemand außer Else blickte skeptisch. Claudia und Marianne nickten. Manchmal hatten die unausgesprochenen Familienregeln auch etwas Gutes. *Brich nicht aus*, hieß die erste Regel. Die zweite lautete: *Hinterfrage keine Lügen.*

Hanna nahm ihre Jeansjacke. »Wegen der Dachreparatur.«

»Dachreparatur?«, fragte Marianne.

»Es ist undicht«, sagte Hanna. »Ein Nachbar hat es provisorisch repariert. Ich sollte schon längst drüben sein. Er hat ein Trocknungsgerät für den Speicher beschafft, um die Feuchtigkeit aus dem Holzboden rauszukriegen.« Auch wenn es Matteo gleichgültig war, wann sie das Trocknungsgerät holte – sie musste raus, damit der Druck nachließ, der sich anfühlte, als würde ihr Körper jeden Augenblick entweder explodieren oder implodieren.

»Bist du zum Mittagessen wieder da?«, fragte Else.

Hanna hielt inne. »Ja.« Am liebsten wäre sie bis zum Abend bei den Bruzzones geblieben. Aber so hatte sie zumindest zwei bis drei Stunden gewonnen. Das war nicht viel, es änderte im Grunde nichts. Aber Hanna hatte eine Taktik, die funktionierte: Sie konnte während dieser abgemessenen Zeitspanne alles andere ausblenden. Das hatte sie geübt bis zur Perfektion. Man musste versuchen, die Zeit in immer kleineren Einheiten wahrzunehmen: das Singen eines Vogels. Das Glitzern auf der Wasseroberfläche des Sees. Der Wind in ihren langen Haaren. Das Kitzeln der Haarsträhnen im Gesicht. Die Helligkeit der Sonne, die sie blinzeln ließ.

Wahrnehmung reihte sich an Wahrnehmung und jede für sich war so perfekt, dass es nichts hinzuzufügen gab und nichts wegzuwünschen. So verschwanden die Zukunft und die Vergangenheit hinter der Gegenwart. Mochte kommen, was wollte, es war egal.

25

»Come stai? So früh habe ich gar nicht mit dir gerechnet«, sagte Matteo. »Das sind mamma e papà, ich habe ihnen schon von dir erzählt.«

Matteos Eltern standen vor der Garage und winkten. Dann kamen sie auf Hanna zu und stellten sich vor. Die beiden hatten sonnengebräunte Gesichter und kamen Hanna so locker vor, so unbeschwert, dass sie Matteo beneidete.

Ungeduldig sprang Giulia um den Wagen herum, bis Matteos Eltern wieder bei ihr waren. Giulia streichelte im Vorbeigehen noch einmal über eine der Katzen, griff sich ihre Puppe und sprang auf den Rücksitz.

»Sie fahren einkaufen.« Matteo hob Giulia noch einmal aus dem Wagen und wirbelte sie durch die Luft, bis sie vor Freude quietschte. Dann ließ er sie wieder los. »So eine Tour kann sie sich einfach nicht entgehen lassen. Es ist nicht leicht, ihr zu widerstehen, wenn sie etwas haben will und sie mit ihren großen Augen traurig guckt. Darin ist sie Meisterin.« Er zwinkerte Hanna zu.

»Arrivederci!«, rief Giulia durch das geöffnete Fenster.

Hanna winkte dem abfahrenden Wagen hinterher, bis er hinter der Kurve verschwand.

»Das Trocknungsgerät ist noch nicht da«, sagte Matteo.

»Darf ich trotzdem bleiben? Ich helfe dir. Du hast doch bestimmt mehr als genug Arbeit.«

»Nicht wirklich. Einmal in der Woche fahren meine Eltern mit Giulia zum Einkaufen. Und ich lege die Beine hoch.« Er musterte sie. »Das hättest du mir nicht zugetraut, oder? Aber auch das kann ich. Nichts tun.«

Hanna sah zu den Bergen. Wie sie sich erhoben, wie fest und stabil sie waren, wie sie all die Jahrhunderte überdauerten – Hanna hatte eigentlich nicht viel für Gebirge übrig, zumindest hatte sie das bislang geglaubt. Nun konnte sie den Blick nicht abwenden.

»Bist du da schon mal raufgegangen?« Sie zeigte auf den Gipfel, der ganz an der Spitze noch schneebedeckt war.

»Oft. Aber es ist nicht so nah, wie es aussieht. Bis ganz nach oben sind es rund fünfzehn Kilometer.«

»Lass uns probieren, wie weit wir kommen.« Sie blickte zu Boden und biss sich auf die Zunge. Das war dreist, mehr als dreist. Trotzdem wünschte sie sich nichts sehnlicher, als dass er zusagte.

»Ich weiß nicht, was ich von dir denken soll, bellezza«, sagte er und lächelte sie an.

Hanna wurde es abwechselnd warm und kalt.

»Gut. Gehen wir. Ich schreibe meinen Eltern nur kurz einen Zettel, damit sie sich keine Sorgen machen. Nichts ist entspannender als eine lange Wanderung. Aber ohne Proviant sollten wir nicht aufbrechen.« Matteo hielt ihr die Haustür auf.

Hanna öffnete ihre Handtasche, zog einen Kaugummi für sich heraus und bot Matteo auch einen an. »Mit dem, was ich dabeihabe, kommen wir nicht weit.« Sie tastete nach den Salbeibonbons und zwei Kaugummipackungen. Ihre rechte Hand glitt zur Seitentasche, wo sie üblicherweise ihr Handy verstaute, nur um festzustellen, dass es gar nicht da war. Somit fiel die Möglichkeit aus, eine SMS an Claudia oder Marianne zu senden. Kurz überlegte Hanna, Matteo nach seinem Telefon zu fragen, verwarf den Gedanken jedoch schnell wieder. Wenn sie eins nicht herbeisehnte, dann eine erneute Diskussion über das, was sie tat. Sollte sich jemand wirklich Sorgen um sie machen und bei den Bruzzones nachfragen, könnten Matteos Eltern schnell alle Bedenken zerstreuen.

Eine Viertelstunde später gingen sie los. Matteo trug den Rucksack mit belegten Broten, Kuchen, Saft und Wasser. Anfangs musste sich Hanna zwingen, nicht an den Besuch zu denken, der bei ihrer Rückkehr auf sie wartete. Es war das Gleiche wie während ihrer Zeit als Au-pair oder der Monate in Südamerika: Je mehr sie versuchte wegzulaufen, je weiter sie sich von ihrer Mutter und Großmutter entfernte, umso intensiver drehten sich ihre Gedanken um die beiden. Es war, als wäre sie von einer unsichtbaren Blase aus Erwartungen und Hoffnungen umgeben, die sie begleitete, wohin auch immer sie ging.

Der anfangs breite Weg wurde immer schmaler. Geröll löste sich unter Hannas Füßen und rutschte mit einem Rumpeln in die Tiefe.

»Was meinst du, wie weit es abwärtsgeht?« Hanna blieb stehen. Sie beugte sich kurz vor, dann zurück. Ihr wurde schon bei dem Anblick schwindelig.

»Zwanzig Meter vielleicht«, schätzte Matteo.

»Ich hätte Stöcke mitnehmen sollen.« Obwohl Hanna Wanderstiefel trug, fand sie schlecht Halt.

»Stöcke helfen wenig. Willst du umkehren?«

Hanna schüttelte den Kopf, drehte sich wieder um und lief voran den Pfad entlang. Bald öffnete sich vor ihnen eine Wiese, auf der Schafe weideten. Nun konnten Hanna und Matteo nebeneinandergehen. Die Tiere stoben auseinander, bildeten eine Gasse. Hanna atmete tief den Geruch von feuchtem Gras und Wildblumen ein. Wind zerrte an ihren Haaren, strich ihr über das Gesicht und über die nackten Arme. Obwohl die Temperatur auf der Freifläche deutlich kühler war als am See, fror sie nicht, im Gegenteil. Die Anstrengung ließ ihre Wangen und die Stirn prickeln, die Beine pulsieren, die Lunge brennen. Die Erschöpfung brachte ihre Gedanken langsam zum Stillstand. Sie nahm nur noch ihren Körper wahr, den gleichmäßigen Atem, die Natur um sie herum und Matteo neben ihr.

»Come stai? Du siehst müde aus. Eine Pause?«, fragte Matteo und zeigte auf den Rucksack.

Hanna wischte sich den Schweiß mit einem Taschentuch von Stirn und Hals. »Weiter.« Wie schaffte es Matteo nur, so unangestrengt auszusehen? Trotz des Rucksacks war ihm keinerlei Erschöpfung anzumerken. Nicht einmal sein Gesicht war gerötet. Sein Atem floss ruhig, während Hanna kaum genug Luft hatte, um sich zu unterhalten. Sie sah auf die Uhr. Zwei Stunden waren sie jetzt unterwegs. Sie wollte noch nicht pausieren, nicht, bevor sie oben angekommen waren, wollte ihm beweisen, dass sie auch Ausdauer hatte. Hanna wandte den Blick ab, um ihn nicht anzustarren.

Sie gingen über eine Kuhweide, kamen an einer Almhütte vorbei, überquerten mehrmals einen Bach. Schon zum fünften Mal glaubte Hanna, dass sich hinter den Bäumen der Gipfel vor ihnen auftue, doch immer war es nur ein Plateau gewesen. Nach drei Stunden tauchte ein Geröllfeld vor ihnen auf. Hanna blieb stehen.

»Ich muss etwas trinken.« Sie blickte auf die klare Grenze zwischen Grasbewuchs und Gesteinsbrocken. Vorsichtig betrat sie den unsicheren Grund. Unter ihr knirschte es. Wenn sie stand, ohne sich viel zu bewegen, war es leicht, im Gleichgewicht zu bleiben. Sobald sie sich bewegte, verstärkten die Verschiebungen der Steine unter ihr das Gefühl, dass ihre

Beine schwankten, die Glieder langsam aufweichten und sie keinen Halt mehr fand.

Matteo breitete auf dem Gras eine Picknickdecke aus, dann holte er den Proviant hervor. Hanna setzte sich zu ihm. Sie ließ ihren Blick über die Landschaft schweifen. Die Entfernungen schienen zu schrumpfen. Sie erkannte Elses Haus, die Bergkuppe wirkte nur wie ein kleiner Hügel, gleich dahinter kam das Meer. Azurblau-silbern schimmerte es in der Sonne. Auf der anderen Seite thronte der Gipfel erhaben über ihr. Er wirkte genauso fern oder nah wie zu Beginn ihrer Wanderung, als wären sie kein Stück vorangekommen.

»Wie lang dauert es denn noch bis oben?«, fragte sie.

»Drei Stunden. Ohne Pause.«

Hanna stöhnte. »Das ist ja richtig Sport!«

»Wir sind früh aufgebrochen, bis zum Einbruch der Dunkelheit könnten wir wieder zu Hause sein.«

Hanna lachte, um nicht zu verzweifeln. Sie sehnte sich nach einer Seilbahn. Ihr Herz schlug so schnell und kräftig, dass sie das Rauschen des Blutes in den Ohren, das Pulsieren in den Fingerkuppen, das Prickeln an den Fußsohlen spürte.

»Ich gebe auf.« Hanna legte sich zurück und nutzte den Rucksack als weitere Unterlage, um die Bodenkälte abzuhalten. Sie nahm die Wasserflasche, die Matteo ihr reichte, trank ein paar Schlucke und schloss die Augen. Der Fels hinter ihnen hielt den Wind ab, sodass die Sonne intensiv und warm strahlte.

»Nur kurz«, sagte sie und streckte ihre Beine auf dem Boden aus. Die Mischung aus Moos und Gras war weicher, als sie erwartet hatte.

Von einem Husten direkt neben ihrem Ohr wachte Hanna auf. Sie blickte auf die Uhr. Eine weitere Stunde war vergangen. Neben ihr lag Matteo und schlief. Gleichmäßig hob und senkte sich sein Brustkorb. In Gedanken fuhr sie mit den Fingerkuppen seine Augenbrauen nach, anschließend die Kontur seines Stoppelbartes. Er grummelte etwas Unverständliches, dann schlug er die Augen auf. Hanna betrachtete seine Lippen, seine Hände, die über der Brust gefaltet waren.

»Ausgeschlafen, bellezza?«

Hanna wusste nicht, ob sie seine Hand nahm oder er ihre. Ob sie ihn zu sich heranzog oder er sie zu sich. Wieder blickte sie über die Landschaft, die sich bis zum Meer vor ihnen öffnete und unendlich schien. Das, was ihr gerade noch nah vorgekommen war, rückte mit einem Mal ganz weit weg: die anderen Menschen, die Notwendigkeiten des Alltags, selbst Else, Marianne und Claudia.

Hanna spürte Matteos Atem an ihrem Hals, genoss die Gänsehaut, die sich auf ihren Armen bildete. Anfangs waren es nur ihre Hände, die sich berührten, die Finger, die einander umschlangen und streichelten. Hanna schloss die Augen. Er brauchte gar nichts weiter zu tun, allein das Spiel ihrer Finger miteinander war perfekt, fand Hanna, bis sie sich zu ihm beugte und ihn küsste. Seine Lippen waren weich. Die Bartstoppeln kitzelten an ihrem Kinn und ihren Wangen. Ihre Haare umschlossen beide Köpfe wie ein Schutzschild.

»Es ist einfach wundervoll hier«, sagte sie.

Hanna ließ sich auf ihn sinken. Sie atmete seinen Duft ein, salzig wie das Meer.

26

Donnerstag, 5. Oktober 1944

Else stöhnte laut auf und gab sich ihren Gefühlen hin. Antonios Bewegungen wurden schneller, dann sackte er auf ihr zusammen. Sein Atem ging hektisch und ungleichmäßig.

»Ich liebe dich, Irmgard«, sagte er.

»Ich liebe dich auch.« Else strich ihm die feuchten Haarsträhnen aus der Stirn. Das stimmte, auch wenn sie ihm so vieles nicht sagen konnte, nicht einmal ihren wirklichen Namen. Sie hatte niemanden, nur Antonio. Was war aus ihren Eltern geworden? Was aus Edeltraut, die weitergezogen war und auf ein Schiff warten wollte, das sie nach Ägypten brachte? Else schob die Gedanken an die Vergangenheit beiseite. Es durfte kein Gestern geben. Zu gefährlich war es, daran zu denken, weil es dazu führen würde, dass sie irgendwann unbeabsichtigt etwas erwähnte, was sie vergessen musste. Sie war Irmgard. Noch immer war es ein seltsames Gefühl, wenn sie so angesprochen wurde, jedes Mal war es wie ein Frieren und ihr Atem stockte. Das musste sie sich abgewöhnen, denn allein als Irmgard war sie sicher. *Ich bin Irmgard*, sagte sie sich. *Irmgard. Irmgard.* Irmgard, die große Lange, die in der zehnten Klasse neben ihr gesessen hatte, die mit dem Stottern, die seit dem Luftangriff im August vor vier Jahren vermisst war. Wie leicht es gewesen war, die auf Irmgard ausgestellten Papiere zu bekommen! Wie einfach, eine Geschichte von dem Streit mit den Eltern zum Besten zu geben, von ihrem Weglaufen, wie sie zwei Tage und zwei Nächte weggeblieben war und bei ihrer Rückkehr das Elternhaus vollständig zerstört vorgefunden hatte.

»Es ist so schön mit dir«, sagte Antonio. Er küsste sie.

»Ich bin nur eine Hilfskraft. Danke, dass ich bei euch Arbeit habe und bleiben darf.« Sie war ihm noch für viel mehr dankbar: dass er sie von Anfang an mit Respekt behandelt hatte. Dass sie im Haus schlafen durfte und nicht wie die Hilfsarbeiter auf den anderen Höfen in den Stall musste. Dass sie ein richtiges Bett hatte mit Federdecke und Federkissen. Dass sie sich um die Tiere kümmern konnte und deren Unbeschwertheit erleben. Dass sie genug zu essen hatte. Dass er sie berührte, ja, auch darüber war sie glücklich – wie er es schaffte, sie so aus ihrer inneren Erstarrung zu lösen.

»Ich liebe dich, gioia mia«, flüsterte er.

Sie küsste ihm die Worte aus dem Mund, um nicht antworten zu müssen. Else konnte nichts erwidern, weil sie Angst hatte, wenn sie etwas Derartiges noch einmal ausspräche, würde mit Antonio das Gleiche passieren wie mit Alfred. Dass sie ihn dann auch verlieren würde. *Ich liebe dich.* War das nicht wie ein schlechtes Omen? Ein Greifen nach den Sternen? Eine Verwegenheit, die nur in den Untergang führte? Sie wollte realistisch bleiben, bei dem, was war. Bei ihm sein. Jetzt. Ganz. Reichte das nicht?

»Deine Berührungen sind wunderbar«, sagte sie.

»Heirate mich.«

Else hörte auf zu atmen. Sie schnappte nach Luft. »Das musst du nicht tun.«

»Ich will es. Ich weiß, dass niemand mich drängt oder zwingt. Aber wenn wir ein Kind bekommen, soll es mit Vater und Mutter aufwachsen, mit dem Segen Gottes, der Kirche und meiner Familie. Du bist niemals nur ein Abenteuer für mich gewesen.«

Else schloss die Augen, damit die Tränen nicht herausquollen. Ein Kind. Sie, die Irre, die Verrückte, die operiert worden war. *Ich bin Irmgard*, sagte sie sich. *Irmgard. Irmgard.* Alles ist nicht passiert: die Trennung von Alfred, die Geburt, die Zeit im Krankenhaus, die in den Heilstätten. Dann dachte sie daran, dass Antonios Leben vor ein paar Jahren ebenso wie ihres zerbrochen war. Sie betrachtete seinen Gesichtsausdruck, der nichts als Zuneigung spiegelte. Nie hatte sie ihn gefragt, wie es ihm ergangen war, als er sein Studium in Wien wegen des Krieges abbrechen musste. Aus seinen Plänen, die Welt zu bereisen und kennenzulernen, auch einmal Amerika zu besuchen, war nichts geworden. Niemals würde es eine Arbeit als Historiker oder Archäologe für ihn geben. Sie suchte in seinem Gesicht und in seiner Haltung vergeblich nach Anzeichen von Resignation und Enttäuschung. Konnte sie ihm je genügen?

Warum machte er ihr den Antrag, der Deutschen, die zwar sehr schnell seine Sprache lernte, die sich aber in keiner Weise mit seinen Bekanntschaften in Wien messen konnte, mit den Frauen aus gutem Hause und mit guter Ausbildung?

Er lächelte, seine Augen glänzten. »Heirate mich.« Er ging vor ihr auf die Knie.

»Der Boden ist kalt. Und hart. Steh auf. Bitte.«

»Erst, wenn du Ja sagst.«

»Ja.« Es war nur ein Wort und es war ihr nun doch so leicht über die Lippen gekommen. Else zog ihn zu sich heran, breitete die Decke über ihn und über sich. Seine Füße waren nun so kalt, dass sie an ihren Oberschenkeln ein Kribbeln auslösten.

»Ich liebe dich, gioia mia«, sagte er. »Damit machst du mir das größte Geschenk, das ich …«

Sie küsste ihm die folgenden Worte weg. Es trieb ihr die Tränen in die Augen, wenn er so pathetisch wurde, verursachte ihr einen Knoten im Hals und einen im Magen.

Er löste sich von ihr. »Mir ist es ernst. Ich will dich. Für immer. Vor Gott. Wir kaufen ein Kleid für dich. Du sollst wie eine Prinzessin aussehen.«

»Das Geld ist knapp, die Zeiten sind schwer. Wenn wir wirklich heiraten, lass es uns nicht groß feiern. In der Truhe auf dem Speicher sind Tischdecken mit Spitze. Unter den Kleidungsstücken deiner Mutter ist ein weißes Kleid, das ihr zu eng geworden ist. Daraus nähe ich etwas.«

Er dachte nach. Seine Stirn legte sich in Falten.

»Kein Aber.« Sie umarmte ihn, spürte seine Wärme an ihrem Oberkörper, seinen Atem an ihrer Schulter. »Und deine Eltern?« Else ging zum Fenster und sah hinaus. Bisher hatte sie sich bemüht, den beiden aus dem Weg zu gehen. Oder waren es Antonios Eltern, die sie zuerst gemieden hatten? Es gab viele Tage, an denen sie sich nicht begegneten. Seine Mutter saß in ihrem Sessel, las oder beschäftigte sich mit Handarbeiten. Sein Vater stand den ganzen Tag und oft auch in der Nacht in der Werkstatt und reparierte Rundfunkgeräte und Motoren aller Art, die die Männer aus der Umgebung vorbeibrachten. Sie selbst fütterte morgens die Schafe und Hühner, dann arbeitete sie in der Küche und am Nachmittag im Garten. Antonio war derjenige, der diese Welten verband, indem er mühelos zwischen den für die anderen so säuberlich getrennten Bereichen wechselte.

Sie wartete, aber er antwortete nicht. »Was ist mit deinen Eltern?«, fragte sie noch einmal.

»Wir leben nicht mehr in Zeiten, in denen Eltern über die Heirat ihrer Kinder entscheiden.«

Sie kaute auf ihrer Unterlippe. Die Landschaft war wirklich wunderschön. Von Antonios Dachzimmer aus sah sie das Meer. Es war wie ihre Seele. Innerhalb von Sekunden konnte es

184

sich eintrüben und die Farbe wechseln. Dann, wenn man gar nicht damit rechnete, wenn der Tag bewölkt war und es regnete, konnte das Wasser plötzlich aufklaren und hellblau leuchten wie die Augen ihres Kindes. Sie stoppte ihre Gedanken.

»Irmgard!« Er trat hinter sie und drehte sie zu sich, sodass sie gar keine andere Wahl hatte, als seinen Blick zu erwidern. »Ich weiß, was du denkst.«

Sie hielt die Luft an.

»Die Liebe aus deinen Romanen«, sagte er, »die gibt es nicht. Aber es gibt uns.«

»Erzählst du deinen Eltern von unseren Plänen?«

»Sie wissen es schon. Und sie freuen sich für uns. Und jetzt schau nicht so. Was denkst du denn? Sie mögen dich, auch wenn sie es nicht oft zeigen. So sind sie. Sie sind die Berge in meinem Leben. Sie sind in ihrer Festigkeit und Unerschütterlichkeit mein Halt.«

»Du bist ein Poet.« Sie lachte.

»Du bist wie der See vor unserem Haus. In dir kann man sich verlieren. Eintauchen. Aber niemals den Grund erreichen. Das will ich gar nicht erst versuchen, weil ich weiß, dass das deine Welt ist.«

Else bemühte sich nicht mehr, ihre Tränen zurückzuhalten. Das war die schönste Liebeserklärung, die sie je bekommen hatte!

»Ja«, sagte sie noch einmal. »Ich will.« Ja, sie wollte. Nun war sie sich sicher – nicht, weil er ihr ein Heim und ein Auskommen bot, nicht, weil er gebrochen war wie sie auch, nicht, weil er gut aussah und zärtlich war, sondern weil er manchmal mit seinen Worten ihr Herz erst in Scherben zerspringen und dann wieder ganz werden ließ.

27

Hanna blickte durch das geschlossene Fenster ins Innere des Hauses. Dort saßen sie alle: Else, Marianne und Claudia. Hanna legte sich beide Hände auf die Wangen. Sie fühlten sich warm an und prickelten. Inzwischen war es draußen dunkel geworden. Viel länger als geplant, war sie weg gewesen. Mit einem Mal kam sie sich ausgeschlossen vor, wenn sie daran dachte, wie die drei den Tag miteinander verbracht, wahrscheinlich auch über die Vergangenheit gesprochen hatten. Ob Else und Marianne sich inzwischen versöhnt hatten? Schnell unterdrückte Hanna das auftauchende Gefühl, denn das, was sie sah, war nur die logische Folge ihrer Entscheidung, sich den Tag über mit Matteo abzuseilen. Sie fragte sich, ob eine der drei ihr ansehen würde, was sie mit Matteo erlebt hatte. Wenn sie die Augen schloss, spürte sie noch immer seine Lippen auf ihren. Sie trat etwas näher zum Fenster, sodass sie die Stimmen verstehen konnte.

»Ich erinnere mich genau daran, was mein Mann kurz vor unserer Heirat gesagt hat. Das werde ich nie vergessen: ›Du bist wie der See vor unserem Haus. In dir kann man sich verlieren. Eintauchen. Aber niemals den Grund erreichen. Das will ich gar nicht erst versuchen, weil ich weiß, dass das deine Welt ist.‹

Es ist wichtig, auch Hanna diese Freiheit zu lassen. Wir brauchen sie nicht zu verstehen, nicht all ihre Gedanken zu erfahren. Wenn sie sicher sein kann, dass wir immer für sie da sind, ist es das größte Geschenk, das wir ihr machen können«, sagte Else.

Claudia blickte direkt in Hannas Richtung, sodass sich Hanna zuerst absolut sicher war, dass ihre Mutter sie entdeckt hatte, doch dann wandte Claudia den Blick ab, ohne eine Reaktion zu zeigen. Die Helligkeit innen im Kontrast zur Dunkelheit draußen ließ Hanna im Verborgenen bleiben.

»Sie ist so introvertiert«, sagte Claudia zu Else. »Es ist nicht leicht, an sie heranzukommen. Sie erzählt von Irland, von Südamerika, dass sie Australien bereisen will. Aber von sich? Manchmal denke ich, sie versteckt sich hinter all ihren Plänen. Sie ist so viel unterwegs, dass wir sie gar nicht mehr zu greifen kriegen. Vielleicht kennst du sie besser als wir beide zusammen.«

Marianne sah auf die Tischplatte, als würde sie Zeitung lesen, obwohl dort nichts anderes war als die Maserung des Holzes. »Das mag stimmen. Und ja, Hanna hat sich verändert, seit sie dir begegnet ist. Nicht zum Schlechten. Sie wirkt gefestigter. Ruhiger. Das weiß ich zu schätzen. Wie du dich um sie bemühst.«

Else lachte laut. »Bemühen? Nein. Sie ist meine Urenkelin. Sie macht mir doch keine Mühe.«

»So meine ich das nicht. Das weißt du.« Mariannes geschlossene Lippen bebten. Hanna grinste, weil sie das zischende Geräusch, das damit verbunden war, wenn ihre Oma wütend wurde, zu gut kannte. »Ich bin dir jedenfalls dankbar für das, was du für Hanna tust. Ja, so ist es. Das allein ist der Grund, warum ich mich überhaupt mit dir unterhalte.«

Das Schweigen, das nun im Raum entstand, spürte Hanna wie ein Vibrieren in der Luft. Zu Hause war sie in solchen Situationen immer auf ihr Zimmer oder nach draußen gegangen oder hatte sich mit jemandem fürs Kino verabredet.

»Aber für uns beide, für dich und mich und diese ganze Muttersache«, sagte Marianne, »bedeutet das nichts, daran hat sich nach wie vor nichts geändert.« Marianne drehte sich demonstrativ von Else weg und stand auf. Sie nahm den Wasserkocher von der Anrichte, stellte ihn wieder ab, mehrmals hintereinander, dann schob sie die Hände in die Hosentaschen. »Du hast deinem Mann nichts erzählt, um ihn nicht zu verlieren. Dein Mann war dir also wichtiger als ich. Warum? Wie ist das möglich? Du bist eine Mutter. Ich bin deine Tochter. Ich begreife das nicht. Es will und will mir nicht in den Kopf. Du warst glücklich. Einfach so. Und das, obwohl ich so weit weg von dir war, du nicht wissen konntest, wie es mir ging. Was bist du nur für ein Mensch?«

Marianne verließ den Raum, kam jedoch kurz darauf noch einmal zurück. »Du hast recht, man muss wohl nicht alles verstehen. Ich muss dich nicht begreifen. Es gibt keinen Zwang, dich zu erklären. Aber diese Freiheit gilt nicht nur für dich. Du musstest nichts mir zuliebe tun. Und ich muss dein Handeln nicht gutheißen. Dir nicht vergeben oder dir vorspielen, dass da etwas existiert, was uns verbindet. Deine Selbstbestimmung, die du dir immer herausgenommen hast, die gilt genauso für mich. Das ist es, was diejenigen, die auf ihre Freiheit pochen, vergessen. Sie ist nur schön für denjenigen, der sie in vollen Zügen genießt und sicher sein kann, dass der andere auf ihn wartet. Du rechnest mit einem Gegenüber, das da ist, wenn dir deine Freiheit langweilig geworden ist. Aber für diejenigen, die sitzen gelassen werden, ist das gar nicht witzig. Ich halte nichts von Freiheit, nur von Zuverlässigkeit. Aber lassen wir das. Ich gehe ins Bett.« Marianne knallte die Tür hinter sich zu.

Auch wenn Hanna den Knall draußen nicht laut hörte, zuckte sie zusammen. Sie beobachtete Claudia und Else, die eine Weile aneinander vorbeisahen. Dann nahm Claudia Elses Hand.

»Nimm es nicht persönlich. Sie meint es nicht böse«, sagte Claudia.

»Doch, sie meint es so. Genau so. Und es stimmt. Es tut weh. Aber mir steht es nicht zu, ihr irgendetwas übel zu nehmen. Wir wollen immer ein Happy End. Wir versuchen, die Realität in einen Hollywoodfilm zu verwandeln. So habe ich es mir in meinen Träumen wirklich vorgestellt: Ich tauche auf, alle freuen sich, wir versöhnen uns – ja, das wäre schön gewesen. Aber das wären nicht mehr wir, es wäre nicht unser Leben. Wir haben nur das eine und ich habe mir abgewöhnt, damit ...« Else hustete, dann steigerte sich ihr Husten zu einem Keuchen.

»Beug dich vor«, sagte Claudia und trat hinter Else.

Hanna stürmte zur Haustür, durch den Flur weiter in die Küche. Sie zog ein Küchenpapier von der Rolle und reichte es Else. Diese Anfälle kannte Hanna, es war nun schon das vierte Mal, dass so etwas passierte.

»Ist das Asthma?«, fragte Hanna.

Claudia schüttelte den Kopf. »Wir müssen das definitiv abklären. Das klingt gar nicht gut. Ich habe meine Notfalltasche nicht dabei und ich bin auch kein Facharzt. Wir sollten bei solch ausgeprägten Symptomen die Lunge röntgen lassen. Ein Blutbild machen.«

Langsam beruhigte sich Elses Atem. Sie richtete sich auf und schob Claudias Hände weg. »Alles Blödsinn. Ich will keine Ärzte. Was ich brauche, ist Ruhe und Frieden. Und Schlaf. Das wird wieder.«

»Wie lange geht das schon so?«, fragte Claudia.

»Ach!« Else machte eine wegwerfende Handbewegung.

Hanna schwieg. Sie dachte an das Baden im See. An die Zugluft im Wagen, die oft heruntergelassenen Scheiben, an die kühle Feuchtigkeit in den Regennächten im Haus.

»Du hättest längst etwas unternehmen sollen«, sagte Claudia. »Am besten, ich hole sofort einen Arzt. Oder wir fahren dich ins Krankenhaus.«

»Papperlapapp. Wir gehen alle schlafen.« Else stand auf. Sie drückte Hanna noch einmal an sich, dann stieg sie die Treppe hinauf. Ihre Atemgeräusche, schwer und rasselnd, waren bis in die Küche zu hören.

»Das darf doch nicht wahr sein!« Claudia schlug auf die Tischplatte.

»Lass sie. Sie weiß, was sie tut.«

»In Ordnung. Soll sie sich ausschlafen. Aber morgen bringe ich sie zum Arzt oder am besten gleich in ein Krankenhaus, ob sie will oder nicht.«

Hanna gab ihrer Mutter einen Gutenachtkuss, dann ging sie ins Bad, um zu duschen. So leise wie möglich schlich sie anschließend die Treppe hinauf und lauschte nach Else. Kein Geräusch drang aus dem Zimmer. Ihre Urgroßmutter schien zu schlafen.

Hanna suchte ihr Handy, fand es unter dem Kopfkissen. Unzählige Mails und Nachrichten hatten sich während des Tages angehäuft. Mehrmals hatte Claudia versucht, sie zu erreichen, auch eine Sprachnachricht hinterlassen. In der letzten Nachricht berichtete Claudia von ihrem Anruf bei den Bruzzones, was Hanna schlucken ließ. Claudia machte Hanna keinen Vorwurf, weder direkt noch indirekt. Hanna ließ das Handy sinken. War es die Reise nach Italien, die ihre Mutter veränderte, oder die Begegnung mit Else?

Hanna machte es sich im Bett gemütlich. Ein Husten ließ sie innehalten. Es klang anders als sonst. Hanna stand auf. Sie öffnete die Tür einen Spalt.

Als sich das Husten von Else nicht legte, ging Hanna durch den Flur, klopfte am Zimmer ihrer Urgroßmutter an und trat ein. Else atmete schnell und flach. Aus ihrer Lunge kam ein

Rasseln und, wenn Hanna ganz genau hinhörte, auch ein leises Knistern. Elses Nasenflügel zitterten, die Lippen waren bläulich verfärbt, die Wangen gerötet.

»Else?« Hanna setzte sich neben sie, strich ihr über den Rücken.

Else schüttelte die Berührung ab.

»Wir sollten einen Arzt holen«, sagte Hanna.

»Claudia ist Ärztin. Und ich will nicht, dass du sie holst. Weder sie noch sonst jemanden.« Das Sprechen fiel Else schwer. Die Atemgeräusche dabei hörten sich an, als würde ein starker Windzug durch einen engen Spalt ziehen. »Es ist eine Erkältung. Sonst nichts. Unkraut vergeht nicht, mach dir keine Sorgen.« Elses Lachen ging wieder in ein Husten über.

Auch die Berührung an der Hand wehrte Else ab.

»Du musst dir helfen lassen«, sagte Hanna.

»Du willst mir sagen, was ich tun muss? Was redest du nur für einen Quatsch.«

Hanna blieb auf der Bettkante sitzen und starrte zum Fenster. Von der Welt draußen war nichts zu sehen, hinter der Scheibe schien sich nichts als Schwärze zu befinden. Else wollte ihre Ruhe haben, das war überdeutlich. Aber die Vorstellung, Else allein zu lassen, wieder in ihr eigenes Zimmer zu gehen, war mehr als abwegig. Hanna wusste, dass sie sich sowieso auf nichts anderes konzentrieren konnte, weder auf ihr Handy noch auf ein Buch, sondern dass sie ununterbrochen auf das kleinste Geräusch aus dem Nachbarzimmer lauern würde. So tun, als wäre alles in Ordnung?

»Wie, denkst du, ist das für mich?«, fragte Hanna. »Ich merke, wie du dich quälst. Wie sich der Husten verschlechtert. Ich mache mir Sorgen, will dir helfen und du lässt mich dastehen wie eine Idiotin. Ich habe Augen, um zu sehen. Ohren, um zu hören.«

Else nahm Hannas Hand. Das Fiepen beim Ein- und Ausatmen war noch immer da, doch der Atem beruhigte sich langsam.

»Kindchen«, sagte Else.

»Nenn mich nicht so.«

»Es ist spät. Ich bin müde. Lass uns morgen weiterreden. Du machst dir zu viele Gedanken. Es ist sinnlos, aus den Beobachtungen der Gegenwart etwas für die Zukunft abzuleiten. Abgesehen davon ...« Else lachte in sich hinein. »Wir sind nicht unsterblich. Wir sind keine Götter. Zum Glück! Und ich verschwende garantiert nicht mehr meine Zeit, gegen das anzurennen, was sich sowieso nicht ändern lässt. Krankheit und Tod gehören zum Leben dazu.«

Hanna stand auf und ging zur Tür. Sie wünschte sich, laut aufzuschreien, Else zu schütteln. War sie schon immer so gewesen? Hanna straffte die Schultern und ballte die Hände zu Fäusten.

»Nein.« Hanna fragte sich, ob Else überhaupt merkte, wie sehr sie mit dem, was sie sagte, anderen wehtat. »Eins schwöre ich dir: So pessimistisch und resigniert werde ich nie sein. Das hört sich ja an, als ob du sterben willst! Tu was. Lass dir helfen. Du kannst dein Leben doch nicht wegschmeißen, ohne zu kämpfen. Hat das denn alles für dich hier keine Bedeutung?«

»Das ist kein Pessimismus. Das ist die Realität. Wichtig ist für mich die Zeit, die ich mit Alfred und mit Antonio hatte. Das Schwimmen im See. Nichts davon ändert die Welt. Aber es ist wichtig. Siehst du? Ich bin nicht pessimistisch. Höchstens trotzig. Und das bleibe ich auch. Und jetzt schlafen wir. Hast du mal auf die Uhr gesehen?«

»Was ändert die Uhr an der Endlosigkeit der Zeit?« Hanna ärgerte sich über sich selbst und ihren Zynismus, zu dem Else sie brachte. »Aber was soll's. Gute Nacht.« Hanna verließ den

Raum, ohne sich umzudrehen. Sie ertrug es nicht, Else anzuschauen, ihr Gesicht zu sehen, die Verletzlichkeit darin, die Erschöpfung vom Husten. Ihr helfen zu wollen, aber es nicht zu können, weil Else es nicht zuließ. Und noch mehr schmerzte das Gefühl, dass genau das Elses Art war, Abschied zu nehmen: trotzig und fatalistisch, abweisend und doch dankbar für Nähe. Hanna legte sich ins Bett und zog sich die Decke über den Kopf. Es trat ein, was sie befürchtet hatte. Sie konnte sich nicht entspannen, weil sie ununterbrochen an Else dachte.

Um halb drei reichte es Hanna. Konnte irgendjemand von ihr verlangen, sich anzuhören, wie ihre Urgroßmutter sich quälte? Else wollte keine Hilfe, keinen Arzt. Sie wollte die Situation so lassen, wie sie war, abwarten. Das war Elses Recht. Aber genauso war es Hannas Recht auszusprechen, dass sie genau das nicht mehr ertrug. Mochte Else wütend werden oder schweigen, es war Hanna nun egal.

Sie schlich die Treppe hinunter, um Claudia zu wecken, damit sie Else noch einmal genauer untersuchte und entschied, was zu tun war. Auch Marianne musste erfahren, wie es um Else stand. Das Husten war bei geöffneten Türen auch im ersten Stock zu hören.

»Sie weiß, was sie will«, meinte Marianne. »Es ist nicht unsere Aufgabe, für sie Entscheidungen zu treffen.«

Claudia schüttelte den Kopf, dann wandte sie sich an Hanna. »Hast du überhaupt schon geschlafen?«

»Nein.«

Claudia drückte Hanna an sich.

»Komm, leg dich in mein Bett. Ich kümmere mich darum, rufe einen Arzt, wenn sie mich schon nicht an sich ranlässt. Wir finden eine Lösung.«

Hanna drehte ihren Kopf zur Seite, damit Claudia die Tränen nicht sah. »Danke, dass du das tust.« Sie wollte nicht wieder mit hochkommen, nicht Elses Zorn spüren, den sich Hanna nur zu gut vorstellen konnte. Stattdessen legte sie sich in Claudias Bett und atmete den Geruch ihrer Mutter ein, den sie so gut kannte, diese Mischung aus Rosenöl und frisch gewaschenen Haaren.

»Warum lasst ihr mich nicht einfach alle in Ruhe?«, war Elses Stimme durch den Flur zu hören.

Je mehr sich Else aufregte, umso ruhiger redete Claudia auf sie ein. Es kam Hanna endlos lang vor.

Dann läutete es an der Haustür.

»Mach mal jemand auf. Das ist der Arzt«, rief Claudia.

Wie benommen ging Hanna zur Tür und öffnete. Sie zeigte mit dem Finger nach oben, brauchte aber nichts zu erklären, weil Claudia die Treppe herunterkam und das übernahm. Hanna hatte gar nicht gewusst, dass ihre Mutter so gut Italienisch sprach.

Marianne stand im Türrahmen ihres Zimmers. »Else hat gesagt, was sie will und was nicht. Was ist so schwer daran zu verstehen? Wer soll denn bei diesem Theater schlafen? Ich wette, der Arzt gibt gleich Entwarnung.«

Hanna wandte sich ab und ging in die Küche. Das war der einzige Ort, wo sie Claudia und dem Arzt nicht im Weg stand, Marianne ausweichen konnte und Elses Husten nicht hörte. Sie wünschte sich, eine Pausentaste drücken zu können, wenigstens für ein paar Minuten.

Eine Stunde später fuhr der Arzt wieder weg und Claudia kam zu Hanna in die Küche.

»Sie schläft, hat eine Infusion mit Antibiotika bekommen. Es sieht nicht gut aus, aber sie weigert sich, in eine Klinik zu gehen. Wobei ich sie zum Teil verstehen kann.«

»Was hat sie denn? Was hat der Arzt gesagt?« Hanna konnte die Stille nicht ertragen, die sich um sie herum im Raum ausbreitete wie ein dunkler Nebel, der sie alle zu verschlingen drohte. Je länger das Schweigen andauerte, umso weniger sicher war sie sich, dass sie die Antwort überhaupt hören wollte.

»Eine akute Lungenentzündung«, sagte Claudia. »Aber das ist behandelbar. Ihr Bauchspeicheldrüsenkrebs nicht. Es ist ein Wunder, wie fit sie gewirkt hat, als sie zum ersten Mal zu uns gekommen ist. Schon da war klar, dass sie nur noch wenige Wochen oder Monate zu leben hat. Aber ihr war nichts anzumerken, im Gegenteil.«

Hanna wollte etwas erwidern, aber sie konnte es nicht. Alle Worte erschienen ihr sinnlos. Sie dachte an ihren ersten Tag in Berlin und an andere Situationen, die nun in einem ganz anderen Licht erschienen. Es stimmte nicht, was Claudia glaubte: Else war sehr wohl etwas anzumerken gewesen, doch auch sie, Hanna, hatte es nicht sehen wollen. Und jetzt blieb ihrer Urgroßmutter nur noch wenig Zeit.

Hanna wartete, bis Ruhe im Haus eingekehrt war. Dann lugte sie vorsichtig in Elses Zimmer. Sie lag auf dem Rücken und schlief. Nur das gleichmäßige Heben und Senken ihres Brustkorbs zeigte, dass sie noch lebte. Hanna nahm ihren Mut zusammen. Sie setzte sich auf die Bettkante und strich über Elses Arm. Die Haut war trocken und zerfurcht wie altes Pergament. Hanna beugte sich über Else und küsste sie auf die Haare, dann kehrte sie in ihr eigenes Zimmer zurück.

Obwohl nun alles still blieb, kamen Hannas Gedanken nicht zur Ruhe. Es war nicht nur die Sorge um Else, die sie in Anspannung versetzte, sondern auch die Erinnerung an die Nähe zu Matteo. Sie musste mit ihm reden, so bald wie möglich.

Nie war es ihr bewusster als jetzt: Das Leben war zerbrechlich. Giulia konnte sich verletzen. Krank werden. Was, wenn sie, Hanna, dann zufällig gerade allein mit Giulia wäre, wenn keine Claudia zur Seite stünde, um die Entscheidungen zu treffen? Könnte sie je für Matteo eine gleichberechtigte Hilfe sein? Auch nur ansatzweise die Rolle einer Mutter übernehmen? Wie sollte sie je so etwas wie eine Beschützerin für ein Kind sein, ihm helfen, wenn sie schon bei ihrer Urgroßmutter scheiterte? Der Gedanke ließ sich nicht verdrängen: Obwohl Matteos Nähe wunderschön gewesen war, gab es für sie beide keine Zukunft. Hanna wusste, dass er niemand war, der gegen ihre Entscheidung andiskutieren oder versuchen würde, sie vom Gegenteil zu überzeugen. Sie würde es ihm sagen, gleich am nächsten Morgen.

28

Hanna vergewisserte sich, dass Else schlief. Noch bevor sich im Haus etwas regte, machte sie sich auf den Weg zu Matteo, um zurück zu sein, wenn Else aufwachte, wenn es das gemeinsame Frühstück gab.

Nur wenige Minuten später trat sie zwischen den Bäumen am See hervor und überblickte die Wiese vor Matteos Haus. Giulia spielte wie so oft mit den Katzen. Matteo saß in einem Liegestuhl daneben und las die Tageszeitung. Hanna winkte ihm zu, um die Aufmerksamkeit auf sich zu lenken und ihn zum Kommen zu bewegen. Sie wollte seine Nähe spüren, seine Wärme, seine Lippen auf ihren, seinen Trost.

Er blickte auf, kam aber erst beim vierten Winken zu ihr.

»Ich möchte Giulia nicht lang allein lassen«, sagte er anstelle einer Begrüßung. »Sie hat sich anscheinend wieder eine Mittelohrentzündung zugezogen.«

Hanna schüttelte den Kopf. *Mittelohrentzündung*, wiederholte sie in Gedanken. »Bitte nimm mich in die Arme. Ich hatte eine fürchterliche Nacht.«

Matteos Umarmung war genauso, wie sie sie sich vorgestellt hatte. Sie genoss seinen Geruch und den Halt, den er ihr gab. Mochte er sie nur nie wieder loslassen!

»Hanna ...« Seine Berührung fühlte sich mit einem Mal steif an.

Sie trat einen Schritt zurück.

»Hanna, du bedeutest mir sehr viel. Gerade deswegen brauche ich Sicherheit. Nicht in erster Linie für mich, sondern für Giulia. Sie mag dich wirklich gern, spricht oft von dir. So schön es ist, es macht mir auch Sorgen. Sie soll sich nicht an eine Frau gewöhnen, die über kurz oder lang wieder aus ihrem Leben verschwindet. Das würde ihr das Herz brechen.«

»Du hast mich nicht einmal gefragt, wie es mir geht«, sagte sie. »Aber lass nur. Ist wohl nicht so wichtig.« Sie gab sich keine Mühe, ihre Verbitterung zu verbergen. Ihr Blick wanderte zu Giulia hinüber, die noch immer friedlich spielte und dabei leise und zufrieden summte.

»Ich will, dass das mit uns unbeschwert ist. Ohne all diese Sorgen. Wenn du dich um Giulia kümmern musst, weil sie krank ist, verstehe ich das. Kein Problem. Wir können morgen in Ruhe reden oder übermorgen.« Sie überlegte, ob sie das, was sie dachte, wirklich aussprechen sollte. Dann gab sie sich einen Ruck. »Aber ich kann dir nicht garantieren, was aus uns wird, ob es für mich etwas Festes ist. Woher soll ich das auch wissen? Ich weiß nicht mal, ob ich eine richtige Beziehung überhaupt will, unabhängig von uns. Ich kann mich nicht festlegen. Noch nicht.«

»Ich kümmere mich dann mal um Giulia.«

Hanna unterdrückte einen Aufschrei. Er ließ sie stehen, einfach so, ohne zu streiten, ohne sich zu erklären. Sie wusste, dass sie die Situation retten könnte, wenn sie das relativierte, was sie gesagt hatte, aber das wäre nicht mehr ehrlich gewesen, weder sich selbst noch ihm gegenüber.

Wie betäubt sah Hanna ihm nach. Ein Haar hatte sich an ihrer Nase verfangen und kitzelte. Sie strich mit den Fingern alle Strähnen aus dem Gesicht, doch das Kribbeln hörte nicht auf, sondern wanderte nur in den Nacken, der verschwitzt war und auf dem nun auch einzelne Haare festklebten. Hanna schüttelte sich. Es war zum Aus-der-Haut-Fahren!

Dann drehte auch sie sich um und kehrte zu Elses Haus zurück, ohne den Versuch zu machen, Matteo zu einem weiteren Gespräch zu bewegen. Inzwischen war sie sich nicht mehr sicher, ob es überhaupt noch etwas zu bereden gab.

Nach ihrer Rückkehr ging Hanna zuerst zu ihrer Urgroßmutter, die noch schlief. Ihr Atem floss ruhig und gleichmäßig. »Ich könnte Matteo erwürgen«, begann Hanna zu erzählen. Sie wusste nicht, ob Else sie überhaupt hörte, doch das spielte keine Rolle. Sie musste sich die Anspannung von der Seele reden.

»Erwürgen musst du ihn ja nicht gleich. Es reicht, wenn du ihn einfach nicht mehr triffst«, sagte Marianne.

Hanna drehte sich ruckartig um. Sie hatte gar nicht gemerkt, wie ihre Oma dazugekommen war. Sie stöhnte auf. »Halt dich einfach raus, okay?«

»Die Aufregung ist doch widersinnig. Was willst du denn mit ihm? Er hat eine Tochter. Er wohnt so abgelegen, dass du es bei ihm höchstens eine Woche aushältst und dann erst mal eine Reise nach Afrika oder Skandinavien planst, um der Langeweile zu entkommen. Außerdem, ist er nicht viel zu alt für dich?«

»Er ist zwei Jahre älter als ich. Aber vergiss es einfach. Ich bin müde. Habe die ganze Nacht nicht geschlafen.« Hanna drehte sich um und verschwand in ihrem Zimmer. Sie blieb an der Tür stehen, hörte, wie sich Schritte auf der Treppe entfernten. Nun war auch Marianne gegangen. Hanna wollte es sich gerade auf ihrem Bett gemütlich machen, als sie aus Elses Zimmer ein Stöhnen vernahm. Sie ging über den Flur und drückte vorsichtig die Tür auf, blieb aber an der Schwelle stehen. Elses Augen waren noch immer geschlossen, doch nun waren die Augen in tiefe Höhlen gesunken, ihre Lippen bläulich.

»Komm ruhig«, sagte Else so leise, dass Hanna es nur anhand der Lippenbewegungen verstand.

»Ich will dich nicht stören.«

»Tust du nicht.«

Hanna setzte sich auf die Bettkante, nahm Elses Hand und sah aus dem Fenster, damit Else die Trauer nicht bemerkte, die in ihr aufstieg. Es war wie ein Kloß im Hals, der sich mit jedem Rasseln von Elses Atem vergrößerte.

»Ich bin einfach beziehungsunfähig. Damit sollte ich mich abfinden, dann hätte ich schon mal ein Problem weniger.« Hanna war sich nicht sicher, ob Else ihre Worte mitbekam oder ob ihre Urgroßmutter wieder eingeschlafen war. Elses Brustkorb hob sich nun langsamer und gleichmäßiger. Hanna beobachtete, wie die Flüssigkeit langsam und stetig aus dem Tropf in Elses Armvene rann.

»Geht es um Matteo?«, fragte Else.

»Ja.«

»Ach Hanna.« Else nahm Hannas Hand und drückte sie. »Beziehungen lassen sich nicht berechnen wie ein Bausparplan. Sie sind nicht kalkulierbar. Gerade das macht sie so wertvoll. Ich habe auch viele Fehler gemacht, gerade bei Marianne. Ich bin kein Engel. Und nicht unfehlbar. Aber ich war glücklich mit Antonio, ja, das war ich. Im Endergebnis war ich das. Das lag nicht daran, dass es keinen Streit gab, keine Konflikte, keine enttäuschten Hoffnungen. Aber wir beide wussten, wie schnell etwas vorbei sein kann. Plötzlich wird dir das, was du am meisten liebst, genommen.«

Hanna ließ sich die Worte durch den Kopf gehen. Sie stand auf und blickte aus dem Fenster. Das Wasser des Sees schien wegen all der Wolken dunkler als sonst, nicht blau, sondern grau und in der Mitte schwarz. Zwischen den Bäumen verfolgte sie mit den Augen den Weg, der ein Stück weit am See entlanglief, direkt auf das Haus der Bruzzones zu. Sie schüttelte den Kopf.

Vom Geräusch der quietschenden Tür zuckte Hanna zusammen. Sie blickte auf und bemerkte ihre Oma, die langsam wieder ins Zimmer kam.

»Else?«, fragte Marianne.

Hanna sah in Elses Gesicht. Sie war eingeschlafen. Die Nasenflügel flatterten noch stärker. Auch hatte sich Elses Geruch verändert. Er war seltsam süßlich. »Sie schläft.«

»Ach Hanni, es ist eine schwere Situation. Wenn sie nur ins Krankenhaus ginge. Ich habe es ihr schon vorgeschlagen. Sogar fahren würde ich sie, wenn sie keinen Krankenwagen nehmen will. Sie hat abgelehnt.« Mariannes Gesicht wirkte reglos, fast unbeteiligt. Nur die Tränen, die ihr die Wangen herabliefen, zeigten, dass dieser Eindruck nicht stimmte.

»Es ist dir doch sowieso egal.« Hanna konnte ihre Wut nicht verbergen. Sie wollte vor Else nicht streiten, ihre Urgroßmutter nicht aufwecken, aber das musste gesagt werden. Was war so schwer daran, es Else etwas leichter zu machen, einzugestehen, dass Marianne aller Logik nach durch ihre Kindheit bei Alma ein viel besseres Leben gehabt hatte, als wenn Else abgewartet hätte, bis jemand ihr das Baby wegnahm?

»Was auch geschehen ist, sie ist meine Mutter. Ich weiß nicht viel über sie«, sagte Marianne. »Und dass vielleicht so wenig Zeit bleibt ... ein paar Monate. Klar, in Elses Alter muss man damit rechnen, dass sie ... aber dass es jetzt so schnell ... Was ich meine ...« Marianne holte sich einen Stuhl und setzte sich ans Kopfende des Bettes.

Eine Stunde saßen sie beide am Krankenbett. Manchmal bewegten sich die Augen hinter Elses geschlossenen Lidern. Die Hände zuckten. Manchmal stöhnte sie. Ihr Atem ging so flach, dass er unter der Decke von außen kaum zu bemerken war.

Dann öffnete Else die Augen. Sie blickte sich suchend um, als wüsste sie im ersten Moment nicht, wo sie sich befand.

»Möchtest du Tee, Mama?«, fragte Marianne.

Eine Träne rann aus Elses Augenwinkel. Auch Hanna stockte der Atem. *Mama.* Hanna hätte nie gedacht, dass ihre Oma das je sagen würde. Else schüttelte den Kopf.

»Etwas essen? Das Kissen höher? Wenn man aufrechter sitzt, ist das besser zum Atmen. Oder etwas Kühles? Ein Eis aus der Truhe? Du hast geschwitzt, ich kann deine Decke neu beziehen.«

»Ich bin froh, dass du da bist. Hier, neben mir. Wenn du wüsstest, wie oft ich es mir vorgestellt habe, dass ich die Augen aufmache und dich sehe, nicht nur im Traum, sondern real. Wenn ich mit Antonio unterwegs war, habe ich alle Mädchen angestarrt, die in deinem Alter waren, und überlegt, ob sie dir ähneln. Ich habe mich gefragt: Würde ich dich erkennen, wenn du es wärst? Jetzt bist du da, ich kann einschlafen und wenn ich wieder aufwache, weiß ich, dass du noch immer da bist. Danke.«

29

Dienstag, 14. November 1944

Am schlimmsten war der Zeitpunkt des Aufwachens. Else setzte sich ruckartig auf, um nicht länger im Übergangszustand zwischen Schlafen und Wachsein zu verharren. Sie rieb sich die Augen. Dann presste sie die Fäuste gegen die Stirn. Noch immer spürte sie den warmen Körper an sich, den sie im Traum gehalten hatte, dieses kleine, atmende Bündel. Fast eineinhalb Jahre war Marianne nun schon alt, doch wenn Else Marianne im Halbschlaf sah, war sie nach wie vor das Frühgeborene mit dem süßlichen Geruch und dem weiß verschmierten Gesicht, an das Else sich so gut erinnerte. Jede Nacht war es bei ihr. Es schrie nicht, es gab keinen Laut von sich, bewegte sich nicht, sondern lag nur da und schaute sie mit weit geöffneten Augen an. Das Blau der Iris in einem Farbton, den Else während des Sommers so oft wiedergesehen hatte, wenn sie beim Schwimmen ein oder zwei Meter tief unter die Wasseroberfläche tauchte, während die Sonne schien und sie von unten den Himmel betrachtete.

Antonio neben ihr drehte sich um. Unruhig warf er sich auf den Rücken. Langsam öffneten sich seine Lider ein wenig.

»Wie spät ist es?«, fragte er.

»Schlaf weiter. Noch drei Stunden.« Dann würden sie aufstehen und der gleichmäßige Rhythmus begann von vorn, der ihr so viel Halt gab. Zuerst die Tiere füttern. Kurz im See schwimmen, zumindest einmal untertauchen, mochte das Wasser auch noch so kalt sein, anschließend das Frühstück herrichten. So ging es bis zum Abend, die gleiche Routine, wieder und wieder. Sie konnte sich nicht mehr vorstellen, jemals ohne diesen festen Plan gelebt zu haben oder in der Zukunft ohne ihn leben zu können. Wenn sie ihn durchbrach, hatte sie das Gefühl, der Tag würde in unzählige Scherben zerbersten.

»Irmgard.« Antonio streckte seinen Arm nach ihr aus, strich ihr über die Schulter, über den Rücken, über den Kopf. Er zog sie zu sich, rollte sich über sie und hielt inne. »Wenn du auch willst ...«

Sie fühlte seine Lust, aber er drehte sich wieder von ihr weg.

»Sprich mit mir«, sagte er.

»Das tue ich.«

»Du weißt, was ich meine.«

Else stellte sich vor, sie täte es wirklich. Sie würde ihm beichten, dass sie nicht Irmgard hieß. Die Erleichterung, es endlich zu wagen, war schon beim Gedanken daran spürbar. Doch das vorübergehende Aufatmen würde sie teuer bezahlen müssen mit der darauf folgenden Angst, dass Antonio mit der Wahrheit nicht zurechtkam, dass er es seinem Freund erzählte, der wieder einem Freund – bis es dann an der Tür läuten würde und sie kämen, um sie zu holen. Möglich – was wahrscheinlicher war –, dass Antonio sie verstieß und ihr damit alles nahm, was sie noch hatte. Er glaubte an Gott, an das, was der Pastor sonntags in der Kirche predigte, obwohl er sonst niemand war, der unbedacht anderen Meinungen folgte.

Einmal hatte sie es versucht und von ihrer Freundin erzählt, der Schwesternschülerin Hilde, die sich in einen Chirurgen verliebt hatte, sich heimlich mit ihm getroffen und schwanger geworden war. Wie Hilde nur noch für ihn gelebt hatte, wie sie zum ersten Mal in ihrem Leben glücklich gewesen war, jemandem begegnet zu sein, der sie verstand, der ihr Halt gab, der sie auch liebte.

Doch Else war nicht dazu gekommen, die Geschichte von Hilde weiterzuführen, weil allein die Vorstellung an das uneheliche Kind Antonio so aufbrachte, dass Else hatte versprechen müssen, den Kontakt zu Hilde nicht wieder aufzunehmen. Das seien die Frauen, meinte er, die nur an ihr eigenes Vergnügen dachten, nicht daran, was es bedeutete, eine Familie zu gründen, Kindern Verantwortung und Anstand beizubringen.

Else drehte sich auf die Seite, damit Antonio ihr Gesicht nicht sah. Sie schob die Erinnerung an das Gespräch beiseite.

»Immer, wirklich immer kannst du mit mir reden«, sagte er. »Das weißt du doch, oder?«

Sie zwang sich zu nicken.

»Ich merke doch, dass es dir nicht gut geht. Wie glücklich du beim Schwimmen bist. Und wie du meinem Blick anschließend beim Frühstück ausweichst. Sieh mich an.«

»Da fällt mir ein: Hast du Nachricht bekommen, wann wir die neuen Bodendielen für die Erweiterung des Bauernhauses abholen können?«, lenkte sie ab.

»Es ist Krieg. Da ist es nicht leicht, an Material zu kommen.«

»Aber wir haben genug zu tauschen. Wir haben etwas anzubieten. All die Wurst, das Fleisch, die Milch.«

»Ich kümmere mich.« Er kam näher zu ihr. Sein Atem kitzelte an ihrem Hals. Sie lachte.

»Wir haben schon viel zu lang geredet.« Er streichelte sie, dann hielt er inne. »Oder willst du nicht …?«

»Doch. Ich will.« Else legte sich auf ihn, knabberte an seinem Ohr. »Ein halbes Jahr bin ich jetzt hier. Aber es ist noch immer wie ein Wunder. Dieses Haus am See. Du. Dass ich morgens die Augen aufschlage und du da bist.«

30

Else öffnete die Augen. Unruhig und suchend blickte sie sich um. Hanna wollte näher ans Bett, Else fragen, ob sie etwas trinken wolle, denn trotz der Infusionen waren ihre Lippen rau und aufgesprungen und ihr Mund war so trocken, dass die Zunge beim Sprechen schnalzende Geräusche machte. Doch Marianne rückte nicht beiseite, sie saß, seit Else eingenickt war, am Kopfende, sodass niemand anderes an Else herankam.

»Siehst du, ich bin noch immer da«, sagte Marianne. »Glaub nicht, dass du mich so einfach wieder loswirst.«

Else schmunzelte.

»Ich bin stur.« Marianne lachte. »Das habe ich wohl von dir geerbt. Aber das heißt nicht, dass ich meine Meinung nicht ändern kann.« Marianne nahm Elses Hand so vorsichtig wie einen jungen Vogel, der gerade aus dem Nest gefallen ist. »Und ich habe nachgedacht.«

Hanna blickte abwechselnd von Else zu Marianne. Mariannes Gesichtszüge waren weich geworden, in ihren Augen standen Tränen.

»Es ist gut«, flüsterte Else.

»Dieses Mama-Kind-Eideidei, das brauchen wir doch gar nicht. Das haben wir nicht nötig. Dass ich bei Alma bleiben musste … Auch ihr neuer Mann hat mich akzeptiert, das war ihr wichtig. Du hättest ihn kennenlernen sollen, er hätte dir gefallen. Werner Seidel. Vielleicht hast du den Namen sogar schon einmal gehört. Als Dirigent war er bekannt, bis er dann eine Konzertagentur geleitet hat. Mir kam er immer vor wie ein Industrieller. Oder wie ein Politiker. Er hatte so etwas Autoritäres, ohne dass er je laut oder aggressiv werden musste. Er hat mich nicht viel beachtet, aber er hat für uns gesorgt. Obwohl er sich wie Alma natürlich etwas anderes für mich gewünscht hätte, als dass ich Kindergärtnerin werde … Ich hatte ein gutes Leben. Konnte meine eigenen Entscheidungen treffen. Nur mein Hans, der hätte nicht so früh gehen dürfen. Er war Schreinermeister. Hat an einer Berufsschule unterrichtet. All das Spielzeug, das er für Hanna geschnitzt hat! Und mir zum Hochzeitstag mal ein Herz, mal eine Blume. Doch, du hättest ihn gemocht. Ein gutes Leben.« Marianne presste sich die Hände vor die Augen. »Ohne die andere. Ich ohne dich und du ohne mich.«

Hanna atmete gegen die Enge in ihrer Brust an.

»Jetzt bist du da. Und ich bin da.« Else sprach so leise, dass Hanna es kaum verstehen konnte. Am liebsten hätte sie die beiden umarmt, ihre Oma und Else, weil sie wusste, was es für Marianne für eine Überwindung sein musste, so versöhnlich zu reagieren.

Else schloss die Augen. Ihr Atem wurde von einem Rasseln begleitet. Hanna beobachtete jede Regung in Elses Gesicht, konnte aber keinen Ausdruck von Schmerz oder Leid entdecken, im Gegenteil. Else war völlig entspannt, die Lippen röteten sich. Nur der schnelle Atem, der machte Hanna weiterhin Sorgen. Sie nahm sich vor, Claudia so bald wie möglich darauf anzusprechen. Etwas stimmte ganz und gar nicht.

Marianne nickte Hanna zu, dann wandte sie sich wieder an Else. »Und was ich am Anfang gesagt habe, das war absoluter

Quatsch. Du kannst bei uns bleiben. Sogar für immer. Das meine ich ernst, nicht aus einer Laune heraus. Im Gegenteil. Ich würde mich sehr freuen, wenn du das Angebot annimmst. Du solltest da leben, wo die Menschen sind, zu denen du gehörst. Wie könnten wir jemals wieder so tun, als gäbe es die andere nicht?« Marianne hielt inne. »Komm zu uns. Wir richten dir das Gästezimmer her. Claudia und ihr Mann kennen die besten Ärzte, die können sich um dich kümmern. Und es ist immer jemand für dich …« Mariannes Stimme wurde leiser, bis sie verstummte. Sie umfasste Elses Handgelenk, tastete nach dem Puls und ließ los. Dann presste sie ihr Ohr dicht an Elses Nase, schob die Decke weg, legte eine Hand auf den Brustkorb. Mit einem Ruck stand Marianne auf.

Hanna starrte auf Elses Gesicht. Die Augen waren geschlossen. Sie sah nicht tot aus, trotzdem wusste Hanna, dass es in ihr kein Leben mehr gab, auch wenn sie nie zuvor eine Leiche gesehen hatte. Sie steckte ihren Finger in den Mund und hielt ihn dann unter Elses Nase. Nichts, keine noch so kleine Luftbewegung war zu bemerken.

»Sie hat einfach aufgehört zu atmen«, sagte Hanna. Sie drückte Elses Hand, spürte die Wärme, die noch im Körper war, betrachtete das Gesicht, das so weich aussah, so friedlich, so glücklich, wie Hanna es bei ihrer Urgroßmutter nie zuvor gesehen hatte.

»Meinst du, sie hat das noch gehört? Dass du ihr gesagt hast, sie kann zu uns kommen?« Hanna wusste, wie sehr sich Else darüber gefreut hätte. War es nicht das gewesen, was sie sich all die Jahre gewünscht hatte?

Marianne zuckte mit den Schultern. »Ich weiß nicht.« Ihr Gesichtsausdruck war starr. Tränen liefen ihr über die Wangen, tropften von der Nasenspitze. Marianne ließ es geschehen.

Nun konnte auch Hanna nicht mehr anders. Sie weinte, drückte ihr Gesicht auf die Decke, unter der Elses Körper lag.

Nie zuvor war Hanna aufgefallen, wie dünn und ausgezehrt Else doch war. Noch immer rann die Infusionslösung in Elses Arm. Hanna berührte die Haut neben der Nadel, die sich dort schon ganz kalt anfühlte.

»Hallo, niemand zu Hause?«, rief es von unten.

Claudias Schritte schallten durch den Flur.

»Hallo! Hanna? Else? Marianne?«

Hanna räusperte sich. »Wir sind oben. Bei Else.«

Hanna machte Claudia Platz und rückte ans Fußende, umschloss mit beiden Händen sanft Elses Unterschenkel, um den Kontakt zu ihr nicht zu verlieren. Sie wünschte sich so sehr, Else würde es noch spüren, dass sie alle da waren. Claudia blieb erst im Türrahmen stehen, dann ging sie auf Else zu, tastete nach dem Puls am Handgelenk und am Hals.

»Wann ist es passiert?«, fragte Claudia.

»Vor zehn Minuten?« Hanna hatte jedes Zeitgefühl verloren.

»Wir müssen einen Arzt holen, der den Totenschein ausstellt.«

Hanna befürchtete, dass sich Marianne aufregen würde über den Pragmatismus, den sie Claudia so oft vorgeworfen hatte, doch Marianne umarmte Claudia. Claudia wirkte gefasst, schien professionell, unerschrocken. Nur das Zittern ihres Kinns, das Kneten der Hände und wie fest sie die Fingernägel in die Handinnenflächen presste, verrieten ihre Anspannung.

»Du brauchst nicht alles allein zu machen«, sagte Hanna. »Wir regeln das zusammen.«

31

Die drei Frauen bildeten einen Kreis, sahen sich an, blickten dann zu der schweren, geöffneten Holztür. Die Kapelle war ein wunderschöner Ort, fand Hanna. In der Nähe von Elses Wohnhaus, mit Blick auf die Berge und das Meer. Sogar den See, in dem Else so gern und oft geschwommen war, konnte man von hier aus sehen. Es war ein warmer Tag im Mai, sodass Hanna trotz der Höhe nicht einmal eine Jacke übergezogen hatte. In der Ferne muhte eine Kuhherde. Der Wind rauschte durch die Blätter über ihr.

»Wo bleibt denn nur der Cellist?«, fragte Marianne.

»Lasst uns reingehen«, sagte Claudia. »Er wird kommen.« Sie nahm Hanna an die eine, Marianne an die andere Hand.

Hanna senkte erst den Blick, dann sah sie den dunklen Sarg an und die Fotografie von Else, die daneben in einem Rahmen stand.

Vier Frauen, dachte sie, während ihre Augen von dem Foto zu ihrer Mutter und ihrer Großmutter wanderten. Vier Frauen waren sie. Gerade hatten sie sich gefunden. Und so schnell wieder verloren. Hanna fand das ungerecht. Sollte das eine Art Strafe sein? Für wen? Für Else? Oder für sie? Nur ein paar Tage mehr zusammen hätte sie sich gewünscht und alles, was sie besaß, dafür gegeben. Doch der Tod ließ sich nicht bestechen. Sie wusste, dass sie sich damit abfinden musste, dass es nichts änderte, wenn sie innerlich weiter dagegen ankämpfte.

Sie entdeckte den Cellisten auf einer Seitenbank. Er war längst da. »Ich kläre das mit der Musik«, sagte Hanna. Ihr Weg führte sie an Matteo und Giulia vorbei. Giulia drückte ein Kuscheltier an sich, eine Stoffkatze, die fast genauso aussah wie eines der zwei Jungen, die sie sonst so oft im Arm hielt. Matteo wich Hannas Blick aus. Einerseits war sie erleichtert, andererseits schmerzte es. Sie wünschte sich, ihn zu halten und von ihm gehalten zu werden, gleichzeitig wollte sie, dass er verschwand, sich am besten in Luft auflöste. Um nicht über seine Füße zu stolpern, brauchte sie ihre gesamte Konzentration. Sie unterdrückte ein Fluchen. Warum zog er die Beine nicht zurück, sondern streckte sie wie eine Stolperfalle aus?

»Mein herzliches Beileid«, sagte er, ohne sie anzusehen.

»Danke.«

Hanna schob sich an ihm vorbei, reichte dem Cellisten die Hand, ließ sich die Noten zeigen, holte den ausgedruckten Ablaufplan aus ihrer Hosentasche. Er wisse Bescheid, erklärte der Musiker, sie brauche sich keine Sorgen zu machen.

Hanna sah sich um. Wenn sie zu Claudia und Marianne zurückwollte, musste sie zwangsläufig wieder an Matteo vorbei. Die Kapelle war so klein, dass es keine Ausweichmöglichkeiten gab. Sie dachte an das Gespräch mit Else, wie schnell etwas vorüber sein konnte, wie schnell es keine letzte Chance mehr gab. Sie schluckte, rieb sich die Gänsehaut von den Armen. In dem Gemäuer war es deutlich kühler als draußen. Nun bereute sie, keine Jacke dabeizuhaben. Hanna ging ein paar Schritte auf Matteo zu, dann setzte sie sich neben ihn. Sie musste es tun. Jetzt. Noch vor fünf Minuten hätte sie das für absolut unmöglich gehalten. Und sie war sich nicht sicher, ob sie in weiteren fünf Minuten noch einmal den Mut dazu aufbringen würde.

»Lass uns noch einmal reden. Später. Wir sollten … wir können doch nicht …« Hanna schluckte.

»Wenn ich komme, um das Trocknungsgerät abzuholen, haben wir Zeit. Dann können wir uns zusammensetzen. In Ruhe.«

Sie nickte. »Danke. Bis dann.«

»Bis dann.«

Auch wenn sie gehofft hatte, dass er mehr gesagt hätte, dass er ihr geholfen hätte, das auszusprechen, was in ihr vorging, merkte sie, wie sich ihre Schultern entspannten und ihr Atem ruhiger floss. Er war nicht wütend auf sie. Er war nicht enttäuscht. Und er würde kommen und sie würden reden.

Hanna ging auf die andere Seite der Kapelle, wo Marianne und Claudia warteten. Sie nahm die Hand ihrer Mutter.

»Schade, dass Papa nicht kommen konnte«, sagte Hanna. Sie wünschte, er wäre da, doch wenn sie sich zurücklehnte, rechts Claudia und links Marianne neben sich, vor sich Elses Sarg, war es ein ungewohntes Gefühl von Vollständigkeit. Sie fragte sich, ob es an der Enge in der Kapelle lag, an der erzwungenen Nähe. Der Raum war so klein, dass sie zusammenrücken mussten. Dann wurde ihr klar, dass der äußere Raum gar keine Rolle spielte. Sie waren vier Frauen. Sie hätten verschiedener kaum sein können. Und doch gehörten sie zusammen. Durch Else waren sie vollständig geworden. Der Gedanke hatte etwas Tröstliches.

Der Pfarrer trat ein, das Cello spielte eine Melodie, die wie der Gesang einer tiefen, melancholischen Frauenstimme klang.

Hanna lehnte sich zurück. Neben der Traurigkeit wuchs etwas Neues, Größeres, das sie umschloss: Zum ersten Mal in ihrem Leben brauchte sie nichts zu tun. Niemand erwartete irgendetwas von ihr. So, wie sie war, war sie gut genug. Es reichte, einfach nur da zu sein. Hanna brach in Tränen aus, überwältigt von der Erleichterung und der Trauer.

32

Dienstag, 25. Dezember 1945

Else kaute auf dem Bleistift, dann schrieb sie weiter. Vier Seiten hatte sie bereits gefüllt mit immer denselben Worten. Doch sie konnte an nichts anderes denken.

Der erste Weihnachtstag nach dem Krieg. Der erste Weihnachtstag nach dem Krieg. Der erste Weihnachtstag nach dem Krieg …

Sie wartete, dass ihr ein Einfall kam, irgendein Schimmer eines Ausweges. Was sollte sie nur tun? *Der erste Weihnachtstag nach dem Krieg. Der erste Weihnachtstag …*

Das Klopfen an der Tür ließ sie zusammenfahren. Antonio – sie wusste, dass er es war, bevor er eingetreten war. Niemand außer ihm pochte so vorsichtig mit den Fingergelenken, immer genau fünf Mal, davon die ersten beiden Klopfer kaum hörbar und langsam, die drei folgenden schneller und etwas lauter, wie ein verabredetes Signal. Zuerst sah sie seinen schwarzen Lockenschopf zwischen Tür und Rahmen auftauchen.

Zügig klappte sie ihr Tagebuch zu, schob es unter ihr Kopfkissen, wischte sich die Tränen aus dem Gesicht.

»Hast du noch immer Schmerzen, gioia mia?«, fragte Antonio. »Soll ich einen Arzt oder eine Schwester holen?«

»Es geht schon. Sie haben mir Schmerzmittel gegeben, die bald wirken«, log sie und kam sich schäbig vor.

»Was ist mit den anderen Frauen? Warum bist du so allein?« Er zeigte auf die anderen fünf Betten im Raum.

»Sie sind gestern entlassen worden. Wegen Heiligabend, Weihnachten verbringen alle bei ihrer Familie, nur ich …« Else zog die Taschenuhr hervor, die Antonio ihr dagelassen hatte. Es war zehn Minuten vor zwölf. Noch zehn Minuten. Wenn das Mittagessen kam, wäre gleichzeitig die Verabredung mit Alma. Der erste Weihnachtstag nach Kriegsende. Zwölf Uhr mittags. Auf der Jungfernbrücke.

Ob Alma kommen würde? Nie würde Alma so etwas vergessen. Else sah die Brücke, umsäumt von den drei- oder vierstöckigen, prunkvollen Häusern, genau vor sich. Die Brückenpfeiler aus rotem Sandstein mit den Tunneln rechts und links an der Seite. In der Mitte die beiden hochklappbaren Brückenhälften mit den vier Holzpfeilern auf der Brücke, die die Zugketten trugen. Ob die Jungfernbrücke überhaupt noch stand nach all den Bombardierungen? Eine neue Brücke an derselben Stelle erbaut worden war?

Oft hatte sie als Kind etwas weiter flussaufwärts gesessen mit einem Buch in der Hand. Manchmal hatte sie Steine über das Wasser hüpfen lassen oder auf dem Boden kniend ihre Hausaufgaben gemacht, an manchen Tagen nur das Wasser angestarrt.

Wenn Else die Augen schloss, hörte sie in ihrer Erinnerung Almas Klavierspiel und deren Stimme.

»Sei nicht traurig, gioia mia! Die Schwester hat mir eben noch einmal gesagt, wie knapp es gewesen ist. Nur wenige Stunden später und der Blinddarm wäre durchgebrochen.

Jetzt sinkt dein Fieber schon wieder. Wenn ich dich verloren hätte – was wäre mein Leben ohne dich?« Er nahm ihre Hand.

Else strich ihm über das Gesicht, wischte die Nässe seiner Tränen weg und dachte an das Wasser der Spree. Die Jungfernbrücke. Noch sieben Minuten.

»Antonio …« Sie schloss kurz die Augen. *Sag es, sag es, sag es*, befahl sie sich und presste zugleich die Lippen fester aufeinander.

»Und sie haben dir wirklich genügend Schmerzmittel gegeben? Ich sehe doch, wie du dich quälst.«

Würde Alma am zweiten Weihnachtstag noch einmal zum vereinbarten Treffpunkt kommen? Was, wenn Antonio sich ein Auto lieh und so schnell es nur ging dorthin fuhr? Else konnte ihr Zittern nicht länger unterdrücken. Je deutlicher sie es sich vorstellte, umso realer wurde diese Möglichkeit für sie.

»Antonio …« Sie umklammerte seine Hand, spürte seine Wärme, wie verschwitzt seine Haut war. Noch immer trug er den Mantel.

»Wir werden Weihnachten nachholen, gioia mia. Die ganze Feier. Ich habe meinen Eltern abgesagt, damit auch sie auf dich warten, habe niemandem die Geschenke gegeben. Die Vorräte lagern draußen in der Kälte, gut gesichert vor den Tieren. Nichts verdirbt. Das Weihnachtsmahl wird erst zubereitet, wenn du wieder da bist. Seit es dich gibt an meiner Seite …«, Antonio stockte, er umfasste ihre Hand, drückte sie fest, »… bin ich ein anderer Mensch geworden. Ich habe mich versöhnt mit der Tatsache, dass ich nie nach Wien zurückkehren werde. Überallhin würde ich für dich gehen, weil dort, wo du bist, mein Zuhause ist. Immer kam ich mir wie ein Fremder vor mit meiner Leidenschaft für Alte Geschichte, die niemand wirklich teilen konnte. Ich war der Junge mit der dicken Brille, den dicken Büchern. Erst durch dich bin ich angekommen. Hier. Bei dir.«

Jede Bewegung schmerzte, die frische Operationswunde brannte und pochte, trotzdem stützte sich Else mit den Händen auf und drückte sich zu ihm hoch. Was er sagte – ja, so ging es ihr auch. »Das ist für uns beide das Schönste und das Furchtbarste zugleich.«

»Warum furchtbar? Warum diese Melancholie?«

Sie dachte daran, wie leicht es wäre, von Alma zu erzählen, von Marianne, wenn da nicht diese Angst wäre, ihn zu verlieren, die ihr den Atem nahm, ihr Herz rasen und stolpern ließ, die es unmöglich machte, einen einzigen klaren Gedanken zu fassen, der sie weiterbrachte. »Ich bin immer nur ein Gast gewesen, eine geduldete Besucherin, die sich zurücknehmen muss, um die anderen nicht zu stören, zu belasten und zu viel zu fordern. Bei meinen Eltern, in der Schule, im Krankenhaus.« Sie dachte an Alfred. So offen sie mit Alfred sein konnte – auch bei ihm musste sie aufpassen, nicht zu viel zu verlangen, sich im Verborgenen zu halten. »Du bist nicht nur mein Mann für mich, Antonio. Du bist wie meine beste Freundin. Mein Bruder. Mein Ein und Alles.« Sollte sie das riskieren? Für Marianne, der sie damit wahrscheinlich nicht einmal einen Gefallen tat? Marianne, die finanzielle Sicherheit hatte, eine Mutter, auf die sie stolz sein konnte? Marianne, die viel besser lebte, wenn sie nicht erfuhr, wie grausam das Leben und die Menschen sein konnten?

»Ich möchte niemals mehr kämpfen«, sagte Antonio.

»Auch ich bin des Kämpfens müde.« Else spürte die Müdigkeit wie eine schwere Decke, die sich über sie legte und sie in die Kissen drückte. Sie ließ die Spannung aus ihrem Körper entweichen. Was passiert war in der Klinik, dann in den Wittenauer Heilstätten – sie wollte nicht, dass Alma und

Marianne davon erfuhren. Würde sie je darüber reden können? All die Scham, der Schmerz, die Hilflosigkeit und Verzweiflung, die hochkamen, wenn sie nur daran dachte!

»Du klingst resigniert«, sagte Antonio. »Doch dafür gibt es keinen Grund. Wir haben uns. Wir haben das Haus. Wenn wir genug gespart haben, kaufe ich dir ein Klavier, damit du regelmäßig spielen kannst. Und dein Schreiben wird Erfolg haben, ich glaube an dich. All die Geschichten in deinem Kopf. Dein Ideenreichtum. Du wirst veröffentlicht werden. Du wirst berühmt werden.«

Else lachte und zuckte zusammen, weil dabei ihre Bauchdecke in Bewegung geriet. »Ach Liebster, das brauche ich alles gar nicht. Und meine Sprache: Ich merke selbst, wie ich das Deutsche mehr und mehr verliere, wie mein Schreiben immer schlechter wird. Und mein Italienisch ist längst nicht gut genug.«

»Darum geht es doch nicht. Deine Sprache ist wie Musik. Sie hat Klang. Die Bilder, die du damit zeichnest, sind wie Gemälde, in denen man aufgehen kann. Du bringst mich mit deinen Geschichten zum Lachen und zum Weinen. Du lässt mich die Zeit vergessen. Was braucht ein gutes Buch denn mehr?«

»Antonio! Bitte. Nicht. Du musst so etwas nicht sagen. Du sollst mir nicht schmeicheln.«

»Ich schmeichle dir nicht. Das ist die Wahrheit.«

Else sah noch einmal auf die Uhr. Der Minutenzeiger hatte den höchsten Punkt überschritten. Die Kirchturmglocken begannen erst jetzt zu läuten, eine Minute nach zwölf auf der Taschenuhr. Doch gleichgültig, welche Uhr stimmte, die Taschenuhr oder die Kirchturmuhr, es war zu spät. Wenn sie Antonio ansah, verblasste in ihrer Erinnerung das Bild, das sie von Alma hatte. Wenn sie ihn ganz genau anschaute, sich in seinen buschigen Augenbrauen verlor, sich jede seiner Locken einzeln einprägte, wusste sie nicht mehr, ob Alma eigentlich Ohrringe getragen hatte oder nicht. Und die Lippen, wie waren sie geformt?

Else legte auch ihre andere Hand um Antonios. So saßen sie verschlungen, Antonio, der Elses rechte Hand umklammerte, Else, die ihre linke Hand wie einen zusätzlichen Schutz noch außen um seine legte. Die Wärme im Innern der Hände wurde immer intensiver, als befände sich etwas in der Mitte, das sie mit aller Kraft schützten. Else stellte sich vor, es wäre das Herz Mariannes, die weiterhin in Sicherheit aufwachsen sollte, fernab von all dem Grauen, das Else mit sich herumtrug. Dann stellte sie sich vor, das Feuer in der Mitte zwischen ihnen wäre die Liebe zu Antonio. Sie drückte noch fester. Niemals, niemals würde sie riskieren, diesen Schatz zu verlieren. Sie wollte nie wieder als diejenige gesehen werden, die nicht richtig im Kopf war. Die sich nicht einfügen konnte und der man deshalb ihre Versponnenheit austreiben musste.

»Ich wünschte, es würde alles so bleiben, wie es jetzt ist«, sagte Else.

»Natürlich tut es das. Was denkst du?«

Else liebte ihn genau dafür, dass er so positiv und unerschütterlich war. Gerade das war sein innerer Schatz, den sie sich schwor zu behüten und zu schützen. Die Welt brauchte nicht nur die Realisten, diejenigen, die von den Gräueln erzählten. Es musste genauso diejenigen geben, die in ihrem Herzen weiter an das Gute glauben durften, die die Sonne sahen und sich an der Wärme erfreuten, anstatt an stundenlange Appelle in sommerlicher Gluthitze zu denken. Es war nicht gerecht und heroisch, ihnen die Wahrheit um die Ohren zu schlagen, sie zu schockieren, bis ihnen die Münder offen stehen blieben. Es war gemein und brutal, das zu tun. Sie mochte Antonio genau wegen dem, was sie manchmal als naiv empfand. Doch er sollte so bleiben, wie er war. Und sie dankte dem Schicksal für jede Minute, die es ihm seine Zuversicht ließ, denn das war es, was sie mit am Leben erhielt.

Nun war es zehn nach zwölf auf der Taschenuhr. Das Essen war noch immer nicht gekommen. Else gönnte den wenigen Schwestern, die an diesem Tag auf der Station Dienst hatten, die Ruhe und Gemütlichkeit, die sich auch im Krankenhaus ausbreitete. Mochten die meisten Schwestern und Ärzte mit ihren Familien zu Hause glücklich sein. Else machte es nichts aus zu warten.

33

Es war Elses Schrift, daran hatte Hanna keinen Zweifel. Oft genug hatte sie zugeschaut, wenn Else etwas notiert hatte. Doch diese Worte waren nicht beiläufig hingeschrieben. Die Buchstaben sahen aus wie gedruckt, durch die Initialen bei jedem Gedichtanfang und jedem neuen Kapitel und die filigran ausgearbeiteten Buntstiftzeichnungen wirkte das in Leder gebundene Skizzenbuch auf den ersten Blick wie eine mittelalterliche Handschrift. Nur der gute Erhaltungszustand wies darauf hin, dass das Buch noch nicht so alt sein konnte. Es gab weder Streichungen noch andere Verbesserungen. Hanna blätterte vergeblich von vorn nach hinten, um einen Hinweis auf das Entstehungsdatum zu finden. Sie sah zu Claudia, die seit über einer Stunde damit beschäftigt war, die Schallplattensammlung zu sichten, die in Elses Kleiderschrank lagerte. Hanna legte sich auf Elses Bett und begann zu lesen.

Obwohl Else deutsch geschrieben hatte und Hanna jedes Wort für sich verstand, ergab das Gedicht für sie wenig Sinn. Sie blätterte vorwärts, las langsamer, fragte sich dann, ob es irgendeine andere Lesart gab. Musste sie die ersten Wörter einer Zeile miteinander verbinden? Oder die letzten Wörter? Diese Idee gab sie bald auf, das brachte sie nicht weiter.

Ein paar Seiten später folgte eine Geschichte. Auch hier konnte Hanna keinen wirklichen Inhalt erkennen. Die Geschichte handelte von einer Frau, die Edel hieß. Hanna überlegte. Was tat die Frau? Was war ihr Ziel? Was geschah mit ihr?

Hanna wollte das Buch wieder zuschlagen, doch irgendetwas zwang sie weiterzulesen, obwohl sie nicht sagen konnte, was sie faszinierte.

»Hanna?« Claudias Rufen riss Hanna aus der Konzentration. »Machen wir zusammen Essen?«

Hanna reichte ihrer Mutter das in Leder gebundene Buch. »Guck dir das mal an.«

Claudia setzte sich neben Hanna, nahm das Buch und blätterte darin. Zuerst schüttelte Claudia den Kopf, runzelte die Stirn und überflog eine Seite nach der anderen, dann löste sich die Anspannung auf ihrem Gesicht. Sie schob sich die Bettdecke zu einer Rückenlehne zusammen und begann vorzulesen. Hanna rückte näher zu Claudia, lehnte sich an ihre Mutter, um mitlesen zu können.

Ihr lautes Magenknurren ließ Hanna innehalten. Sie blickte auf die Uhr. Eine ganze Stunde war inzwischen vergangen.

»Lass uns eine Pause machen. Gehen wir in die Küche«, schlug Hanna vor.

Claudia klappte das Skizzenbuch zu. Sie hielt es weiterhin fest umklammert.

»Was denkst du darüber?«, fragte Hanna.

»Die Geschichten und Gedichte haben etwas Märchenhaftes. Wie aus einer anderen Welt. Es ist wie bei einem Konzertbesuch: wunderschön, aber schwer zu erklären. Elses Worte haben Farben. Die Texte klingen wie das Zusammenspiel von Instrumenten.«

»Wir sollten eine Kopie davon an einen Verlag schicken. Oder besser an mehrere Verlage.«

»Was wissen wir schon von Literatur?« Claudia konnte ihre Skepsis nicht verbergen.

Hanna nahm das Buch an sich. Am Nachmittag oder spätestens am nächsten Vormittag würde sie die Seiten kopieren, im Internet Adressen heraussuchen und fünf Exemplare von Elses Aufzeichnungen verschicken.

»Wir sind keine Spezialisten«, sagte Hanna. »Aber ich weiß, dass es mir gefällt – irgendwie. Es hat etwas. Und was können wir schon verlieren? Ich finde, wir müssen es tun. Für Else. Es wenigstens versuchen.« Hanna sah an Claudias Blick, dass ihre Mutter alles andere als überzeugt war. Doch dadurch würde sie sich von ihrer Idee nicht abbringen lassen. »Gehen wir erst einmal in die Küche. Nach dem Essen sehen wir weiter.«

Noch immer waren für Hanna die gemeinsamen Mahlzeiten wie ein Wunder. Sie fragte sich, ob es Claudia war, die sich verändert hatte, oder Marianne, sie selbst oder nur ihr Blick auf die Dinge. Es waren Kleinigkeiten, die nicht mehr so liefen wie vorher. Wie Marianne Claudia für das Essen lobte. Wie Claudia nicht drängte. Es war, als hätten sie alle miteinander Frieden geschlossen.

»Was stellt ihr euch für den Nachmittag vor?«, fragte Marianne und sah Claudia dabei an.

»All die Räumerei – ehrlich gesagt habe ich für heute genug davon. Ich finde es schade, wenn wir nach Hause aufbrechen und nichts von der Gegend gesehen haben, nicht einmal um den See gegangen und nicht am Meer gewesen sind«, sagte Claudia.

Hanna erkannte die beiden kaum noch wieder.

»Gute Idee. Dann stellt sich nur die Frage, was wir zuerst tun.«

Hanna hielt inne. Das Motorengeräusch kam ihr bekannt vor. Sie stand auf, um die Einfahrt überblicken zu können. Den verschlammten schwarzen Geländewagen kannte sie und ahnte, wer hinter der getönten Scheibe saß.

»Ich kümmere mich drum«, rief sie und lief los.

Hanna eilte nach draußen. Sie ging Matteo entgegen, wollte ihn umarmen, trat jedoch ein paar Schritte zurück, als er ihr kurz zuwinkte, den Wagen umrundete und den vermatschten Kofferraum öffnete.

»Ich komme, um das Trocknungsgerät wieder abzuholen. Und wir wollten ja noch einmal reden. In der letzten Nacht hat es uns erwischt. Ein Ast ist aufs Dach gestürzt und der Regen hat das Obergeschoss unter Wasser gesetzt.« Er betrachtete seine Hände, an denen Erdklumpen klebten, und rieb sich die Handflächen an der Hose ab. »Mi scusi, alles ist verdreckt bei uns.«

»Schön, dich zu sehen.« Sie kam sich lächerlich vor, wie sie vor ihm stand mit all dem Gefühlschaos in ihrem Innern, das sie kaum mehr klar denken ließ.

»Hanna, ich will ehrlich sein.«

Sie versuchte, das Gesicht nicht zu verziehen, sich ihre Enttäuschung nicht anmerken zu lassen. Ehrlich. Wie klang denn das? Ankündigungen von *Ehrlichkeit* hatte sie schon zu oft erlebt. Es lief immer darauf hinaus, dass die Konsequenzen sehr unschön waren.

Sie nickte.

»Ich bin keine achtzehn mehr. Deine Vorstellungen und meine – ich bin zu alt für dieses Hin und Her und will dir keine falschen Hoffnungen machen. In meinem Leben gab es Vittoria und ich will das auch gar nicht verleugnen. Sie wird immer ein Teil von mir bleiben. Und Giulia ist zwar nicht mein leibliches Kind, aber sie ist meine Tochter und ich bin in erster Linie ihr Vater. Ich bin für sie verantwortlich, weil sie mich braucht und sich auf mich verlässt. Ich kann ihr nicht einfach sagen: ›Na, dann guck mal, wo du bleibst.‹ Nur deswegen ist sie jetzt wieder so fröhlich und unbeschwert, weil sie weiß, dass ich für sie da bin. Immer.«

»Okay.« Hanna kratzte sich am Hals. Matteos Worte trafen sie tief, aber sie versuchte, sich nichts anmerken zu lassen. »Das Trocknungsgerät habe ich übrigens schon in die Garage gestellt. Ich hole nur kurz den Schlüssel.« Sie war froh, dass sie einen Grund hatte, sich umzudrehen, damit sie nicht weiter um ihre Fassung ringen musste. Im Flur hielt sie inne, stützte sich auf der Kommode ab. Sie wartete, bis sich ihr Atem beruhigt hatte und das Herz nicht mehr in der Brust donnerte. Was er gesagt hatte, war die Realität. Sie wusste es. Seine Worte klangen wie Hammerschläge in ihr nach. Doch je ruhiger sie wurde, umso stärker zweifelte sie, ob es wirklich die größte Zurückweisung gewesen war, die sie je bekommen hatte. Er hatte von Vittoria und Giulia gesprochen, aber nicht verkündet, dass er mit ihr nichts mehr zu tun haben wollte. Hanna nahm den Schlüssel vom Brett und trat wieder aus dem Haus. Matteo blickte zu Boden. Es war unverkennbar, dass auch er nicht glücklich war.

»Hier ist der Schlüssel«, sagte Hanna. »Gehen wir zur Garage. Und um noch mal auf Vittoria und Giulia zurückzukommen: Ja, ich habe verstanden, wie viel dir die beiden bedeuten. Aber für uns, für mich und dich …« Hanna drückte seine Hand, führte ihn hinter der Garage vorbei, durch den Garten und weiter über das Grundstück, bis niemand sie vom Haus aus mehr sehen oder hören konnte.

»Dinge verändern sich.« Hanna setzte sich auf den Stamm einer entwurzelten Tanne und wartete, bis er neben ihr Platz nahm und sie ansah. »Das gilt für uns beide. Wir stellen uns etwas vor und es läuft nicht so. Was können wir schon voraussehen? Du bedeutest mir viel. Sehr viel. Daher möchte ich zumindest versuchen, Verantwortung zu übernehmen. Und ich würde nie einfach so aus eurem Leben verschwinden. Das könnte ich gar nicht.«

»Du bedeutest mir auch viel, viel mehr, als ich für möglich gehalten hätte. Ach, was rede ich. Ich habe mich in dich
verliebt. Und so schwer es mir fällt, ich will dir Zeit geben.
Die Liebe muss immer ein Stück weit verrückt sein, unwägbar,
oder?«

Hanna nickte. »Wichtig ist doch, dass wir unsere Angst einfach mal vergessen und sehen, was da ist. Um uns herum sind
die Bäume, der Himmel. Und ich bin da. Und du bist da. Wir
mögen uns. Mehr als das. Ist das nicht genug?« Sie streifte seine
Sweatjacke am Ärmel hoch und streichelte ihn. »Es gibt keine
Garantien. Für keinen von uns. Aber brauchen wir die denn?«
Hanna hielt den Atem an. Sein Kuss an ihrem Hals kribbelte bis
zu den Fußspitzen.

»Veränderung«, flüsterte Hanna. »Manchmal ist sie einfach
da. Und die Angst ist weg. Merkst du das auch?« Sie konnte
nicht weitersprechen, weil er sie küsste. Hanna wusste nicht,
wohin sie das alles führen würde, doch das spielte mit einem
Mal auch keine Rolle mehr.

34

Halbherzig warf Hanna ihre T-Shirts in den Koffer. Fast zwei Monate hatte sie nun in dem alten Hofgebäude in Italien verbracht – die erste Zeit mit Else, dann für ein paar Tage zusätzlich mit Mutter und Oma und schließlich noch ein paar Wochen allein, nachdem Claudia und Marianne nach Elses Beerdigung wieder nach Deutschland zurückgekehrt waren. Nun waren Marianne und Claudia wiedergekommen, um Hanna beim Packen zu helfen. Sie konnte es kaum glauben, wie viel Zeit seit ihrer Ankunft vergangen war. Sie öffnete die Dachluke genau wie bei ihrer Ankunft, blickte hinaus, über die bewaldeten Bergkuppen zum Meer. Von diesem Blickwinkel aus wirkte das Mittelmeer immer wie eine ruhige Fläche, gleichgültig ob es stürmte oder die Sonne schien. Nur die Farbe veränderte sich täglich. Inzwischen konnte Hanna all die Blau-, Grün-, Braun- und Grautöne unterscheiden, wusste, wie die Farbe des Wassers das Wetter spiegelte. Bevor es zu regnen begann, wurde das Meer grauer und dunkler. Wenn der Tag heiß war, leuchtete es hellblau, manchmal türkis. Nun musste sie nur noch ihre Haarspangen zusammensuchen, die sie im gesamten Haus verteilt hatte.

»Hanna, bist du fertig?«, rief Claudia. »Wir haben schon alles in den Kofferraum geladen. Und deinen Wagen habe ich vorgefahren.«

»Gleich.« Hanna schloss das Fenster. Sie ging in Elses Zimmer und öffnete dort die Luke. So weit wie möglich beugte sie sich hinaus. Die Luft roch hier mehr nach Wald und Erde als von ihrer Seite aus. Sie blickte über den See. Nun, da sie das Haus der Bruzzones gut kannte, wusste sie auch, wo sich Matteos Zimmer befand. Sie nahm den Schminkspiegel von Elses Kommode, hielt ihn in die Sonne, sodass das Licht auf Matteos Fensterscheibe fiel, ein Aufleuchten als letzter Gruß. Das war ihre Art der Verständigung gewesen. Ein Leuchten war ein Zeichen, dass man an den anderen dachte. Ein dreimaliges Blitzen von Hanna oder Matteo hieß: Ich möchte dich treffen. Ein dreimaliges Aufblitzen zurück meinte: Du kannst jetzt kommen, wir haben Zeit für uns. Ein Einzelleuchten als Antwort bedeutete: Heute klappt es nicht. Ein zweimaliges Leuchten sagte: Ich melde mich später noch einmal. Der SMS-Empfang in den Bergen schwankte in seiner Verlässlichkeit mit dem Wetter, so fiel diese Möglichkeit aus, schnell und unauffällig Nachrichten zu übermitteln. Und anrufen wollte Hanna nicht, weil Giulias Ohren und Augen überall waren und Matteo und sie Treffen vereinbaren wollten, ohne dass Giulia etwas davon mitbekam, damit sie nicht begann, sich Hoffnungen zu machen, die dann enttäuscht wurden.

Sie wünschte sich so sehr, dass sich sein Fenster öffnete, doch es blieb geschlossen, auch als sie nach ein paar Minuten noch einmal einen Gruß sendete. Hanna trat zurück, legte den Spiegel beiseite und steckte die Haarspange ein, die sie auf Elses Nachttisch vergessen hatte.

»Hanna, beeil dich, sonst ist der Makler in Sanremo in der Mittagspause und wir können ihm den Schlüssel nicht mehr übergeben!«

227

»Wo ist das Problem? Wir können ihm den Schlüsselbund auch einfach in den Briefkasten werfen.« Hanna verlangsamte ihre Bewegungen weiter. Das Geräusch des Postautos ließ sie innehalten. Nach ein paar Sekunden klackte es metallisch. Es war Post gekommen. Else bekam selten Briefe und sie selbst erledigte ihre gesamte Korrespondenz über Nachrichten, die sie mit ihrem Handy verschickte. Hanna lief ins Erdgeschoss. Der Umschlag war durch den Schlitz bis in den Flur gerutscht. Sie hob ihn auf, erkannte am Absender einen der Verlage, die sie angeschrieben hatte. Vier Absagen hatte sie bereits erhalten, so schnell, dass Hanna sicher war, dass Elses Aufzeichnungen gar nicht gelesen worden waren. Mit ihrem Zeigefinger öffnete Hanna den Briefumschlag und zog den Zettel heraus. Eilig überflog sie den Text. Beim letzten Abschnitt blieb sie hängen: *So würden wir uns freuen, den Titel in unser nächstes Frühjahrsprogramm aufzunehmen.* Hanna las den Satz wieder und wieder. Wenn Else das erlebt hätte! Hanna stellte sich Elses Gesichtsausdruck vor, die Freude gemischt mit Skepsis, Erleichterung und Anspannung, Bestätigung und bestimmt noch immer Einwänden, ob das Geschriebene wirklich gut war.

Hanna war es, als könnte sie Elses Gegenwart spüren. Sie schloss die Augen und es war ihr, als würde Else lachen und sagen: »Und du selbst zweifelst daran, dass du es schaffen kannst, dir hier dein eigenes Leben aufzubauen und den Gästebetrieb neu zu eröffnen? Der Brief beweist doch, dass es nicht darauf ankommt, was man für Abschlüsse gemacht hat. Wonach sehnst du dich? Was ist deine Leidenschaft? Was begeistert dich?«

Hanna öffnete die Augen. Sie merkte, dass ihr der Brief aus der Hand gerutscht war. Vorsichtig hob sie ihn auf und strich ihn glatt. Noch einmal las sie ihn durch, dann ging sie zu Claudia, die an ihrem Wagen den Ölstand überprüfte. Marianne saß bereits auf dem Beifahrersitz mit heruntergelassener Scheibe und trommelte mit den Fingern außen auf das Blech.

»Lies«, sagte Hanna und reichte ihrer Mutter den Brief.

Während Claudia las, entspannte sich ihr Gesichtsausdruck. Die Falten zwischen den Augenbrauen glätteten sich. Sie lächelte.

»Was für eine Überraschung!« Claudia gab Marianne den Brief.

Die schaute ihn sich kurz an und nickte. »Schön.«

»Das ist alles, was ihr dazu meint?«

»Was soll ich denn sonst sagen?«, fragte Marianne.

Hanna nahm die Verlagszusage wieder an sich. »Es ist gigantisch. Es beweist, dass es doch möglich ist, das zu erreichen, was man sich wünscht, wenn man es nur probiert.«

Claudia lachte. Sie zog den Ölstab heraus, hielt ihn gegen das Licht und wischte ihn mit einem Taschentuch ab. Dann schloss sie die Motorhaube. »Wie auch immer: Wir können los. Hast du fertig gepackt? Wir sind abfahrbereit.«

Hanna schluckte. Sie sah von ihrer Mutter zu ihrer Großmutter und anschließend auf ihre Schuhe. Mit der Fußspitze scharrte sie am Boden.

»Na los!«, sagte Marianne.

»Ich bleibe.« Hanna schnappte nach Luft. Die Erleichterung fühlte sich an wie ein erfrischendes Prickeln, wie eine kühle Dusche nach einem heißen Sommertag. Die Unsicherheit und die Zweifel, das Abwägen und die Anspannung waren von einer Sekunde zur anderen weg.

Claudia schüttelte den Kopf. »Hanna. Wir hatten uns doch geeinigt …«

»Ich bleibe.« Es gab keinen Kompromiss. Und sie hatte sich entschieden.

Marianne stieg aus, umarmte Hanna. »Das kannst du nicht machen, Hanni. Ist es wegen dieses Jungen, der hinter dem See wohnt?«

»Matteo heißt er.«

»Ich merke ja, wie viel er dir bedeutet«, sagte Claudia. »Und ich mag ihn, was kein Wunder ist. Er ist nett, freundlich, zuvorkommend. Und ja, er sieht auch gut aus. Dass er dir den Kopf verdreht hat, kann ich nachvollziehen. Aber trotzdem: Wirf für ihn nicht dein eigenes Leben und deine Ziele weg.«

Marianne nickte. »Geh keine Abhängigkeiten ein. Du sprichst die Sprache hier nicht. Kennst die Leute nicht. Den jungen Mann auch nicht.«

»Die Sprache kann man lernen.« Hanna war wütend, dass ihre Mutter und ihre Großmutter sie dazu brachten, sich zu rechtfertigen, dass sie sich vorkam wie ein trotziges Kind. Denn es war nicht so, wie die beiden dachten.

»Er mag dir Hoffnungen machen. Du denkst vielleicht, dass das Liebe ist«, sagte Claudia. »Aber du hast keinerlei Garantien. Jetzt einmal unabhängig von seiner Tochter.«

Hanna stöhnte auf.

»Ich meine es ja nur gut.« Claudia legte ihre Hand auf Hannas Unterarm. »Er hat sein eigenes Leben. Was, wenn du mit all deinen Hoffnungen gegen die Wand läufst? Wenn er dann mit dir Schluss macht? Wenn er gar nicht will, dass du dableibst? Habt ihr überhaupt einmal darüber gesprochen? Ihr habt euch doch bisher immer allein getroffen, ohne das Mädchen, oder? So hast du es jedenfalls erzählt. Das ist nicht der Alltag.«

Hanna drehte sich weg in Richtung Meer. Obwohl sie das Wasser nicht erkennen konnte, spürte sie den Wind, die salzige Luft auf ihrem Gesicht. Sie zwang sich, ihrer Mutter direkt in die Augen zu blicken. »Ich bin kein Kind mehr. Ich weiß, was ich tue. Ich bleibe. Unabhängig von Matteo, auch wenn es mit uns irgendwann auseinandergeht. Ich bleibe trotzdem, verkaufe meinen Wagen, lasse das Dach reparieren und richte alles wieder her.« Sie ignorierte die Skepsis in Claudias Gesicht und

Mariannes Tränen. »Und wenn ich scheitere, ist es auch nicht schlimm. Dann habe ich es wenigstens probiert.«

Marianne nickte vorsichtig. »Irgendwie verstehe ich dich sogar. Ich weiß noch, wie schockiert Alma gewesen ist: eine Kindergärtnerin als Tochter. Alle in ihrer Familie haben studiert, waren Akademiker oder Künstler. Und ich?«

»Dir hat bei mir nicht einmal ein Medizinstudium gereicht. Selbst die Kinderarztpraxis war nicht gut genug für dich«, sagte Claudia. »So unterschiedlich sind die Relationen.«

Marianne hob ihre Hand, als wolle sie Claudia berühren, ließ den Arm dann aber wieder sinken. »Du hast recht. Ich dachte, dass das für dich längst kein Thema mehr ist. Aber ich weiß ja selbst, dass es tief sitzt, wenn solche Worte gefallen sind. Manchmal erkennt man Dinge zu spät. Aber ich will, dass du eins weißt, Claudia: Ich bin stolz auf dich. Wie du deinen Weg gehst. Wie du das Studium geschafft hast, wie du immer in der Praxis warst und gleichzeitig für Hanna gesorgt hast. Ich würde heute vieles anders machen. Dir sagen, dass du perfekt bist, so, wie du bist. Früher konnte ich es nicht. Das hilft jetzt natürlich wenig. Aber es tut mir leid, wenn ich dich damit unter Druck gesetzt habe.«

Claudia rieb sich die Augen und putzte sich die Nase. »In Ordnung. Okay, Hanna. Wenn du bleiben willst, tu es.«

Hanna hielt die Luft an. Das hörte sich ganz anders an als das übliche »Dann mach doch, was du willst«, das sie sonst von ihrer Mutter kannte. Es war kein Drängen, kein Trotz, kein Vorwurf im Klang ihrer Stimme, eher eine Mischung aus Traurigkeit, Abschied und Liebe. Hanna umarmte erst ihre Mutter, dann ihre Großmutter.

»Ich bin ja nicht aus der Welt«, sagte Hanna. »Wir können telefonieren. Uns schreiben. Und macht euch um mich keine Sorgen.« Sie sah den beiden zu, wie sie einstiegen, wie Claudia den Motor startete, der Wagen anrollte und sich schließlich entfernte. Bald war er nur noch ein kleiner, roter Punkt, der hin und wieder zwischen den Serpentinen auftauchte, die bergab führten. Dann war nichts mehr außer den Stimmen der Vögel und dem Rauschen des Windes um sie herum. Irgendwo blökte ein Schaf. Hanna überlegte, was sie zuerst tun sollte. Den Koffer auspacken, dem Makler absagen oder Mittagessen kochen? Oder zu Matteo gehen und ihn damit überraschen, dass sie noch da war?

35

Mittwoch, 7. März 1956

Immer wieder hatte sich Else vorgenommen, die Briefe von Edeltraut ungelesen wegzuwerfen. Jeder einzelne davon stellte eine Gefahr dar. Was, wenn Antonio das Geschriebene las? Else hatte aufgehört zu zählen, wie oft sie Edeltraut gebeten hatte, nicht zu schreiben und um Himmels willen niemals vorbeizukommen. Viermal hatte Edeltraut vor der Haustür gestanden, Post von ihr kam alle zwei Wochen. Nachdem sie sich vor fünf Jahren von ihrem ägyptischen Mann getrennt hatte, gab es für Edeltraut nur ein Thema: Gerechtigkeit. Sie hatte mit Journalisten gesprochen, sich fotografieren lassen. Noch immer vereinbarte sie einen Arzttermin nach dem anderen, um die Gesundheitsschäden zu dokumentieren, die sie durch das Einsperren, das Fixieren, die Sterilisation, die Elektroschockbehandlung, die Schläge und das Hungernlassen erlitten hatte. Mehr noch als eine Entschädigung wollte Edeltraut Genugtuung. Edeltraut wollte erreichen, dass das damalige Urteil des Erbgesundheitsgerichts aufgehoben wurde. War das zu viel verlangt?

Wochenlang hatte Else mit sich gerungen. Edeltraut hatte sie gebeten, zu ihrer Unterstützung am Berufungsverfahren teilzunehmen – nicht als Zeugin, nicht um auszusagen, nur im Publikum, nur, um in den Gerichtspausen zu reden, sich gegenseitig Halt zu geben. Um zu wissen, dass es dort jemanden gab, der mitempfinden konnte, worum es ging. Else hatte nicht kommen wollen.

Nun saß sie trotzdem auf der harten Holzbank im Gerichtssaal, eingeklemmt zwischen Journalisten und Zuschauern. Sie hatte nicht mit Edeltraut sprechen können, zu sehr war diese von ihren Anwälten umlagert gewesen.

Elses Finger waren feucht und kalt. Sie wischte die Handinnenflächen an ihrem Rock ab, doch sie blieben verschwitzt und klebrig. Es war zu spät, um eine Toilette zu suchen, wo sie sich die Hände waschen konnte. Else zwang sich aufzusehen, obwohl alles in ihr danach drängte, den Blick gesenkt zu halten, am besten den Raum sofort wieder zu verlassen. Edeltraut gestikulierte mit großen Handbewegungen. Sie hatte zwischen ihren beiden Anwälten Platz genommen, redete abwechselnd mit ihnen, manchmal auch gleichzeitig. Ihr rechtes Augenlid zuckte. Die Füße und Hände zitterten so stark, dass Else es sehen konnte, obwohl sich bestimmt acht Meter zwischen ihnen befanden. Else dachte an Antonio, der zu einem Cousin nach Rom gefahren war, um die Ausweitung des Verkaufs ihres Schafschinkens voranzutreiben. Der Cousin hatte Kontakte zu Restaurants und Hotels. Was, wenn Antonio eher als geplant zurückkam und sie nicht da war?

Elses Blick begegnete dem von Edeltraut. Es lag so viel Schmerz in Edeltrauts Augen, dass Else sich wünschte, ihre ehemalige Mitpatientin am Arm zu packen und aus dem Gerichtssaal zu ziehen. Gleichzeitig las Else Dankbarkeit in Edeltrauts Gesicht und Erleichterung. Else nickte. Edeltraut nickte zurück. Dann betraten der Richter und seine drei

Begleiter in Roben den Saal des Landgerichts, die Zuschauer erhoben sich. Obwohl es draußen kalt war und stürmte, war die Luft in dem holzgetäfelten Raum schwül und stickig. Else gab sich Mühe, ruhig zu atmen, sich ihre Nervosität nicht anmerken zu lassen, auch wenn niemand von ihr Notiz zu nehmen schien.

»Der Tatbestand: Aufgrund eines Urteils des Erbgesundheitsgerichts vom 20. März 1942 ist die 1921 geborene Klägerin aufgrund ihres zirkulären Irreseins unfruchtbar gemacht worden. Die Operation erfolgte am 31. März 1942. Nach dem Protokoll des Erbgesundheitsgerichts ...«

Die folgenden Worte verstand Else nicht mehr. In ihren Ohren dröhnte es so laut, als würde die Vergangenheit wie ein Zug direkt neben ihr vorbeirattern. Sie hielt mühsam die Augen offen, denn wenn sie sie schloss, sah sie den Zug. Es war ein Güterzug. Sie konnte ihn fühlen, den Wind, den Sog, den er mit sich brachte, der sie umzuwerfen drohte. Sie umklammerte das Holz der Bank unter ihr, um nicht das Gleichgewicht zu verlieren. Ihre Hände und Füße begannen zu prickeln. All ihre Energie konzentrierte sich auf die Körpermitte, während die Extremitäten immer tauber wurden. Sie kannte dieses Gefühl nur zu gut, obwohl sie es jahrelang nicht mehr gespürt hatte. Es war das gleiche wie nach Alfreds Verhaftung. Und es war auch da gewesen, als sie ihr Neugeborenes an Alma übergeben hatte. Zuerst fühlte es sich an, als würden ihre Hände und Füße taub, dann wanderte das Kribbeln bis in ihren Kopf, trübte den Blick, ließ die Umgebungsgeräusche hinter einem inneren Rauschen verschwinden. Else wartete, bis diese Mischung aus Trauer und Panik etwas abklang, indem sie eine Hand auf ihren Bauch legte und dort ihren Atem spürte. Doch eins hatte sie in den letzten Jahren gelernt: Auch wenn man glaubte, ein Gefühl nicht zu ertragen, durchzudrehen, sich nicht mehr kontrollieren zu können – es waren nur wenige Minuten, im Höchstfall einige Stunden, in denen der Körper und die Seele einen solchen

Aufruhr erlebten. Dann trat Erschöpfung ein. Else war froh, die letzte Nacht im Zug verbracht zu haben. Die Müdigkeit kam ihr nun zugute. Ihre Schultern entspannten sich langsam von selbst, es gelang ihr, den verkrampften Kiefer zu lockern, die Zähne nicht weiter aufeinanderzupressen.

»… wurde zum einen die Gewährung einer Geschädigtenrente beantragt mit der Aussage der Klägerin, es seien politische Gründe gewesen, die zur Unfruchtbarmachung führten. Aufgrund des Rentengutachtens des Gesundheitsamtes und der Gutachten …«

Elses Wangen brannten und prickelten. Sie wünschte, sich in Luft aufzulösen oder zumindest ihr Gesicht hinter irgendetwas zu verstecken. Die Worte waren für sie kaum zu ertragen. Wusste denn niemand der Anwesenden, worum es ging? Mit welchen Schmerzen und Leiden das mit ihnen Geschehene verbunden war?

Edeltrauts Gesicht war starr, nur ihre Blässe zeigte, dass auch sie nicht gleichgültig blieb. Doch Edeltraut kannte das Prozedere wohl schon von der vorhergehenden Verhandlung am Amtsgericht.

»Drei unabhängig voneinander beauftragte Gutachter kamen zu dem Ergebnis – das sich mit dem Urteil des Bundesgerichtshofs vom 4. Mai 1955 deckt –, dass eine Sterilisation allein zu einem Verlust der Zeugungsfähigkeit führt und keinerlei andere Schäden körperlicher oder geistiger Art verursachen kann.«

Else stellte sich vor, sie wäre weit weg, in einer Felsenhöhle verborgen, hoch über der Erde mit Blick auf das offene Meer. Wie ein Adler in seinem Horst. Sie bräuchte dort gar nicht viel, um glücklich zu sein: eine Matratze, eine Decke, ein Kissen, einen Mantel, etwas zu essen und zu trinken. Andere Menschen? Darauf konnte sie verzichten, wenn sie ehrlich war. Und Gerechtigkeit, beanspruchte sie die? Else schüttelte unmerklich den Kopf. Nein. Sie verlangte weder Gerechtigkeit oder Mitgefühl noch Verständnis oder Entschädigung für irgendetwas. Sie wollte einfach ihre Ruhe haben. Doch selbst das war kaum zu erreichen.

Edeltraut weinte. Beide Anwälte reichten ihr Taschentücher. Doch anstelle von Mitleid fühlte Else nichts als Leere. In Gedanken war sie weit weg in ihrer Höhle. Das, was im Gerichtssaal geschah, spielte sich ab wie auf einer Kinoleinwand. Es war verrückt, abstrus, ein groteskes Puppenspiel.

Else stand auf und drängte sich an den anderen Sitzenden vorbei zum Ausgang. Den Abschluss des Prozesses brauchte sie nicht abzuwarten. Trotz der Einwürfe der Anwälte und dem Aufstöhnen im Publikum bei der Auflistung all der Grausamkeiten war vorauszusehen, wie das Urteil lauten würde.

Zuerst suchte und fand Else eine Toilette, wo sie sich die Anspannung von den Händen waschen konnte. Dann ging sie vor die Tür nach draußen und setzte sich auf die Treppe. Es war ihr gleichgültig, dass die Stufen kalt und nass waren, dass es regnete und ihr Wollmantel keinen wirklichen Schutz bot. Im Gegenteil: Sie spürte Erleichterung, weil es etwas gab, das all diesen Irrsinn überdauerte. Der Wind wehte, wie er immer geweht hatte. Sie stellte sich vor, einer der Regentropfen auf ihrem Gesicht wäre Wasser, aus ihrem See neben ihrem Zuhause verdampft und über die Alpen hierhergelangt.

Sie blieb sitzen, als die Menschen aus dem Saal an ihr vorbei auf die Straße strömten, als die Gehwege sich leerten, bis Edeltraut heraustrat. Sie kam ohne ihre Anwälte, die längst verschwunden waren. Edeltraut ging gebeugt. Es war, als hätten die wenigen Stunden im Gerichtsgebäude ihren Körper um Jahrzehnte altern lassen.

»Ich konnte das nicht ertragen«, sagte Else. »Es tut mir leid. Ich wollte dir beistehen. Dir zeigen, dass du nicht allein bist.«

»Ich bin allein.«

237

»Ich weiß. Wir alle sind allein. Es spielt keine Rolle, was wir sagen, weil es ein Gegenüberstellen von Gutachten ist. Fachleute diskutieren über uns. Nicht mit uns.« Else hatte sich vorgenommen, das niemals zu fragen, nun tat sie es doch: »Warum tust du dir das an? Warum versuchst du nicht zu vergessen?«

Edeltraut setzte sich neben Else. Else umarmte Edeltraut, bis deren Zittern nachließ.

»Weil ich nicht anders kann«, sagte Edeltraut. »Ich werde nicht aufhören, bis ich tot bin.«

»Sag so was nicht.«

»So ist es. Alle verkünden, dass das Leben weitergehen muss. Das tut es nicht. Das Leben geht nicht weiter. Es wird nicht alles gut. Es ist wie eine Suppe, in der ich gekocht werde, jede Sekunde aufs Neue, gestern, heute, morgen. Ja, es wird Tag und Nacht. Sommer, Herbst, Winter, Frühling. Aber das ist nur der Schein. Ich bin stehen geblieben. Hänge noch zwischen den Fixiergurten am Metallgestell des Krankenhausbettes. Kannst du das nicht verstehen? Wenigstens du? Weißt du nicht, was ich meine?«

Else dachte an die Ruhe unter der Oberfläche des Sees. Sie überlegte, Edeltraut davon zu erzählen, dass es dort etwas gab, unabhängig von allen Stürmen auf der Erde. Sie schwieg, weil sie sich für ihre inneren und äußeren Fluchten schämte, weil sie, Else, nicht die Kraft hatte zu kämpfen. Sie schwamm und tauchte im Zweifelsfall ab. Aber war das nicht genauso erlaubt? Warum musste man immer heroisch sein? Warum sich aufreiben und weitermachen, selbst wenn man daran zerbrach?

»Doch, ich weiß, was du meinst. Nur bin ich keine Heldin. Ich will nicht sterben, mich nicht aufopfern. Ich will einfach leben. Im See schwimmen. Morgens aufstehen und das Gesicht in die Sonne halten.« Else stellte sich vor, aufzustehen und genau diese Worte laut herauszubrüllen.

»Du bist feige. Wenn alle so wären! Was dann? Die Welt –
ein Haufen Feiglinge?«

»Dann würde jeder den anderen in Ruhe und Frieden lassen, es gäbe weder Kriege noch lange Streitereien. Wären alle so,
wäre die Welt besser.«

»Du bist feige«, wiederholte Edeltraut. »So wird es nie
Gerechtigkeit geben. Wir leben im Alter in Armut, weil wir keine
Entschädigung erhalten. Willst du dich damit zufriedengeben?«

»Ich will das Geld von denen nicht.« Else stand auf und
schüttelte sich. »Ich will gar nichts von denen. Ich brauche sie
auch nicht, um glücklich zu sein. Sie können mich mal! Sollen
sie mich einsperren, sterilisieren, sollen sie machen, was sie
wollen. Aber mich kriegen sie damit nicht. Niemals. Komm.
Gehen wir was essen.«

War Berlin schon immer so laut gewesen oder hatte Else es
vorher nur nicht bemerkt? War es nur der Kontrast zu ihrem
ruhigen Leben mit Antonio? Else zuckte bei jedem Wagen
zusammen, der vorbeifuhr. Der Kamingeruch in der Luft nahm
ihr den Atem. Nebel senkte sich über die Straßen und ließ den
Himmel unsichtbar werden.

»Möchtest du eine Pause?«, fragte Else. Edeltraut weinte
still und ging immer langsamer.

Else wartete darauf, dass Edeltraut antwortete, aber
Edeltraut schwieg mit gesenktem Blick.

»Du bist enttäuscht von mir«, sagte Else.

Es war ein Ruck, mit dem Edeltraut sich in Bewegung
setzte. Else hatte die nahende Straßenbahn gar nicht wahrgenommen, so sehr war sie in Gedanken gewesen. Dann hörte sie
einen Knall, ein Knirschen, Schreien von Passanten. Else musste
mehrere Sekunden auf den blutenden, zerfetzten Körper starren, bevor sie es begriff. Sie verharrte stumm und bewegungslos.
Das, was sie sah, ließ keinen Zweifel zu. Edeltraut war tot.

36

Hanna betrachtete die Wellenbewegungen auf der Wasseroberfläche. Sie dachte daran, wie oft Else wohl in diesem See geschwommen sein mochte, wie Else immer wieder vom Wasser erzählt hatte. Die Bäume spiegelten sich auf der Oberfläche, wurden undeutlicher, je stärker der Wind zunahm, der vom Meer herüberwehte. Schließlich war von den Spiegelungen nichts mehr zu erkennen und der See eine einzige, aufgepeitschte braune Masse. Hanna wich ein Stück zurück und setzte sich auf einen Baumstamm, ein paar Meter vom See entfernt. Von hier aus sah sie das Haus der Bruzzones. Anfangs hatte sie sofort zu Matteo gehen und ihm von ihrer Entscheidung erzählen, ihm vorschlagen wollen, etwas gemeinsam zu unternehmen oder sich mal zu treffen. Je länger sie darüber nachdachte, umso mehr kam sie ins Zweifeln, umso klarer wurde ihr, dass das, was sie Claudia und Marianne gegenüber behauptet hatte, nicht stimmte: Ohne Matteo wäre sie nicht geblieben.

Doch nun einfach zu ihm gehen? Würde ihn das nicht unter Druck setzen? Oder falsche Erwartungen wecken?

Hanna hob einen Stock vom Boden auf. Er war so trocken, dass die Rinde abschuppte. Sie zerbrach das Holz in kleine

Stücke und warf die Brocken ins Wasser. Ein Knacken ließ sie innehalten.

Bevor sie ihn sehen konnte, hörte sie seine Stimme. »Du bist noch da, bellezza?«

»Wo ist Giulia?«

»Mit den Großeltern unterwegs ein Planschbecken für die Terrasse kaufen.«

»Und was machst du hier?«

Er lachte. »Ich habe zuerst gefragt.«

Hanna hob noch einen Stock auf. Er war so trocken wie der vorherige. Der Boden war inzwischen so ausgedörrt, dass die Bäume anfingen, Blätter abzuwerfen. Hanna blickte in den Himmel. Der Wind und die Wolken, die Abkühlung und vielleicht auch etwas Regen versprochen hatten, waren genauso schnell wieder verschwunden, wie sie aufgetaucht waren.

»Ich bin geblieben«, sagte Hanna.

»Das sehe ich.« Er setzte sich neben sie.

Vorsichtig legte Hanna eine Hand auf seinen Oberschenkel.

»Ich habe absolut keine Ahnung vom Leben«, begann Hanna. »Wie man ein Gasthaus führt. Wie man professionell kocht. Aber ich will es probieren, ein Zimmer nach dem anderen herrichten, eine Webseite erstellen, ein Hinweisschild unten an der Hauptstraße anbringen.« Sie bemerkte, wie er die Augen zusammenkniff und das Gesicht verzog. »Was ist so schwer daran zu verstehen, dass ich einmal etwas ganz für mich tun möchte? Das ist meine Chance. Es gibt auch eine Menge Wochenendseminare und Weiterbildungen, die ich besuchen kann. Wer sagt, dass das Leben immer nur geradlinig verlaufen muss, erst die Schule, dann die Ausbildung, der Beruf, Heirat, Kinder, Scheidung und Frust?«

»Du brauchst dich vor mir nicht zu rechtfertigen«, sagte er. »Ich weiß, wie es ist, Entscheidungen zu treffen, die aus der Norm fallen. Du hättest meine Freunde erleben sollen nach

Vittorias Tod. Dass ich eine Frau mit Kind heirate, das war noch in Ordnung. Aber alleinerziehender Vater eines Mädchens, das nicht einmal mein eigenes ist?«

»Dass ich bleibe, das heißt auch nicht …« Hanna stockte. »Ich will dich damit nicht unter Druck setzen. Du sollst dich nicht verpflichtet oder verantwortlich fühlen, dass du …«

»Hey!« Er nahm sie in den Arm. »Das Gerede von Last, von Verantwortung, das ist doch Quatsch. Wenn ich etwas für diejenigen tue, die mir viel bedeuten, ist es nie eine Bürde. Das kann es gar nicht sein.«

Hanna bewunderte seine Einstellung, die im ersten Moment so selbstlos wirkte. Dann wusste sie, was er meinte. Wenn man tat, was einen begeisterte, war es nicht wirklich Arbeit, obwohl es anstrengend und mühsam war.

Sie drehte sich etwas, legte sich auf den Stamm und bettete ihren Kopf auf seine Oberschenkel. Seine Hand auf ihrer Stirn, wie er ihr die Haare aus dem Gesicht strich, ließ sie die Augen schließen.

»Irgendwie habe ich es gewusst«, sagte er.

»Was gewusst?«

»Dass du bleibst. Ich hätte um tausend Euro gewettet, dass du es tust. Deshalb wollte ich zu Elses Haus, um nachzusehen.«

»Dabei wusste ich es am Morgen selbst noch nicht einmal. So eine Wette wäre sehr mutig gewesen.«

Er beugte sich über sie. Hanna öffnete leicht die Lippen. Sie schmeckte die salzige Luft, die vom Meer herüberwehte, und etwas Süße von den Blüten. Die Berührung seiner Lippen auf ihren verursachte ein Kribbeln, das sich ihre Wirbelsäule hinunterbewegte.

»Pass auf, wenn du so küsst, lasse ich dich nicht wieder los«, sagte sie.

»Wer sagt, dass ich dich loslasse?« Spielerisch umfasste er mit beiden Händen ihre Arme, sodass sie sich nicht mehr aufrichten konnte, und knabberte sanft an ihrem Ohrläppchen. Hanna genoss es, ihn noch näher an sich zu spüren, seine Berührungen, seinen Geruch. Dann lösten sie sich voneinander.

»Wann musst du denn wieder zu Hause sein?«, fragte sie.

»Nie.«

Hanna lachte.

»Okay, um neun wollte ich Giulia baden und danach habe ich ihr eine Gutenachtgeschichte versprochen.«

Hanna holte ihr Handy aus der Hosentasche. Gerade war es kurz nach ein Uhr am Mittag. Das war mehr als genug Zeit. Sie dachte daran, dass sie eigentlich einkaufen gehen wollte, denn im Kühlschrank befanden sich nur eine halbe Packung Milch und ein paar Nudeln vom Vortag. Und den Makler hatte sie auch noch nicht erreicht.

»Komm«, sagte sie, nahm seine Hand und zog ihn auf den Weg und weiter in Richtung des Hauses. Es kam ihr vor, als berührten ihre Füße erst noch mit den Zehenspitzen die Erde, dann gar nicht mehr.

37

Acht Wochen Vorausplanung wären mehr als genug, hatte sie anfangs gedacht. Die Zeit war so schnell vergangen, dass es ihr vorkam, als sei sie erst vor wenigen Tagen in Italien angekommen. Doch das, was sich verändert hatte, konnte sich sehen lassen!

Hanna kontrollierte, ob alle Sonnenschirme richtig in ihren Ständern eingerastet waren und die Metallpinnen als Sicherung feststeckten. Der Rosengarten war eines der Kernstücke ihres Gästehauses. Elses Bank stand noch an derselben Stelle, auch wenn das verwitterte Holz nicht zu den modernen Außenmöbeln passte. Doch Elses Lieblingsplatz sollte bestehen bleiben, denn das war für Hanna der schönste Ort auf dem gesamten Grundstück: ruhig und durch das Haus geschützt, mit Blick in Richtung Meer und auf die Berge.

Mit Schönschrift begann Hanna, die Speisekarte für den Abend zu schreiben. Anfangs hatte sie vorgehabt, eine größere Anzahl an Gerichten anzubieten, die Karte auszudrucken und in Leder zu binden, doch dem konnte sie weder mit ihren Kochkünsten gerecht werden, noch schaffte sie es bei realistischer Betrachtung, dafür die Vorbereitungen zu treffen. Drei verschiedene Abendessen gab es zur Auswahl, jeden Tag aufs

Neue, jeweils mit Vorspeise, Hauptgericht, Nachspeise: eine vegetarische Variante, eine mit Fleisch oder Fisch und ein zusätzliches Gericht. Auf ein Mittagessen für die Gäste wollte sie vollständig verzichten. Mit dem Herrichten von Frühstücksbüfett und Abendessen war sie mehr als ausgelastet, auch wenn sie zuverlässige Helferinnen gefunden hatte: zwei Schottinnen, die für freie Kost und Unterkunft gern eine Stunde am Vormittag und drei Stunden am Abend mithalfen.

Mit diesem Speisenangebot konnte sie es zwar nicht mit den Hotels und Restaurants im Umfeld aufnehmen, aber Hanna hoffte, dass die Lage des Hauses Gäste anlocken würde. Die Fotos auf der Webseite sahen traumhaft aus und versprachen auch nicht zu viel. Hanna schloss die Augen. Wie so oft wehte der Wind vom Meer, salzig, gemischt mit dem Duft der Rosen. Das regelmäßige Gießen und Zurückschneiden der Blumen hatte sich gelohnt: Der Garten war perfekt, genau die richtige Mischung aus urtümlich und gepflegt, fand sie. Hanna setzte sich auf die Holzbank und lehnte sich zurück. Noch zwei Stunden. Dann begann ihre Eröffnungsfeier.

Um sieben Uhr am Abend sollte sie beginnen. Zehn Minuten vorher war nur ein einziger Tisch besetzt und an dem saßen Matteo, seine Eltern und Giulia. Hanna gab sich einen Ruck und zwang sich zu einem Lächeln. Nun war sie erleichtert, dass ihre Eltern und Marianne es nicht geschafft hatten zu kommen. Sie konnte sich besonders Claudias und Mariannes Gesichtsausdruck und ihre Reaktionen lebhaft vorstellen. Sie bräuchten das Wort *Studium* gar nicht auszusprechen, es würde aus jeder ihrer Gesten sprechen. Und ihr Vater – Hanna schüttelte den Kopf. Auch seine Art, sich herauszuhalten und die Schwierigkeiten zu überspielen, konnte sie im Augenblick nicht gebrauchen.

Aller Anfang ist schwer, sagte sie sich. Aber mit so einer mageren Resonanz hatte sie nicht gerechnet. Sie blickte durch das Küchenfenster ins Innere. Debbie stand am Herd, rührte in den großen Metalltöpfen, Erin dekorierte die Teller.

»Was kann ich euch denn bringen?«, fragte Hanna Matteo auf Italienisch. Sie hatte fleißig geübt, ein wenig halfen ihr auch ihre Spanischkenntnisse aus der Schule und vom Aufenthalt in Südamerika. Sie hatte jetzt auch weniger Probleme, Matteos Mutter zu verstehen. Zumindest an die Klangfarbe und Aussprache der Menschen hier in Ligurien hatte sie sich gewöhnt.

»Mach dir keine Sorgen«, sagte Matteos Mutter. »Noch eine oder zwei Stunden, dann wird es schwer sein für Neuankömmlinge, einen freien Platz zu ergattern.«

»Danke, das ist nett von Ihnen.« Hanna zeigte auf die Speisekarte. »Haben Sie schon gewählt?«

»Hier läuft das Leben nicht nach der Uhr, sondern nach den Gewohnheiten. Für uns erst einmal etwas zu trinken.«

Hanna notierte die Bestellung. Sie war so aufgeregt, dass sie befürchtete, sich gar nichts merken zu können.

Als sie mit dem Getränketablett aus der Küche kam, fuhr ein Auto vor. Eine Stunde später war die Einfahrt so zugeparkt, dass Hanna keinen Überblick über die Wagen mehr hatte.

Das Hupen der nahenden Motorräder war schon von Weitem zu hören, trotz der anwachsenden Geräuschkulisse. Kinder in Giulias Alter rannten um das Haus, tollten um die Tische. Jugendliche hatten sich zum See abgesetzt und die Getränke mitgenommen. Hanna schaute auf die Uhr. Nun war es halb zehn, ein einziger Tisch war noch frei. Sie zählte die eintreffenden Motorräder. Acht Fahrzeuge. Elf Gäste. Suchend sah sie sich um. Es gab insgesamt noch sechs freie Stühle.

Matteo kam auf sie zu, legte seinen Arm auf ihre Schulter. »Immer mit der Ruhe«, sagte er. »Im Keller neben der Gasheizung sind Stehtische. Und auf der Wiese kannst du Decken ausbreiten.«

Hanna war skeptisch, doch da sie keine Alternative sah, folgte sie Matteos Vorschlag. Auch wenn sie ursprünglich nicht geplant hatte, dass er an diesem Abend mitarbeitete, es allein schaffen wollte, war sie nun froh über seine Hilfe. Vor allem half es ihr, dass Matteo nicht nur wie Debbie und Erin tat, was man ihm auftrug, sondern eigene Ideen hatte. Die leeren Eispackungen und damit das Fehlen der Nachspeise kompensierte er, indem er innerhalb weniger Minuten einen Waffelteig herstellte und ein Waffeleisen aus dem Keller hervorzauberte. Es gab zu viel Weißwein und kaum Rotwein, was Matteo mit Flaschen aus seinem eigenen Bestand ausglich. Er baute aus Bettlaken und Kissen ein Zelt für die kleineren Kinder, in dem sie zur Ruhe kommen konnten, lotste die zugeparkten Wagen über die Rasenfläche zur Straße. Hanna fragte sich, ob sie das Haus, die Umgebung mit all den Geheimnissen und Schleichwegen je so gut kennen würde wie er.

Um halb vier am Morgen fuhr die letzte Gruppe von Gästen ab. Auch Debbie und Erin waren längst in ihre Betten gegangen. Neun der Abendgäste hatten sich kurzfristig entschlossen zu übernachten. Hanna nahm Matteos Hand, zog ihn zur Bank unter den Rosen und ließ sich auf die Sitzfläche sinken.

»Geschafft«, sagte sie.

»Wolltest du nicht morgen ein Frühstück anbieten?«

»Glaub nicht, dass mich das abschreckt. Das ist erst der Anfang!«

Hanna schloss die Augen. All das Besteck und Geschirr auf den Tischen! Wenn sie an den Zustand der Küche dachte, wurde ihr flau im Magen. Mindestens zwei Tage würde es dauern, wieder vollständig Ordnung herzustellen.

Matteo stand auf, dann kniete er sich vor Hanna.

»Nicht. Komm hoch.«

»Bellezza, ich liebe dich.«

Hanna wusste, was er sagen wollte. Alles in ihr sehnte sich danach, ihm nah zu sein, Tag und Nacht, ihn nie loszulassen.

»Du bist betrunken.« Sie lachte.

»Ich denke erst nach zwei Gläsern Wein klar.«

Hanna legte ihm einen Finger auf die Lippen. »Wir haben noch so viel Zeit. Alle Zeit der Welt.«

Matteo grinste, dann prustete er laut auf. »Seit wann gehst du irgendetwas langsam an?«

Hanna stimmte in sein Lachen ein. »Jeder Schritt ist so wertvoll, dass ich keinen überspringen will. Ich weiß nicht, ob das, was ich sage ...«

Er küsste sie, sodass sie nicht anders konnte, als den Rest von dem, was ihr durch den Kopf ging, unausgesprochen zu lassen. Über ihnen leuchteten die Sterne. Es war eine milde Spätsommernacht. Nicht einmal Müdigkeit oder Erschöpfung spürte sie, nur die Wärme von Matteos Körper an ihrem.

NACHWORT

Das Konzept für diese Geschichte stand in seinen Grundzügen schon einige Jahre lang, trotzdem habe ich es immer wieder zurückgelegt, neu durchdacht, umgeplant und aufgeschoben. Der Umgang mit aufsässigen – oft jungen – Frauen unter Hitlers Herrschaft, Zwangssterilisierung, Heilanstalten, das sind wichtige Themen, die im Vergleich zu anderen Aspekten des Dritten Reiches wenig beleuchtet sind. Das in einem auch unterhaltenden Buch unterzubringen, ist schwierig, weil dieser Themenkomplex alles mit einer Schwere überziehen kann, sodass man gar nicht mehr weiterlesen will. Aus diesem Grund ist der historische Hintergrund hier nur angeführt, soweit er für den Fortlauf der Handlung relevant ist. Das Grauen, das Else und Edeltraut erlebt haben, ist im Roman ein Punkt unter vielen. Der Text zeigt exemplarisch Situationen, Konflikte, Fürchterliches und Schönes. Zugleich soll er für ein Kapitel deutscher Geschichte sensibilisieren, für Schicksale wie das von Else und Edeltraut. Beide sind fiktive Figuren, auch wenn ihre Lebenswege durchaus der Realität entsprechen könnten.

Der historische Kontext basiert vor allem auf der Dissertation von Susanne Doetz. Sie ist absolut lesenswert, genauere Informationen dazu sind weiter unten angeführt. Die Hoffnungen vieler zwangssterilisierter Frauen auf Entschädigungen für das ihnen angetane Unrecht wurden enttäuscht. Das Urteil vom Bundesgerichtshof, das im Text erwähnt wurde (BGH, 04.05.1955 – IV ZR 265/54), hat es wirklich gegeben und viele nachfolgende Urteile haben sich darauf berufen. Vergleichbare Klagen hatten zu der Zeit bei Gericht selten Aussicht auf Erfolg, weil viele Richter entschieden, die auch in den Kriegsjahren schon im Amt gewesen waren. Selbst das Bundesgesetz zur Entschädigung für Opfer der nationalsozialistischen Verfolgung (Bundesentschädigungsgesetz – BEG), das am 29.06.1956 rückwirkend zum 18.09.1953 verabschiedet wurde, gibt keine Garantie auf Wiedergutmachung. In meinem Roman stirbt Edeltraut am 7. März 1956, also noch bevor das Bundesentschädigungsgesetz erlassen wurde. Zu Fällen wie denen von Edeltraut und Else im Roman heißt es dort in § 171, Absatz 4:

Ein Härteausgleich kann ferner gewährt werden
1.
Geschädigten, die ohne vorausgegangenes Verfahren nach dem Gesetz zur Verhütung erbkranken Nachwuchses vom 14. Juli 1933 (Reichsgesetzbl. I S. 529) sterilisiert worden sind.

Die Betonung liegt hier auf dem Wort KANN, eine Entschädigung KANN gewährt werden. Es besteht also keine Verpflichtung und keine Garantie. So blieb die Rehabilitierung und Entschädigung eine Glückssache und ich bewundere all die Frauen, die den Kampf darum ausgefochten haben.

Wer mehr wissen will, dem empfehle ich:
- die Dissertation von Susanne Doetz, die gar nicht trocken-wissenschaftlich verfasst, sondern gerade wegen der Fallbeispiele absolut lesenswert ist: *Alltag und Praxis der Zwangssterilisation. Die Berliner*

Universitätsfrauenklinik unter Walter Stoeckel 1942–1944. Berlin 2010
- das Taschenbuch *Totgeschwiegen 1933–1945: Zur Geschichte der Wittenauer Heilstätten – seit 1957 Karl-Bonhoeffer-Nervenklinik* (Reihe Deutsche Vergangenheit), von der Arbeitsgruppe zur Erforschung der Geschichte der Karl-Bonhoeffer-Nervenklinik. Berlin: Edition Hentrich, 2. Auflage 1989
- das Urteil des Bundesgerichtshofs BGH, 04.05.1955 – IV ZR 265/54, unter anderem abrufbar auf: https://www.jurion.de

Zeitfracht Medien GmbH
Ferdinand-Jühlke-Straße 7
99095 Erfurt, Deutschland
produktsicherheit@kolibri360.de

Druck:
CPI Druckdienstleistungen GmbH
im Auftrag der
Zeitfracht Medien GmbH
Ein Unternehmen der Zeitfracht - Gruppe
Ferdinand-Jühlke-Str. 7
99095 Erfurt